聚学文丛

金性尧

著 金文男

编

星屋回想录

文匯出版社

图书在版编目(CIP)数据

星屋回想录 / 金性尧著. -- 上海：文汇出版社，
2025.8. -- (聚学文丛 / 周伯军主编). -- ISBN 978
- 7 - 5496 - 4527 - 5

Ⅰ. I267.1

中国国家版本馆 CIP 数据核字第 2025EU6124 号

(聚学文丛)

星屋回想录

主　　编 / 周伯军
策　　划 / 鱼　丽
篆　　刻 / 茅子良

著　　者 / 金性尧
编　　者 / 金文男
责任编辑 / 鲍广丽
封面装帧 / 王　峥

出版发行 / 文汇出版社
　　　　　上海市威海路 755 号
　　　　　(邮政编码 200041)
经　　销 / 全国新华书店
排　　版 / 南京展望文化发展有限公司
印刷装订 / 上海颛辉印刷厂有限公司
版　　次 / 2025 年 8 月第 1 版
印　　次 / 2025 年 8 月第 1 次印刷
开　　本 / 889×1194　1/32
字　　数 / 220 千字
印　　张 / 9.75

ISBN 978 - 7 - 5496 - 4527 - 5
定　　价 / 68.00 元

出版缘起

曾子曰："士不可以不弘毅，任重而道远。"读书之事，乃名山事业。从古至今，文化事业需要一代又一代人的接续与传承。

"聚学文丛"为文汇出版社推出的一套文化随笔类丛书，既呈现读书明理、知人阅世的人文底色，也凝聚读书人生生不息的求索精神。

"聚学"一词，语出北宋诗人范仲淹的"聚学为海，则九河我吞，百谷我尊；淬词为锋，则浮云我决，良玉我切"（《南京书院题名记》），意在聚合社科文化类名家的治学随笔、读书札记、史料笔记、游历见闻等作品，既有丰富的精神内涵，又有独到的观察与思索，兼具学术性、思想性和可读性，讲究雅俗共赏，注重文化效益，突出人文情怀。供读者闲暇翻阅时有所获益。

文丛致力于文化普及读物的出版，在市场化运作日益成熟的大环境下，不随波逐流，以平和心态，做一些安静的书，体现文化人的责任与担当，以此砥砺思想、宁静心灵。

书中日月，人间墨香。希望文丛的出版能为广大读者营造一个精神家园，带来丰富的人文阅读体验与感受。

二〇二四年四月

写在前面的话

　　在为父亲编完《金性尧全集》《集外文编》《集外文补编》和《唐诗三百首新注今译》之后，也想着再为父亲编一些专题文集，欣有资深编审卢润祥先生热心牵线、文汇出版社鲍广丽女史诚挚邀请，我有幸再次为父亲编选文化随笔集，收入"聚学文丛"中，鲍老师嘱我作序。为父亲编选随笔集，哪敢称序呢？但也确要交待编选此随笔集的前因后缘，故作此"写在前面的话"。

　　先说一下为何取《星屋回想录》为书名。因为，父亲有几十个笔名，而别号只有"星屋"一个；"星屋"本为父亲书斋室名，后也作别号和笔名使用；"星屋"当取自黄仲则的名句"一星如月看多时"；父亲第一本由巴金亲自担任责任编辑的处女作即名为《星屋小文》。而本书所选文章都是从父亲发表在上世纪三四十年代杂志以及八九十年代的随笔集中精选而来，有对故交朋友、故乡风俗的追忆，对作家作品及上世纪三四十年代图书期刊的评论，以及读书札记、治学随笔，等等，故取名《星屋回想录》。

　　父亲一九一六年五月五日出生于浙江定海的一个殷实之家，二〇〇七年七月十五日病逝于上海瑞金医院，享年九十一岁。

　　父亲一辈子读书、编书、写书，是个纯粹的读书人。他才华横溢，博古通今，且经常将其化为平和通达的文字，与读者交流；同时，他性格率直，不谙世俗，并始终保持着传统文人的本色，为后人垂范。尤其到了晚年，他更是生活简朴，淡泊名利，只以文章为知己，视写作为生命，笔耕不辍，直到八十八岁出完最后一本随笔集《闭关录》后，因健康原因才无奈封笔。

回忆父亲的一生，童年生活富裕，青年主笔文坛，中年历经坎坷，晚年健笔纵横，走的是一条由作家到编辑、又由编辑到学者兼作家的道路。他青年时代追求进步，曾主编《鲁迅风》《萧萧》《文史》等杂志，还写下大量文章，出版有著作，在文坛上留下了一席之地；而晚年潜心撰述的著作，无论是对唐、宋、明诗的精辟评注，还是怀人忆旧、谈古论今的文化随笔，都达到了炉火纯青的地步。

在父亲去世十八年以后，我能有机会从女儿浅陋的眼光，精选父亲一部分兼具学术性、思想性和可读性的文化随笔，编选成书，供新时代喜爱父亲文章风格的读者阅读，如果能在现今纷繁的社会中给阅读者辅一些宁静心灵、砥砺思想的作用，那将是对天国的父亲最好的安慰了。

编选如有不妥之处，敬请读者不吝指正。

金文男

二〇二五年初春

目 录

忆若英

今年春天，在报上看到若英先生（以下略去称呼）在某地遇到不测，心里倒又添了一点怅触，未尝不想写篇小文纪念一下。继而又觉得这消息既非得诸目击，报上也说事情的虚实一时无从证明，深恐误于传闻，故而复掩卷作罢，惟有默祝其为海外东坡之谣。后来果然知道英公无恙，犹在人间，于是也就把此事搁在脑后了。

数月前晤到亢德先生，闲谈间曾说起我有几篇文章可以写一写，其中之一篇即指此文，盖我与若英的交谊初非泛泛也。我当时答说现在写这类文章，一方面固然平凡而容易，人人可得而为，另一方面又不无踌躇。但他的卓见，以为只要我们不趁此作恶意渲染，似也无伤大雅吧。经他这样的一鼓励，才把兴趣重复提起。渔洋山人诗云，"姑妄言之姑听之，豆棚瓜架雨如丝"，此文目的虽然不在谈狐说鬼，但是乘着夏天才只到了尽头，而暑意犹未全消，那也何妨将他看作豆棚瓜架下的乡愿道故，老农聊天，喜爱者驻足而听或有会意，否则也可掉首而去，原是悉听尊便也。

但继而又想到，在过去的本刊中，似乎也有一篇记此公的文章，这倒有点珠玉在前之感了。此刻印象虽已模糊，只有一点却记得很分明，是说该文作者王君与若英相见仅有席间一二面而已。然则这所记的殆为若英学问事业方面，为世人共知者。而我所说的皆侧重于私人的往还，取其细而小者，间或涉及收搜书籍与日常生活，纯以自我为中心，以回忆为主题，无格局，无层次，为文务期平铺直叙，但求征信，忆则书之，以不超过七千字为限，虽然实际还不止此，但我想也就够了。

若英的原来姓氏是钱，在文苑中则杏邨其名，籍贯安徽。清党后文网森严，才连姓带名易为张凤吾。这是有一时期的风气，不止他一人。其他笔名很多，最著者似为阿英，是与林语堂先生等介绍明末小品的时候。再后是写《碧血花》一名《明末遗恨》剧本，则又改名魏如晦，直至离沪。此为识者所熟稔，不过提到他时不能不有所交待，此外的生平事迹我也不甚了了，且非为他作传，故亦无此必要。

首先，我要衷诚感谢的，我今日得能与文字对面的渊源，固然原因很多，但若英勉励汲引之力，实在还得推第一人，因而也就以他为最了（其他的师友我同样不敢忘记）。而在过去的有一期间，我和他的友谊，也占掉了我生活的一大部分，其介绍者为吾家且同兄。认识的年代约在民国二十五年，正值中国鼎沸之秋，出版界则显出相当的蓬勃。至月日则查了旧日日记，在二月十七日中有云：

（前略）至中国书店，遇金且同卫聚贤陈志良三君，相与研讨明代之买地券，顾未有要领。适爱好晚明文学之阿英君亦在。年约三十外，身材略低，外表望之稍落

雜誌
復刊第十四號
第十一卷·第六期
目次

《忆若英》刊于《杂志》第十一卷第六期

拓，有些名士气，香烟卷老是衔在嘴上不息地呼着，发披而斜分，犹如希特勒式，与郭经理絮絮谈买书。然未与寒暄。

这还在认识以前，故如是云云，惟以与此后之交往很有牵连，所以也录了出来。越二日，遇且同，他有意为我介绍，乃同至其 H 路 S 坊拜访，但未得见，日记云：

五时余，与金君共至 H 路访钱杏邨君，未值。金君引为抱歉，我亦觉怅然，何其缘之悭也。金君极推崇钱先生，谓其无作家的臭架子，如×××，×××辈，则只有令人却步了。

于是到了十三日上午，才始得见：

与且同乘车至 H 路，访阿英君。随便谈谈。并示我以旧小说数本，皆极名贵稀见，此亦为其年来致力通俗文学之一证也。十一时半，三人同往大世界后面青梅居，系教门馆子，召菜四，不饮酒。结果吃了一元六角，理应由我作东道也。……

这里有几点回忆中的琐事可补说。

我自小就喜欢买书，乡间交通不便，到上海方时时出入于"文化区"一带，然所买者多属洋装的新文艺书，古书只家藏扫叶山房的石印本，大约四史之外还有二三种经书文集，再加上自己所买的几种，合前后所得新旧二类，凡藤制的书箧四架，玻璃的一二架，离"藏"字自然是远哉遥遥。然而井蛙之见，俨然以为很丰富了。待到在若英家里，看了他的那些新旧藏书之后，才有愕然的小巫大巫之感，忆龚定庵赠人诗云："曾游五岳东道主，拥书百城南面王。"若把若英所藏的围接起来，倒确可以喻作一座书城。——他住的是一幢二层楼的房子，楼下除放一榻一桌，及椅子数事外，西北两壁，都叠着木制的书箱。箱面镂着原主的室名，似乎是一家破落户所售出来的。箱顶上面再放着《香艳丛书》、《笔记小说大观》……等的小型书箱，中有几种得之于扬州苏州各地。二楼亭子间起初只供卧宿，后来则命木工缘两壁另制书架，不设门，与普通图书馆相同，而髹以黑漆，藏的皆是新文艺部分。前楼则放儿童读物二架，曰小小图书馆，由几位儿子主持。大儿子钱毅，曾在《碧血花》中饰一少年角色，后复在电影中露脸，次子也能演话剧。夫人即与胡蝶等合演三姊妹之 LL 女士也。但这些藏书布置，是我根据后来的印象而记，最初的渐归遗忘，——记得最牢的，要算是他当时因无多处放书，只得将洋装的竖起了脊梁，一排一排地平躺在地上，仿佛门下面的"地袱"一点，现在回想还很有情趣。这一面显出上海确是寸金地，一面也见得他藏书之繁殊。其他的空间，也多为其图书所占据。我见了之下，再想到寒斋历年之所得，即有蹄涔之与江海之感。我父亲等平日最讨厌这些白纸黑字，以为这几架书已经了不得了，所以那天回得家去，我就说我们的眼光不要太小，观于海者难为水，别人所藏的就不知要比我多出几倍！这不仅指量而言，即在质方面，较之他的几种不易获读的精刻本，愈益感到自己的伧俗浅陋。尤其是这些扫叶山房蓝布套石印本，且同兄对之毫无好感，说是偶然的买几部工具书固自不妨，如作收藏看那就还是省省吧，教我赶快移去。我虽然有此心愿，可是限于实力，每过书林惟有望望然而去之，一直到了今天，才始逐渐将石印的掉去。一方面，也幸亏由若英及且同的关系，得以在中国书店做账，每逢一年三大节结账付偿，虽然还是一五一十的拿出去，但毕竟给我一道方便之门，到了节上，再来千方百计的想办法再说。这中间确有很大的进出，如有时看到了心爱的踏破铁鞋的书，而一时限于没有现款，只得眼巴巴的看着良书易主，假如能够暂且的写在流水账上，就有一个转圜余地了。从此以后，我的眼界也从铅印本石印本，到了木刻本及抄本之类，而兴趣也跟着提高了，懂得了此中的一二诀窍，树下我日后买书的根基。有时彼此买着心爱的书，就互相在灯火高楼，随着窗外的雨声，汩汩地互道着此中的甘苦哀乐。

说到若英所收的书，约言之有下列几类。其一是晚清文学，包括俗文学在内。如有关辛亥革命的文献掌故，在国内实在可得而数。二年前开明书店出版的学林×辑上，即有他手编的家藏清末革命时的期刊，小说，论著，译作等目录，且其后期收藏的目标，大部分即注重这点。本拟刊百年来的国难史料，手稿曾藏寒斋多日，惜困于"战时"不及即行，而其计划中有关这类题目的似颇不少，然则惟有期诸升平的他日矣。至所藏图书，则多为学者假借作参考之资，如夏衍的《赛金花》剧本，述庚子八国联军入京事，即为其一手资借者，后又有演秋瑾事的《自由魂》，则材料更不易得，也由若英全部供给。其中有一部叫《六月霜》的，凡二编十二面，静观子著，改良小说社一九一一年印。手头恰巧有若英著赠的《晚清小说史》，在第八章"种族革命运动"中云：

阿英致金性尧信函手迹一

《六月霜》在当时共有两种，一即小说，一为赢宗季女之传奇。小说即据传奇作成。小说《六月霜》从秋瑾很小的时候，一直写到她在绍兴就义，以及她和徐锡麟关系的始末。这部小说，写在她死后不久，所引用的诗词文字，全都是她的原作，书名所以题《六月霜》，是由古书上的"邹衍下狱，六月飞霜，齐妇含冤，三年不雨"的前半而来。意思是说秋瑾之死，实在是冤枉的，再则，就是秋瑾就义，也在六月。全书写得并不怎样的优秀，但也算不得水平线下的著作。

这些书的搜罗，代价或不甚贵，惟时间精力之所耗，则不无可观。其次，如民国二十六年七月生活书店出版的《晚清文选》，编者郑西谛先生，在序言之末也云："阿英先生和吴文祺先生的帮助，我永远不会忘记。阿英先生收藏晚清的作品最多。很难得的《民报》全份，《国闻报汇编》，《黄帝魂》等等，都是从他家里搬来的。"总之，凡是认识他的朋友，无不知道他所藏晚清文学之弘富，凡有参考查引时候，也无不向他那边去商借。至于俗文学，虽弹词，传奇，甚至宝卷等都有庋藏，然究以小说部门为多而且精，也同样注意于最发达的晚清时期。如上述《晚清小说史》，可算这一部分业绩的代表。

若英在文化界认识的人很多，除知己外，有时往往被其"挡驾"。其所以不装电话的理由，据云即是为了怕烦闹缘故，省得别人打电话来扰他。著本小说史时则另外向同里某号中借得一间客堂，租费与且同各负一半。这时的生活指数很低，大约每星期由友人 A 君凑助若干，故得以摒绝写作，专意写去，心无他属，且同则研究其甲骨学。我这时正在忻老师处读书，散学后，辄驱车往新居坐谈，无分宾主，也不招待，如逢其构思执笔，则随意向壁间取书浏览，有时即在其寓所进午餐。而《晚清小说史》的原稿还是由内人誊清由 C 先生转交商务。其中最末（第十四章）"翻译小说"一章，商务未将他的版税算入，故出版前曾在《大晚报·火炬》上全章刊载。待到全稿告成，校样来日，约我在大东茶室晤面，据云拟作一序文，欲用文言体写，恐自己没有把握，托我照原文加以斟酌，但最后不知为什么却未见刊出。沿着小说史这一路的发展，进而又欲提倡通俗文学，遂于每星期三日在《火炬》上辟一园地。这最初提议的地方写出来倒也有趣，记得好像是在恩派亚看白玉霜《马寡妇开店》座上，这时蹦蹦戏在上海很红，作家中欣赏的也很多，洪深教授且誉之为东方的梅蕙丝，而若英考证点缀尤起劲。（但是我却不大赞同那种做法。）那天他大约从蹦蹦戏上面，联想到了戏曲小说，随即和且同说，"何妨跟万秋（崔）去说说看呢"。到了第二天，先和崔先生说妥，再经曾虚白先生的同意，由西谛先生作一发刊缘起，《通俗文学周刊》便这样出版了。于是他一面鼓励我写歌谣，一面再借我以郑西谛先生的《中国文学论集》，鲁迅先生的《中国小说史》，以及日本铃木虎雄著、汪馥泉译的《中国文学研究论丛》。可惜我始终有名无实滥竽充数，除那些不成气候的歌谣外，于俗文学一道至今依然一无所得也。

除了《晚清小说史》外，还有一本必须提到的，就是良友版的《小说闲谈》。这册书当作专门的著作看，或者显得不够精深，但对小说研究者的查索参考不无好处。其中所纪录的，有为世间不可多得之书。记得他曾借给我看一部《玉妃媚史》，当时以数十元钱买进，似乎算得相当昂贵了。然而直白的说来，除版本少见外，

阿英致金性尧信函手迹二

别无意义，而唯一的"名贵"处不过是"淫书"而已。《小说闲谈》一四一中有云：

> 《中国通俗小说书目》"媚史"条云："未见。《在园杂志》卷二引丁日昌禁书目有《玉妃媚史》，不知是此书否？"按《玉妃媚史》，确系猥亵小说，凡二卷，古杭艳艳生著，古杭清痴生批，刊于乾隆。艳艳生不知为谁，即《昭阳趣史》之作者。
>
> 书中也写贵妃之荒淫，除序所说"私其叔，私其兄，私其继子"外，更写其为窃笛私宁王。安禄山献春药，明皇与杨氏三妹日夜宣淫，以高力士作宣淫垫褥甚至私力士，写得穷形极至。艳艳生笔墨尚有可观，但专向此方面发展，大概也是穷极无聊，以应市场的要求罢。
>
> 《媚史》材料的根据，大半是敷衍《太平广记》中所记之杨贵妃故事，及《绿窗新语》中所载者而成。……所征引诗歌，大都从李杜等唐人集中来。书凡三万余言，近百十页。余所得者，讹误极多，当系翻印，然即此现亦极难得矣。

末后并附有原书的序，兹不录。其中略有残阙，但在坊间却不易得，即藏者也不多。如周越然先生于此类书之庋藏向负盛名，我曾经询他有无此书，却以茫然答之。其他的章回小说，凡在著《闲谈》之前而又经若英认为名贵者，大抵已在闲谈中有交待的了。

还有一点，则是他的收藏以及提倡晚明小品。但这以晚明文学白热化的时代为限——自《人间世》而至上海杂志公司出珍本丛书的一个过程中，因为自这窝风吹过后，他似乎不再有兴趣了。这里要说的是，若英在其学问的努力方面，无论文艺理论，通俗文学，晚清史料，剧本等等，深浅是另一回事，但都有其特色。不过于晚明小品方面，依我的管窥，恐要算成就最少了。其实，那时提倡晚明文学的人，除知堂先生等一二人确有其心得外，其余的用忠恕一点说法，或者都是为了应付生计吧。所以，他到后来便将钟袁的著述卖去了几种。有一次，他欲往浙东访书，川费无所出，曾将一部明文卖给一位谢君。谢是银行界前辈，每日必至中国书店或来青阁，惟识力不甚精锐，凡有人转卖给他的书，必待中国的郭经理一言始作定夺，如郭认为可买，即不还价不赊账如数付讫。若英遇窘迫或欲购新书时，往往托郭持书乞灵于谢君云。

至此我就记起杂志公司校印《晚明小品》时，有几种集子的标点，还是我和且同所作。标点的法子很好：将要断句的一部集子先拆散线脚，复以玻璃纸套在每页上面而标点之，事毕再由书匠装订复原。这方法似乎知者不多，因为我曾经在襟霞阁看到有几部很好的刻本，由章衣萍先生标句，却在原书上抹得很糊涂，看了倒代为痛惜不置。

后来因为写《碧血花》而享了盛名，于是又把兴趣放在南明史料方面，陆续的收了不少，再加以羿楼主人之所赠。依我看，这比他之收晚明小品的意义要高出得多了。

在这些以外，自五四运动以来的新文艺一门，若英搜藏的也可观。他在上海时，我们两人都想把五四后创作及翻译的作品搜集完备。大概因若英和文坛接触较早，故"九一八"以前的以他为多，尤其是初期一些绝版的书籍期刊之类。但"九一八"以后的恐以我为多。他本来打算将其"家藏目录"编完，新文艺方面统统割爱于我，合起来就可把五四以来的书籍，得到一个相当丰富的数目了，然后再致力于"史"的工作。这计划虽然终未实行，但我从他手里，已经获得不鲜优惠。例如我在沪西一家旧书摊上，曾买得全部的《语丝》合订本，但独缺第一卷，补配多日，没有结果。这时忽然想到他那边常常有重复的本子发现，便跑了去向他询问，过了几日，果然有了好消息给我。这种愉快和宝贵，非纸舌所能递传，而只有爱书如命的人才能理解其妙处。原来他为了编排史料索引，中国新文坛秘录，名家日记及其他有关新文艺部分的掌故文选之故，有时不能不多买几种重复的本子，或者在外面看到了这本书，忘记自己是否藏有此书，这时因书价低廉，索性将它买了回来，久而久之，也就多出不少重复本。后来他看到我所藏适巧没有其中某几本书，便送了我以补所阙，而将我已有的售诸冷摊。他并且告诉我，一样的一本新文艺书，也有讲究版本之必要，如鲁迅的《呐喊》，在后出本子上已删去了《不周山》，其令弟知堂的《自己的园地》，今出的也未见原版时《阿Q正传》之评文，以及郭沫若的《橄榄》等，当作文坛的史料看，皆很可重视。鄙见以为在这方面，举凡关于五四以来掌故文献的搜罗之勤，用力之深，到目前为止，在私人方面，殆以他为最多。其用阮无名笔名所编，南强书局出版的《中国新文坛秘录》一书，对于新文坛的故实佚闻，尤其钩稽甚详，后来的要想参考研究的人，多得之于其资助，如前述晚清文学一般。

他除了为我配全《语丝》合订本，和几本新文艺书之外，还有一种，也是寒斋藏书中所未敢忘却的，即世界名著《十日谈》，意大利薄伽丘著，中国由黄石胡簪云译出，开明书店出版。因为我很喜欢散文随笔一类书，所以搜罗的范围，不但限于国内，而且旁及海外。我先将生活全国总书目中西洋散文一栏查出，复一一设法收藏。这本《十日谈》也曾向开明询问，答云已售完了，而且又在沪战后，各书店正感于排印添纸之不易，像这样八百余页的书一时自不会再印了。没有办法，只好老着脸向若英乞取，私意未必允许，不料第二天果然将《十日谈》送给我了。当时我在书的封里上写了一段小记：

> 近来家居寂寞，欲搜求五四以来中西文学作品。此书虽为西洋名著，惟绝版已久，遂付阙如矣。此次承杏邨先生将家藏一册转以贶我，其慷慨割爱之忱，自与纸墨同芳。外此，先生又惠我文艺读物，期刊及四部丛刊另本多种，云情稠叠，将永为寒斋之光也。
>
> 廿九年七月七日，星屋记于灯下。

这所说的自信绝非浮泛的门面话，且衷心感谢者尤不足以语什一。现在，我和他不相见已二年许，最令我惦记的，实在还是他的这大批藏书。虽然中间曾卖去了一部分（听说离沪前的川资即取之于此），但许多名贵的刻本史料，总还存在吧。尤其是他的小说弹词等俗文学，其物质的代价即慢论，精力与心血的所耗已至可观矣。

我为什么絮絮叨叨的于藏书一事，记了一大堆呢？实在的，我和他友谊的进展，于此事不无联系；而且复是彼之所好，我之所爱，同样的想于此中追求一点摩挲欣赏的趣味者，虽为某些人所憎厌，然兴之所在，也不遑他顾了。

至于其他的"身边琐事"，尤非片纸所能缕述，只就记忆所及略书数事。

那时的物价跟今天真有隔世之感。写作之暇，非上茶馆闲谈，即往大世界，大新公司等被目为低级趣味的游戏场，目的不在听歌看戏，实在还只是消此草草劳生罢了。或者据歌场一隅，谈点文坛动态，人事沧桑，至于偶有酒食，总多数是往青梅居。这一来是取其价廉，二则如有且同在旁，即非往那边去不可，因为是穆罕默德的信徒之故，盖小酌上青梅居大宴往春华楼，几为回教徒的定律，而于中国书店的同人尤然。据日记上说"结果吃了一元六角"，我仿佛记得其中有一味"拜白菜"（?），以奶油烹之，有土膏露气之致，余则为羊肉鲫鱼等，开了我从此上教门馆之先例，而当时菜价的低廉也于此可见。今日旧事重提虽未免寒酸，但小楼一角，至友二三，煮酒烹羊，脱略形迹，或琐琐家常，或滔滔当世，而又各有自己要做的梦，既毕则"惠而不费"，一揖而散，此景此情，求之今日长安何可再得？

说到脱略形迹一方面，若英倒是当之而无愧。他终年老是那么的一袭蕴袍，自头到脚，从未有半点"绅士气"。高兴起来，也会代书店老板坐上大半天柜台。有一次，有家店主因事被捉进警察局，须罚锾几十元，适值他自己囊橐不多，无处张罗，忽然瞥见书架上放着十部李小池的《思痛记》，便抱了去到另一家大书店，以每部三元钱卖脱，后以此款将店主救出。他收藏罕见书的来源，一半即因与书店联络得法，在卖买之外别有友朋之谊，所以人家一有好书即留下来给他，有时未必拿到现款，而书店也不有所介介。还有一次，我和且同与他，深夜路过牛肉面摊，彼此腹中都很饥饿，但他恐怕我不肯坐了下来，故意的激我说："你有此勇气在这里吃面么？"实则就我个人论，高攀一点，也可谓一介书生，与贩夫走卒围而嚼之，自有一种情调。《儒林外史》所谓金陵菜佣酒保都有六朝烟水气，特十里洋场，时见扑鼻的"上海气"耳。但是我究竟还是坐下了狂嚼了。大约这时我和他限于新交，不甚知道彼此个性。不过从上面两事看来，若英的风趣洒脱也不难见到一斑。我想，一个人能够庄严正经，固然是做人之一道，但这庄严，不是头巾气重的伪道学的庄严，而正经也不是从淫佚发生出来的假正经。只要顺其自然，看得平凡，而又不悖情理，庶乎可矣。有许多人在很小的一件动作上，纵使大家皆明知其为游戏的，但也一定要有许多冠冕堂皇的解释，好比纳妾宿娼，一定要缠到什么不孝有三大题目上去也。

《忆若英》到这里，已经超出了豫定字数，自信不尽则有之，不实则未也。江枫先生希望我能对他的藏书多加记叙，故而全文所说的几乎多侧重于此，且若英为人自有识者的明鉴，只是拙文的拉扯拖沓，虽然出以二度改削，还是情文无文，则是一大惭愧。时光真是毫不慈悲的溜了过去，偶有记忆，也不堪与现实相对。海上秋风已与日俱深，回首前尘，诚不胜旧朋云散之悲也。

卅二年八月十九日，夜记于灯下。

（原载《风土小记》，太平书局，一九四四年版）

忆望道先生

《忆若英》刚才于月前缴稿，现在又须重换了一个题目，不过内容恐怕还是一样的平淡无奇吧。

我和望道师的认识并不深，大约开始于战后，在附设沪江大学的社会科学研究所的文艺思潮上。似乎是民国二十九年春初吧。有一天，我忽然在报上看到一段广告，说是有一家补习社会科学的夜校在招生，看科目和教授，都是最合我的兴趣。至于入学的资格，则只须高中以上或具有同等学力就可以，这尤其适合我的条件了。因为我自小误于家长的顽固——自然也可说是爱护，自束发受书以来即在乡间的私塾摇头摆脑，过三家村生活。后来到了上海，要想进中学及大学即无论如何没法跨进这"学府"的高门槛，便此一直因循下来。这时忽然看见有这样一家补习学校，而且有史学及文艺的科目，而且又非出于滑头性质的"学店"，于是真有"一见倾心"之喜，连忙按着地址前去报名。先碰到梁士纯先生，是前北平燕京大学的教授，约略的询我几句话就算及格了。

　　我记得选的科目有中国外交史，戴葆鎏先生教；中国史，周予同先生教；时事研究，胡愈之先生教；以及望道先生的文艺思潮。地址在圆明园路的沪大内，每晚六七时开课。其中听讲最多的为梁士莼先生的时事研究，这当然受了那时的环境影响，无不想于时局方面得到点了解和探讨。这一科本为胡愈之先生教授，时尚在港未返，由士莼先生代授。学生最少的似乎要算文艺思潮了，起初约有六七人，最后则只剩两三人。大约这个科目比较的专门，侧重于思潮的分析批判，除了对文艺特殊的爱好者外，不免稍觉沉闷，至于同学，正如这研究所的命名一样，其中心原在于"社会科学"，故而听讲的人有职业青年，有教师，有大中学生，有新闻记者等。

　　查旧日记廿九年二月廿五日云：

　　（上略）四时许，饮泡饭少许，至沪大社会科学研究所，上文艺思潮，陈望道先生教。语多幽默意味，而语调则不脱乡音。我耳陈氏之名甚久，今日得坐春风，亦一快事也。七时余落课，即继上时事问题。本由胡愈之氏教，因赴港未回申，由本所主任梁先生代，题为《最近政局的演进》。并嘱我等作一文，曰《我对于最近时局的意见》。

　　这便是上课的第一天。因为有时适在薄暮至晚上，往往晚炊犹未熟，只好胡乱用了泡饭而去，或怀中带点面包之类的干粮充饥。不过这也是学生时代的普遍情形，可以不必多说。这里就回忆所及，随手记些望道先生的印象吧。望道师和何家槐兄是同乡，浙江金华义乌人。但较家槐的乡音更多。所以有的时候，必须仗着粉笔来仔细说明。说起来倒也有趣，他还是一个国内有数的语音学者，正如推行国语运动者只能说得蓝青官话一样。身材适中，年龄已经有五十岁左右了。查一九三二年出版顾凤城编的《中外文学家辞典》上有云：

> 现代中国文学家，社会科学家。浙江省义乌县分水塘村人，现年四十二岁。曾留学日本早稻田大学、中央大学，东洋大学，专攻文学及社会科学。（下略）

据此，今年该是五十二岁了。夫人即蔡慕晖女士。原配某夫人生有一子，旋夭折，后来好像还不曾听说有过孩子。他的门墙满天下，著名的如祝秀侠、夏征农诸君，都得力于他的造就甚力。凡是跟他接近的友人学生，和他闲谈时候，都觉得有种从容而亲切的快感，虽然在我们这一方面，却深深的表示诚敬与尊重。正如《论语》记颜渊赞誉孔子的话道："仰之弥高，钻之弥坚，瞻之在前，忽焉在后，夫子循循然善夸人，博我以文，约我以礼"那样的感觉。这比起和别的某几位学者晤对之际，便有一种局促而压迫之感，使人不敢放言高论。当时他的寓所在福煦路 S 村，和一位熟人同住。我因为听过他几次课以后，有一天曾要求到他的寓所，去当面请教几个问题。他当即在校中将地址抄了给我，不过希望我不要转告给别人，这一半也为了他是一位凝静的学者，不喜欢别人的打扰。隔了一天，我就按址前去拜访，畅谈了半天光景。临行复赠我《修辞学发凡》一册，原为大江书局出版后归开明，为学术界誉为力作者也。这本书在中国的修辞学一门，的确有其不可磨灭的特长，其搜罗的广博，论断的精详，迥非一些一知半解者所可企及。照他的历史地位而论，庶几也可称得上一声著作等身了。然而以留在目前的记录而论，实在并不能说是怎样的多，即此就不难看出他治学的谨严之一斑，而且译的较作的为多。至其性质则皆限于文艺的理论。我曾经在地摊上买到一册他译的日本冈泽秀夫著《苏俄文艺论战》，厚厚的有几百页，但背面却盖有"中国国民党查禁反动刊物之章"。我买这书的动机，一半固为了是望道师所译，一半也是有这枚图章之故。——因为我是一个讲究趣味的人，觉得这正如买清代的禁书一般，说不定于将来的文网史中也多少占重一笔。况且现在已有人如阿英先生等在编著了，如《中国新文坛秘录》中《文字之狱的黑影》一文，已有提到初期禁书之所在。后以买此书经过与望道先生说及，不禁为之莞然。

此外，则有《望道文辑》一书，为其门弟子夏（征农），祝（秀侠）二君所编，民国二十五年六月初版，读者书房出版。在"编后小记"中有云：

望道先生，是当代的学者，也是文坛的战士，在新文学运动的过程中，从五四到现在，他始终是站在思想的最前线。但是，因为先生勤于专门的研究，不曾把那些战绩保存下来，致使文学青年们无从窥见先生过去精神的一斑。现在我们就视线所及，将先生近两年来，尤其在建设大众语文学的论争中，在报章杂志上所发表的文章，集成这第一本集子，这，对于读者们，或许可算是一点贡献吧。

这一段话，我觉得并不十分恭维。盖自五四运动以来，望道先生就一直的"站在思想的最前线"，其间所研究与工作的业绩，无不彰彰于后生的耳目。至其思想的特色，可以引用一句知堂老人称蔡子民先生的话，叫作唯理主义。仿佛至大而无所不容，却又有自己的中心，采取的是稳扎稳打的战术，有时候还不惜绕着圈子的转战着，这在语文的论战中最可显见。在表面上看不出他坚强的精神，而内容上却有他的精深，结实之处。这在学术的论战中最需要这样的人，比起一般虚浮嚣闹，取快一时之辈就非可同日而语了。

这里附带的可以说这本《望道文辑》。内容共分三辑，一曰《语言·文学辑》，一曰《杂论辑》，末附有《译文辑》。而我最欢喜的自然还是这杂论一辑。如"关于胡适批判"、"对于读经的意见"、"用脑子论"、"明年又是什么年"等的短论，皆足以反映时代的动态，与暴露政局的混沌。中有"《镜花缘》和妇女问题"、"关于恋爱"、"恋爱的新生"之类，则因他向来是研究妇女问题之故，对这方面也就关心良多了。后来我编《鲁迅风》时，经我好几番的拉稿，即用齐明的笔名，以"因花溅泪的演出说到新女性"一文付我。其早年且曾编过《妇女评论》。如在"《镜花缘》和妇女问题"中劈头云：

《镜花缘》虽然是小说，其实大半是杂谈，杂谈中国本来也被称为小说，如记鬼怪人精的笔记小说从来称为丛残小语的就全然是这一类。这类小说，篇身都是很短，各篇自为起讫，不相连属，很易看完。内容又多奇奇幻幻，可助谈兴。向来也颇有人爱看，说是看了可以多识多知。《镜花缘》的作者李汝珍似乎就从这类小说里培养出来。

这所说的很有识力，有判断。又在"恋爱的新生"末云：

新人的恋爱，只是一般生活的一环，在一般生活的规律之外，并没有什么恋爱的特殊规律。在新人之间，固然不会有那些超常的迂腐行径，实际也不会有那些越格的狂荡体态。他们对于一切都是自自然然的。自自然然地待自己，也自自然然地待别人。艳奇妖异，不在他们眼里，对于恋爱，便都看作各个个人寻寻常常的私事，不再给以特别的注意，更没有人借此来敲诈，造谣中伤。一切全像专向垃圾箱里捡取垃圾似的三面新闻记事，他们的光亮到了，就将立地消失，好像影子一样。

这一段话更其有意思，可以给新时代的恋爱观念下一个惬切健全的诠释。临末之攻击那些黄色新闻记事，益加令人痛快，大约也是有感而发吧。对于本书的推崇，我还可以举出一个代表来，那便是亡友周木斋先生在《作家》月刊第五号上，有"关于望道文辑"的批评。中云：

这辑里的文章，既不是专家文集而有意地写的，所以有专家的实际而没有专家的名义，因而避免讲义式的呆板和架空，所讨论的，都是现实的生动问题，因为是语言学者，所以是努力的实践，因为又是文法学者，所以文字还是谨严，因为又是修辞学者，并且是口语的，所以刻划地，切实地新鲜。

这可以补拙见不及。他并以为望道先生与中国语文学的关系，"这从陈先生离沪后，中国语言学会便告无形停顿可以得到说明"。即此数语，已不难看出望道先生之于语言文学，是怎样的给人以深切鲜明的印象了。他研究的学问虽然包括部分很多，但对语文一门，却始终不曾稍懈。如在授课时，还替译报编《语文周刊》，主持新文字的推行都是他毅力之表现。《语文周刊》的作者，多数是特约的，如傅东华，张世禄，方光焘诸氏。可惜我对这方面是百分之百的外行，虽经几次的不弃，殷殷以文事相勉，而我却连一得之愚的贡献也没有。

至于对拉丁化文字的推行，他更是最起劲的一员，在研究几个月后，居然就能得心应手的很自由的写读了。这种精神，尤值得我们后学的惭愧佩服。同时，他对于一切旧势力旧思想的抗争，也并非一意的用偏激过火的手段，想把历史一蹴而就。如他一面进行新文字，一面却也不抹煞汉字在目前中国的实际效力。这正如他的治学一般，有层次，有逻辑，严谨密切，按照时代的步伐而进此。此正所谓务其大而远者，而士论乃亦翕然归焉。

这样的经过几次往返之后，和他的情谊也视前增加了。如三十日日记云：

往望道先生许谈语文问题，彼谓鲁迅先生汉字不死，大祸不止之说，殊有可以商榷的余地。因汉字在实际上尚有其传统之影响，目的虽必在废止，然步骤不可不安排也。语极中肯，畅谈良久而出。望道先生毫无学者名流的架子，亦无严肃的绅士气，对后辈的提拔尤深且力，故应对之间，一无不自然感觉也。

三月七日云：

午后，往陈先生寓，谈五四时代情形颇详备。陈即过来人也。予生也晚，不及见当时诸先驱大声疾呼之

状，今得娓娓款谈，仿佛年光倒驶矣。旋又涉及妇女问
题，亦足开我茅塞不少。陈氏谈吐迟缓，语调从容不
迫，有时必杂以风趣之语。曾谈起猥亵的小说，谓周越
然君藏此道书极多，如欲浏览可代借云。

大约因第二天是三八节的缘故，所以中间的舌锋曾
经触到了妇女问题，而对五四时代所亲知灼见的情状，
这一天特别说得详细，隐约之间，复以某些人的消沉没
落之可悲，至廿三日则曾请他往研究所附设的座谈会上
演讲。这是课外的一种组织，讲师另外义务的聘请，有
本所的教授，也有校外的学者，而这一天所讲的似为言
志与载道吧。还有一次，是我陪一个副刊编者 K 先生到
他家里索稿，谈起了过去政治与文化，于是翌日遂用一
介笔名，以《从一个人谈到一本书》为题交给 K 先生。
内容讲的是某一时期政治上一个重要的人，以及他著的
书，为外界所罕知者，至少也可以当佚闻看也。

这些细事记起来太多太琐碎了，还是拣一个重要的
项目来说一下，以为本文之殿。

那就是他发起的上海语文展览会的大略情形。

年月已经不可记得了，总之非廿九年的秋冬即卅年
的春间。有一天，望道师亲自跑到寒斋来，说是最近将
举行一次语文展览会，叫我到那边去任招待，经过我的
答应，便自开会那天起，每日下午去会中招待照料。这
次展览会参加的名人很广泛，其中尤以丁福保先生及佛
学书局同人帮助为多。此外还有一二个金融界人物。场
券分好几种，用的推销制。事先，我商得《浅草》编者
K 先生同意，出了一个特刊，有望道先生及周木斋先生
等小文，而在别的新闻期刊上鼓吹尤力。这是唯恐大会
的成绩不好，亏融过巨，因为语文的事情，究竟较为专

门，至少也得是知识界对之方有兴趣。不料后来的成绩却出乎意外的热烈遍布，以致展期了好几天，对于望道先生，自然得到很大的慰藉了。这原因，一来是文字上宣传的勤力，二来是主持的人能够想出别开新面的花样，迎合上海人好奇的胃口。例如午后的聋盲学校学生的手势表演，摸字表演，都非平时所能看到。至于展览的材料，更其广事搜罗，只要和语文有联带关系的，无不陈诸会场，自释氏贝叶以至甲骨钟鼎。最有趣的，还得推"姬佛陀"的一些千奇百怪的笔杆了。有铜质的，有金质的，有竹制的，而每一种又分出大大小小的如高曾祖考一般。还有如扫帚式的，鱼竿式的，龙珠式的……莫不极尽异想天开之能事！而且有几枝铜或金的笔，完全实心制的，像我这样的力气凭怎么也举不起，这真不愧为拔山扛鼎的了。所以那天到哈同洋行搬运时候，就足足载了好几卡车。据说还费了干事某君的不少唇舌，方才能借出来呢。同时，还派了哈同洋行的几位仆役，像保护他们主人一样的在会场中寸步不舍的注视着，到了夜里，则有专差的值班过夜。又有一幅硕大无朋的寿字缎嶂，纵横可占两间客厅，上面有十八学士的题字。上款书迦陵仁姊，下款则自称义弟云。写的时候，还须出以脚踢和奔跑，否则无论如何无法成此大手笔。还有，是几幅"百体千字文"。何谓"百体"？便是每句四字以鼠猫梅竹等拼合而成。当时有一位小学生看了，无意的给它一个名词，叫"动植物字体"。我觉得很惬适，比百体云云要好得多。此外，有两本名曰《玄珠笔阵》的集子，每一页皆影印着这位主人公佛陀——他有一个法名叫作什么阿那尊者——"临池"的姿态，如用雪茄烟作字之类……足占一百余页之多，而每页的背面则必有一位太史公的赋得，这真够得上一声书苑的奇葩了。总之，我们不必再加什么按语，就可看到这位主人公的器度旨趣与胸襟了；无怪某书家见而大呼"妖气腾腾"矣。

这固然是题外的话。但想到了都不能不带上一笔。平心的说，这次观众的踊跃与这些"珍品"未尝没有关系。不过我却表示反对的。但望道先生以为单依纯粹的语文作品，恐怕不够号召，而为了造成语文空气的紧张和广大，就只好暂且利用一下，反正与语文运动并无什么大损。这也可以代表他一贯的周密稳健的作风，处处能从大处落墨。

自从这次展览会以后，他对于语文的提倡关切，不待说是更深入了。而对外界的来往反而比较疏远，一心埋头著述，以学术的华衮掩其热烈之心。后在离沪之前，又特地到我处来通知，这也是令我永不敢忘的风义，当时我就约了两三个朋友，在华龙路一家食肆中草草的饯了一次行。本来我们定的是午餐或晚餐，因已被其他的友人约定了，只得改为点心，匆匆的谈了半晌，实不尽其依依话别之感也。

自离沪后，却不曾接到他的片楮只字，颇为我所遐想。听说现仍在蜀中教书。海上秋深，怀人千里，因风寄意，惟有祝其平安健康，为中国的学术文化继续放大光明而已。

三十二年九月中旬

（原载《风土小记》，太平书局，一九四四年版）

忆家槐

豫才先生诗云："旧朋云散尽，余等亦轻尘。"每念此诗，辄为悯然，而一年容易，又是帘卷西风矣。在这样的境地中，时时有几个千百里外旧朋影子，浮上我的心头，仿佛声音笑貌如在眼前，把自己的幻想凝而为一。明知逼取便逝，却也难得忘却。倘要具体的说出原因来可又无法解释，但这正是前人笔下的"无可奈何花落去，似曾相识燕归来"也。而且这种笔墨近乎浪费，虽不吃力也难讨好，或者，还不免遭到挨骂，不合于目前惊心动魄的"大时代"吧。

但即使不计一切的厚颜写去，若要找可怀忆的材料，却又如沙里之淘金。这并非是说我不敢写、不屑写、不应写，实在大半还是为了不易写。何以见得呢，我想，这至少得具备一个条件，就是彼此间比较的有了解认识，方才于"私"的一面有可说的地方。若是交本泛泛，缘只数面，则所说自不外在其学问事业及品德上，就未免煞费踌躇了。何况时当此时，地当此地，有所评骘，总还是以无关宏旨的部分为最适合。

　　我认识家槐的时间并不如何长。不过如其偶然的写上几千字，似也不患无辞。其次，手头尚有旧日记在，必要时据以参阅，可补记忆之不足。此文用一句成语来说，纯以自我为中心。换言之，就是杂而无当的"身边琐事"。信手拉来，忆则书之，并以六千字为限。

　　家槐一名永修，浙江金华义乌人，与陈望道师同乡，年龄较我稍大。身材颀长，两眼眦而细，左眼角好像还有一个疤，说话则如一般人的蓝青官话，但不若望道师之多乡音耳。只是和妹妹说时，我们便不能懂了，如吃饭叫"才服"。谈话到兴酣淋漓，语尾往往拖句"他妈的"国骂。有时也喜欢哼几句昆曲，京剧则不爱听，也不善饮酒，但有一次大约吃得多了几杯，自告奋勇的哼起六才来，引得座客都吃吃作声，因为他唱的并不高明，然而也可见出他的天真风趣——不错，他确是很天真的人。而在我的朋友中，也正是最诚恳忠挚的一个。有时为了言不投机，辄令彼此面红耳赤，尤其碰着我这个著名的不懂世故、不谙人情的孟浪汉。现在我的脾气依然未改，而家槐却已远离海上了。语云，江山好改，本性难移，在今天真觉得有一字不移之确。

　　我和家槐是几时开始相识的呢？

　　似乎是民国二十六年的三月。我正在忻老师处读《毛诗》、《春秋》。但一面却更爱读新文艺书，和这方面的作者。这时每星期六，我家例有一次不成气候的音乐会。指示者如钢鸣，如张庚，如孙慎诸先生。恰巧寒斋还置有一座披霞娜，而地点又在闹市中心。一时琴声嘹亮，歌喉宛转，有时还由同人填制曲谱，其中有一首名作××歌，即为钢鸣与立成（孙慎）所撰填。这中间，最无成绩的要算我和家槐了。别人听几遍后即可朗朗上诵，我们两人却无论如何唱不像样。

家槐的加入，是钢鸣所介绍，而钢鸣则由表兄甘君所介绍。钢鸣为人热情有余，较之家槐则就精深不足，其学问亦然。因此我虽然和钢鸣认识在先，但后来的友谊却还是以家槐为深。

于此有可以补述的：当时上海出版界非常蓬勃。杂志如《光明》、《文学》、《妇女生活》、《新学识》等都由生活书店印行，《光明》出面为洪深及沈起予二君主编，但洪深不常在沪，故一部分阅稿工作由夏衍、家槐等分任。此外《光明》又组织了一个读者会，也为家槐所襄助。甘兄嘱我加入，曾先致信给家槐征求同意，旋因家槐返乡，此事遂搁置下来。至民国二十六年三月一日，旧日记中有云：

夜，八时，周钢鸣、何家槐、孙慎来，谈至十时去。

不知道这是否见面第一次？越数日，又有记云：

夜，八时，何家槐、周钢鸣、孙慎等来，十一时至。何君并赠其所著《寒夜集》一册，北新书局出版。计短篇小说十四篇，虽为旧作而却乃新刊。俱有上下款。并为三弟题纪念册。

这是因彼此觌面无多，故其来也必与周、孙二君偕。所赠的《寒夜集》，中间有几篇的材料，有以他自身生平为底子的。如《回乡记》中描写一个年老的父亲，日夕渴望旅外的儿子回乡，其致儿子的书云：

吾儿不念家乡，视血族如陌路，最可痛心……弟妹等均望儿回，余与汝母尤为焦急，日夜盼祷，寝食皆废；倚门望间，风雨无间……儿年已弱冠，岂犹不能体贴此中苦味耶……

情词迫切，口吻宛然。遂只得回乡一行。终于以乡间及家庭的现状，都未能如儿子的理想完美，且父母复不断以婚事相缠，"因此本已感到沉闷了的我，决定第三天下午走了"。虽经父母竭力劝阻，"但我的决心，是不能动摇的"。可是路上却又忏悔起来，以为行色如此匆匆，仿佛"打了一个圈子，不但没有给他们一点愉快，给自己一点安慰，反而使大家都很难受"。

这确写出父与子的矛盾冲突，一方面虽爱之甚切，一方面却依然不能理会接受，可以概括一般青年的苦闷，使我到今天还是印象分明也。

以后的友谊，便循此日渐的进展，如同至新亚饭店听中华基督教的圣乐团，上卡尔登观话剧，讨论文艺的写作等等。如五月二十二日记有云：

暮返家，见家槐已在斋。今日特为圭之文稿而来。谈至十时许始去。

他以诚恳坦白的襟怀，对我等拳拳诱掖。并谓我之生活应加以改变，古书不妨读，但做人方法及必修书籍亦不可废。我等聆此乃大感动，甚愿长以为好也。

这里有须略为说明的，他对我们的劝勉，完全站在私人的友谊立场，绝对不摆出半点青年导师气派，以居高而临下。如同时的一位友人，他的学识根底不及家槐远甚，居然亦不时的滔滔训诲，且态度尤不甚诚挚，如说我们是小资产阶级，而彼则无疑为标准战士，虽然用心未尝不望我们的向上，但看到他那种谈吐气概，便使人可望而不可即。至于他所有的学问呢，大抵为浮而不实的道听途说，再加上极力的夸张，觉得他口中所说的人个个都是远离尘土的神。如说《乱弹及其他》作者的生平事迹，其实多是报屁股上的佚闻故实，而他却视同信史一般的随手拾来。后来他为自己办的那家学校写一篇宣言，想托家槐送给 L 报去登，不禁使家槐大为摇头，觉得他不惟离挤墨汁做作家犹远，就是真正的想干教育恐怕还须挤点汗汁上去。这篇宣言结果自然未被家槐送去，且对之亦甚失望焉。

从这些小事情上对照起来，很可以看出家槐的特色，不可不说。其写作除少数的散文，和一本英国福克斯著《小说与民众》的译本外，自以小说为最。但不幸说到小说，难免要联想到这件使他不愉快的旧事上去，虽然两方面要负点责。他在沪的时候，不时以这件事情深自慨悔。不过反转来也是一种好处，他并不像某些人那样的一受刺激，便对人生冷淡起来，而却是更坚决硬朗的踏实地走去，思想也益趋积极凝练，最后即用行动来贯彻实践，故离沪后遂有覆车之祸，据其女弟来信，创伤虽已医好，短时内右腿恐不能恢复原状云。这里我们希望故人无恙之外，对此更感到惶恐悚然。闻家槐所过的生活甚为艰苦，一月内须奔走几次，但接下去也便是卓绝两字了。且其精神生活反极平稳，体重时有增加。以此再和前述的旧事并论，我觉得一时的毁誉究竟不甚重要，纵使这是他无可讳饰的缺点，但只要看到一个人能努力为后来打算，便像新肉重生，所见者不过痕迹罢了，倒是我的这段话之为多余。虽然世上不乏狭隘之徒，捉住一点永不放松，但这先要看一看他本人是否真乃毫无疮疤，假如属于眼前的我们，似乎更可免开尊口了。

家槐的小说集，最早好像是良友版的《暧昧》。这部书是出卖版权的。不过他很懊悔，因为后来销路相当好，不如抽版税之合算。另外有一册黎明书局的《竹布衫》，北新书局的《寒夜集》、《稻粱集》。后面的一部是他离沪后才出，恐本人尚未见面。本来还有一本文艺论集，归上海杂志公司出版，原稿已送去审定，因战事作而停止。他曾经托我将其所有著述都寄去，误于我的因循至今未有交待。其他未收集的部分想必很多，原想代他雇人抄写寄去，后来以他地址已变动，新址不清楚只好作罢了。

散文《稻粱集》，刊于一九三七年八月。版式略小，北新创作新刊之一。最末有一篇是《怀志摩》。

他似是徐氏的学生，赠他的立轴中上款为"家槐我弟"，今尚存寒斋。徐氏对家槐颇爱护，彼亦甚钦敬。《暧昧》中有一篇提到"猫"的即是取材于徐氏家中。其文曰：

我每每幻想一个大冻的寒夜，一炉熊熊的白火，前面坐了我们两个人，像师生，又像兄弟；旁边蹲着他最疼的猫——那纯粹的诗人。

最后则说：

但在这荒歉的中国文坛，这寂寞的人间，他的早逝却始终是个无法补偿的，……我想他那不散的诗魂，也是一定会在泰山的极巅，当着万籁俱寂的五更天，恨绵绵的，怅望着故乡的天涯！

这不难见出家槐与这位诗哲的交谊。不过他在文末的后作的补记里，却又表示这篇东西应看作他五年前的旧作，"我的文章实在太浮太偏了"。大约因徐志摩身后的毁誉颇不一致，不应说的过偏，只是其内心自然还是敬爱感谢，而其实倒是顾虑太甚。一个人岂能做到四平八稳，一无棱角——要是这样，恐怕也难得令人放胆接近。临到朋友的纪念评论，只要其目的不在标榜高捧，若是笔锋常带好感，似也不失人情之常，正如我写此小文的意义一样。

经过这样几个月的往还切磋，和家槐的关系更日趋密切。如六月七日所记：

晚上九时余，何周二君来，被雨阻，俱下榻书斋后面，畅谈甚久。

其时上海文化异常热烈，剧坛又盛极一时，有四大话剧团的先后献演。这一天我正和圭在看业余实验剧团的《罗密欧与朱丽叶》，几场斗剑尤其精彩。其他的各方面空气，也大有山雨欲来风满楼之势。家槐遂时时的来为我们谈论朝野动乱，比及夜深，或上小酒馆买醉，归来则为我留宿，非至丑后不睡。凡此琐碎者不必悉记，要记的是和他在故乡的一段日子。

先是，家槐读英国福克斯文艺论集曰《小说与民众》，心窃好之。旋复知福氏曾在西班牙内战中佐政府军力战捐躯，益坚其歆敬，得书店同意，拟加以移译。惟以沪居嘈杂，友朋日有周旋，颇思易地而潜心作"媒婆"。适逢我有故乡之行，恐只身嫌太枯寂，乃以此意与家槐商，引为大快。时交通尚方便，二人遂欣然就道，鼓棹浙东，于一九三七年七月既望动身，舟行一昼夜，翌日即抵故乡。——家槐往外或返乡皆乘火车，这次还是他初度与海对面，听着夜来哗啦哗啦的浪花冲击之声，仿佛扣舷而歌，不禁顾而乐之，以至一夜无眠。

跳上码头，我们唤了两辆洋车绕道抵家。车辆在石子小街上掠过，一路辘辘有声，并呈颠簸之状，或者是尘世坎坷的象征吧。在惯于平滑的柏油道上行走的人，对此亦别有一种情调，尤其是那些十九世纪低陋的平房，曲折阴暗的羊肠小道，常常引起一种思古之幽情来。幸喜风景不殊，城郭依然，碧水粼粼，鸡犬相闻。我因几年不返故乡了，这时真有五柳先生笔下的"乃瞻衡宇，载欣载奔"之快，虽无稚子候门，差有老仆相迎。吾乡屹立海中，素以鱼介著声东南，邻近便是佛国的普陀，夏季避暑最为相宜。我和家槐的原定计划，是想把他的译著完毕后，再到普陀去游玩，终以战事而未果，此后不知这个志愿能否实现？

寒家乡下旧宅，始建于先祖之手，至父亲而重加修葺，别建起坐之所数楹。乡间的房屋多数是很宽敞，再加上郊外吹来的习习清风，所以虽当炎夏，亦复幽凉了。

说到我对故乡的怀念，说来原是平凡得很，因为它究竟占据了我"过去的生命"之一角。世上固多名区胜迹，但儿时游钓之地也未尝不为凡夫所依依。古人有云，富贵不归故乡如锦衣夜行。又如《昼锦堂记》所说，"仕宦而至将相，富贵而归故乡"云云，少时颇觉其气势浩大，今天则又嫌其暴发气太重，虚荣自大，去读书人的理想远矣。只有《晋书》所载，张季鹰见秋风起而思及故乡的莼菜鲈鱼，及陶公《归去来辞》所述，才觉得魏晋人之不可及，虽然对前者也许为了自己是老餮的缘故。《魏志》记曹孟德诏令中有述原来的志愿云：

"故以四时归乡里，于谯东五十里筑精舍，欲秋夏读书，冬春射猎，求底下之地，欲以泥水自蔽，绝宾客之往来，然终不能得如意。"结果虽是事与愿违，却也可窥到曹公的气度志向，而其不能得如意的原因，实在还是为了世局的过于混沌，只得"思遂更欲为国家讨贼立功"矣。这次读《朴园随谭》，有同样的及早还乡读书的想望，尤其先获我心，但也不免要黯然无言了。

我的文字到这里忽然又拉扯开去，大有喧宾夺主之概，但文思也将到了枯竭了；那末，就此再记一点赶快结束吧。

我们在乡间的日常生活，大约是早晨七时前起身。家槐很讲究卫生，还硬拉我同行深呼吸，如此十分钟即进晨餐。有时叫佣人往街上买刚入市的黄鱼来，金鳞赤口，非水乡百姓不易得，而乡间则视为寻常。先用水蒸沸，再去其骨，命灶佣制羹作面，面上则浮着碧绿的嫩葱，令人想到唐人"夜雨剪春韭"的句来，于色、香、味三面皆显出一种新鲜而丰腴的特色，盖以其得土膏露气之真，较之沪上吃的市气甚重的"黄鱼面"，真"不可以道里计"了。餐罢遂相偕出城郭，看着野渡无人，杨柳依依，或过竹院逢老僧闲话，步麦陇听牧童歌唱，几乎令人忘去身外的一切。——以上云云，并非我刻意的在纸墨上渲染点缀，凡是在乡间消磨几年的人，都可以俯拾皆是，不烦跋涉，此正所谓风月无边也。沈尹默先生诗云，"江边终日水车鸣，我自平生爱此声"，就是一幅最素朴的江村浮世绘。而古今来最享盛名的诗，也莫非在于白描的自然的贴切。这样的过了片晌，我们才回家工作。家槐埋头在书斋中翻译，我躺在北窗下读中外小说，如《夏伯阳》、《伊特拉共和国》、《死魂灵》、《子夜》、《密尔格拉得》……或重读，或初读。午饭时菜肴多为水族动物，但家槐则只要求青菜豆腐，谓其中维他命甚富。这很使我乏味扫兴。我因他初次到鱼虾之乡来，还特地四出设法拣最新鲜壮实的东西，亲友中有送我以肥大青蟹的，即在乡间已视为异味，有时出重价也不能得，不料他竟远而避之，说是细菌太多云。这真令人有煮鹤焚琴之感。后来看到生食的咸蟹，甚至连看都不敢看一眼。大约这些东西在离海过远者，确乎不肯轻于下箸。如我曾与卫聚贤先生说及"蟹"时，他居然引为闻所未闻。后来经我强迫家槐的尝试，不料第二天果然有点泄泻，其实还是为了他夜半的食凉受风之故。

午餐既毕，照例是手抛倦书午梦长。醒来或饮冰，或剖瓜，然后各人又去译作阅读，待至薄暮，即往教育馆的体育场上拍篮球。拍毕，必由馆后的一座小山迂径回家。山上有亭翼然，可供游人饮食，因山麓有一酒家，晚上如有星月，亦可就石桌小酌，听松枝随风作响，但终究觉得太黝暗了，以致不能辨物。一日，友人曾宴我们于亭上，家槐于漆黑间竟误食了一匹蜘蛛，主人虽努力道歉，而家槐则因此通宵不能成寐，亦此行之趣话。

教育馆中职员钱君，曾读其小说集，经我介绍后必间日来夜谈，并有小说稿托家槐修改，希望能在上海杂志中刊载。后钱君患肺病死，而原稿犹至今存放寒斋。

如此前后的住了二十天光景——自七月十六至八月七日——因芦沟桥事件发生，而上海又有风声鹤唳之势，母亲们已有几封信来催我们动身了。我们只得打消游普陀的念头。但这时交通已有点混乱，乃从乡间乘轮到穿山，乘公共汽车到宁波，再以高价买通轮船茶役到达上海。而家槐的这本译著也终于没有完成，后来在上海再寄寓我家时始告蒇事。故在译后琐记中，曾说到当全国情形异常严重时，"我却还是蛰居在定海的载道家里赶着译事，那种焦急、苦痛、难堪的滋味，真是难以形容的。因此没有译完就和载道一道赶回上海"。他本想再加点注解引证，以时间心绪故也不及补进了。至民国二十七年三月，此书始由生活出版，定价四角。然家槐已不在沪。由我自己往书店购买，故至今未有上下款，今恐亦"绝版"了。

总之，在我的过去生活中，恐以这一年乡居时为最宽畅，自由与安逸了；而我的朋友中，也以家槐为最诚挚坦白的一个。形诸笔墨，或尚不为多事吧？惜今未知家槐漂泊何处，如得读此文，亦能鉴而怜之否。

八月廿七日夜三鼓，灯下。

（原载《风土小记》，太平书局，一九四四年版）

白头青鬓隔存没

何家槐也是三十年代勤产的一个青年作家，自从一九三四年何徐（转蓬）创作纠纷发生后，更是名与谤随。但现在除了研究新文学史的人以外，知道何家槐的恐已不多。去年从舒芜兄文中，得知已故梁永先生对有些已被遗忘的作家，曾有论著阐述。不久，又得到梁永先生在西安的女儿钟女士寄来一份复印的《关于何徐创作问题之争》的史料，并附一笺，词意殷勤，虽素昧而深感盛谊。对这一公案，何家槐与我闲谈时曾有辩解，也很懊悔，承认自己有错，这里不想支蔓。徐转蓬的小说，梁永先生说他质量平平。抗战前，商务印书馆曾出过徐氏小说集，就因他是这一纠纷的当事人而买了一册，是一小本子，却一直未曾阅读，到现在连书名也忘了（似为《下乡集》?）。

家槐一名永修，浙江义乌人，说的是蓝青官话，但和他妹妹宝琏谈话时，我们便不能懂了，如吃饭叫"才服"，义乌话可能属闽瓯系统。

当时生活书店出版的《光明》杂志，名义上为沈起予、洪深主编，但洪先生不常在沪，另在无锡授课，所以一部分稿件曾由家槐审阅。洪先生来上海时必住东方饭店，故与服务员（旧时叫"茶房"）很熟。有一次，家槐和我到东方饭店去看他，他说："我才到，身边没有钱，就向堂口（服务台）借了五元。"这在今天是很难想像的，于此又显示了洪先生的豪爽性格，与他在大光明电影院中抗议美国辱华影片《不怕死》一事可以联系。沈先生也是一位可尊敬的前辈作家，夫人为李兰女士，翻译家兼编辑，今天似乎也不大提起他们了。

家槐曾读过英国作家福克斯文艺论集《小说与民众》，福氏在西班牙内战中力战捐躯，家槐想把这一论集翻译出版，但因沪居嘈杂，无法集中心力，恰巧我想回乡小住，便约他同行，鼓棹浙东。当时文人大多很穷，无力旅游，这次便成为他第一次涉海。到了夜半，人皆静寂，舱中只有我们两人，灯光幽暗，有如秉烛于海上的斗室。海也不甘沉默，大风起时，浪花高举如耸鬣的海兽，一经冲击铁栏，又像扣弦而歌，加上船身颠簸，使他一夜无眠，又喜又苦。在我们是平常的事，在他却有强烈的惑人的新鲜感。生活上一点小小的变化，便成为人间的意外之缘。

在乡间时，黎明即起，早饭后他译论文集，我则阅读中外小说，果戈理的《死魂灵》就是这时读的。中间也试写过一篇二三千字的素描，取材于小市民的生活，他看后指出议论多于形象，概念化的味道过重。这原是在我意料之中，从此绝了写小说的念头。

到了薄暮，常往城北的小山漫步，山上有亭翼然，山脚有一酒家，晚上如有月色，也可就石桌小酌，听松枝在风中偶语；又因为是夏天，周围常有虫声。虫子在夏晚的活跃远胜于人，只是活跃的时间很短促。秋去冬来，小虫即为大限所迫，所以蟪蛄不知春秋，只能度着"小年"。

这些寻常的景物，原是遍国皆然；"松月生凉夜，风泉满清听"，唐人诗中已有此境，不过对我来说，只因出于父母之邦，遂觉月是故乡明了。事有凑巧，有一次，友人曾宴我们于亭中，家槐于阴暗间竟误食了一匹蜘蛛。主人虽努力道歉，家槐却为小虫而紧张多时。这一件小事，竟也成为我对友人的思念中一点抹不去的记忆了。

二十天后，芦沟之战爆发，我们只得中止普陀之游。这时交通已混乱，便由宁波回到上海，他的译稿未曾结束，后来回沪再寄寓我家时才将全部完成。他本来还想加些注解，也因时间和心绪之故不及补进。不久，他往内地参军，他的妹妹暂留在我家，所以常有信和钱寄来，还寄来过一篇文稿。

一九三八年三月，他的《小说与民众》终于由生活书店出版，定价四角，说明这时旧币还值钱。因为家槐已不在沪，由我自己往书店购买。这是理论作品，又是翻译的，于我则似懂非懂。由于和我有这样一点渊源，只好读着，记忆中有这样两点，一是季米特洛夫被纳粹逮捕后，在监狱中努力学习德文，作为对敌斗争的更直捷的有利工具。二是有关文学作品中氛围气的创造，书中举的例子是春天早上众鸟因见阳光而啼唱，却使我联想起文学艺术中许多例子：《红楼梦》中凤姐出场时的气氛是大家都熟悉的，鲁迅的《女吊》，出现前在氛围气的创造上也具有性格化的特色，即使人毛骨耸然，又为这个含冤投缳的女鬼哀怜痛惜，真想问一问她生前的万斛冤情。而曹、鲁二人下笔时皆着墨无多，经过燃烧却不留焦味。

抗战胜利后，他来看我，身着军装，说是在内地参加张发奎部队，并在我家里住了几天。我起先有些奇怪，张发奎部队岂不是国民党部队？不久，内战爆发。从现象上看，两方面的军事力量显然很悬殊，中共方面，还处于小米加步枪的状态。闲谈之间，我就直说了自己的意见。他举了一个例：仗是要人打的。国民党的军队，层层克剥，到了士兵身上，所得无几，于是只好向老百姓掠夺，因而民怨纷起。共产党的军队，士兵固然穷苦，但长官与士兵之间没有过大的差距，所以倒能上下团结，也给予老百姓一个好印象。这当然已非他的原话，原意确是如此。我知道这是有为而发。

荏苒之间，国民党政权终于远遁天涯海角。我和家槐最后一次相见是在一九五〇年夏天的北京，当时他在颐和园旁边的马列学院任职，于是便一同游园，玩了整整半天，在园中尝到难副盛名的窝窝头，印象中还记得有这样的话："怎么样？现在可以相信我的话没有错吧？"说着，又哈哈笑了两声，但也有一些争执。

这以后，就没有通过信。从别人的口中，知道他已调到大学教书，还到过国外。前天翻《中国现代文学词典》，其主要著作中有《旅欧随笔》及《海淀集》。后者大概是写马列学院工作时期的一段生活。

他由党校调到科学院文学研究所后，曾在海淀附近的宿舍里住过一年多，所以随意用"海淀"作了书名。

他是三十年代人物，生活在上海，又是地下党员、左翼作家，"文革"时命定地是一个对象，外调人员到我的棚中光临了两次，态度倒还和气，谈了几句，却留下一句意味深长的话："现在看起来，三十年代的左翼作家都是靠不住的了。"这是原话，也就是所谓先定调子。洪洞县没有一个好人，当时风气如此，无足深怪，否则，秦城监狱中何至于有那么多老作家？据说罗马法的精神是法律首先假定被告无罪；"文革"就是要造这句话的反，革这句话的命。

外调人员临走时，要我写一点材料，我知道是要我讲一些坏话，越坏越好，如上述"靠不住"之类，却又叮嘱不要扩大和缩小，这很使我苦恼。因为实在没有什么可写，他参加左联的经过我毫无所知，何徐创作纠纷之争，是非难言，于是只好写他在抗战时曾参加过张发奎部队，并且是他亲自告诉我的这段"历史"。这本来是响当当的公开事实，连污点也说不上，但我以为，张发奎的部队就是国民党的部队，岂非等于参加了反动部队？明知这是荒谬的逻辑，明知这是组织上派他去的，在我却以为是立功赎罪的表现。此外，我又写过他早年与徐志摩交往很密。今天回顾，实是愧对故人。痛莫大于自疚。曾子的"吾日三省"，只是日常人事上的得失，我却关系到朋友出处上的浮沉，用当时的话来说，即是政治生命。"文革"又使我多了清夜扪心的一境，所负于故人者原不止家槐一人。

家槐年轻时确是很尊敬徐志摩，对我一再说：徐志摩的思想虽然不正确，为人却很厚道真实。他的《稻粱集》中就有一篇《怀志摩》。良友版《暧昧》中有一篇提到猫的，即取材于徐氏家中："我每每幻想一个大冻的寒夜，一炉熊熊的白火，前面坐了我们两个人，像师生，又像兄弟，旁边蹲着他最疼的猫——那纯粹的诗人。"最后又说："但在这荒歇的中国文坛，这寂寞的人间，他的早逝却始终是个无法补偿的，……我想他那不散的诗魂，也是一定会在泰山的极巅，当着万籁俱寂的五更天，恨绵绵的，怅望着故乡的天涯！"可是在文末的后作的补记里，却又表示这篇文章应看作他五年前的旧作,"我的文章实在太浮太偏了"。大约因为徐氏身后毁誉不一,而他后来又参加了左联,心中有了顾虑,这补记略有自我批评的意味,在我便成为"文革"中揭发的材料:曾经很崇拜新月派徐志摩。

从徐志摩的散文看,有不少篇是痛恨当时现实的,有的是在诅咒。他的那首"大帅有令哪"的写活埋俘虏的诗,表现了他崇高的人道主义的精神。一九五四年,宋云彬先生从杭州来,和他在酒楼上闲谈,谈到徐志摩(两人是海宁同乡),我说:"徐志摩如果活到现在,政治上恐怕会受到歧视的。"宋先生说:"那也不一定,例如闻一多。"闻一多是在解放前被暗杀的,宋先生举他为例,意思是说,人的认识是会转变的。但曾几何时,宋先生本人就遭厄销声。这一点,当时的宋先生,恐怕还想不到。

徐志摩曾经为家槐写了一幅立轴,上款为"家槐我弟"。可见两人交谊之深切。另有一幅为胡适给家槐的,可能是托徐志摩去求来。他到内地去时,尚未结婚,两幅立轴都存留我处。"文革"时我家籍没,不在话下。落实政策后,香港路有一个地方集中了大量抄家的文物,要我去认领。到了那里,顾视之间,居然有徐志摩赠家槐的那一幅,自然大喜逾望,想立即取回,管理人员说现在不可以拿,于是用小纸写了此轴藏置的经过,系在轴下。此后等候多时,未见通知,赶去询问,却已被他人捷足。这幅立轴本来不是我的。楚人失之,楚人得之,原可自解,只因回忆家槐,顺便涉及,不想忽又迂回到"文革"了。

从梁永先生文章中,才知家槐卒于一九六九年,也即"文革"的高潮时期,不知他是否安然死于病榻上?

我与家槐,相识于青年时期(他长我五岁),重逢在中年。今写此文，是在他死后的二十四年，自己也已入颓年。宋人张耒《再过宋都》云："白头青鬓隔存没，落日断霞无古今。"友朋相识，自有因缘，望西飞白日，能无黯然。

一九九三年据旧作改作

（原载《伸脚录》，辽宁教育出版社，一九九五年版）

故人坟树立秋风

这篇小文很早就想写的，却一直拖延下来。前个月看到一份古籍简报上，提到金祖同的《流沙遗珍》，又默念与他的交往始末。"此情可待成追忆，只是当时已惘然"，便借此略抒存没之感。

由于逝者已经高卧无言，个人之间的交接，也成为天知地知，尔知我知，话可以随活着的人说去，似乎很方便，实际最费踌躇，说得重一点，说得轻一点，都失慎独之道，因而只能平铺直叙，忆则书之。

祖同没于一九五五年，却非寿终而为投水，原因也非政治或经济，虽纵浪大化，却出于恐惧。我是后来听别人说的，一怔之余，未便多问。荏苒之间，又过重阳。九秋风露，万顷烟波，正是已凉天气未寒时，四顾苍茫，音容宛在。

祖同与我同姓，长我二岁，有的人以为我们是族人，实则他原籍嘉兴，我是定海，第一次见面时，问起籍贯，我便说：那是"秀州城外鸭馄饨"的地方。他是名父之子，我的先世，却是往来皆白丁。他是伊斯兰教徒，我则素不受教。他初次到我家，我的太太端了一盆奶油蛋糕到他面前，他却顾左右而言他。事后跟我说，那天使他大窘。他不写小说、散文，专业是考古，但三十年代的文艺界、书画界人士，大都知道他。

当时疑古之风盛行，胡怀琛先生以墨子为印度婆罗门教徒，祖同乃作《墨子为回徒教考》纠辩，如说"墨子书中关于猪之文字甚少，皆可为据"。两文皆收入商务版的卫聚贤先生《古史研究》中。他的论点能否成立，不必多说，但学殖才情于此可见，写文时不过二十岁光景，诵东坡"我被聪明误一生"句，为之黯然。

抗战前，我常往中国书店等处访书，中国书店是他父亲颂清先生开设的，当时还不认识祖同。后来去参观吴越文化展览会，由卫聚贤先生和祖同主持，经过交谈，就此认识，还送了我一堆破陶片，又知道他是中国书店小老板，不过他从不过问业务，只将书店作为个人联谊处。他又告诉我：郑西谛、施蛰存、阿英诸先生，都是书店的座上客，因而问我，阿英为人很平易，要不要和他见面？我自然求之不得。第二天，就在大世界附近的青梅居小酌。当时要和祖同一道吃饭，小酌在青梅居，宴会在一家什么楼，都离中国书店不远。此外就是功德林素菜馆，丁福保先生也常到那里。这是一位诚恳和通的老人，因为他开办佛学书局，我问他吃素是否信佛缘故，他说为了摄生，自从改为吃素后，手不再抖，还能穿针线钉书了。

这以后，到中国书店的次数更多了，每次总是捧一包回来，本来是付现款的，也改为记账。这时卫先生挂名于中央银行经济研究处，收入较多，故也有余力从事吴越文化的研究。有一次，他邀我与祖同、张叔驯、葱玉叔侄一同往苏州访古。叔驯先生是著名的古钱收藏家，有"南张北方"之称，"北方"即天津方药雨先生，《校碑随笔》的作者。

访古的目的地是苏州灵岩山，因为山上有吴宫遗址。卫先生先向山上遍找陶片，却不见片瓦，到了山下，居然找到几片，他以为这便是吴王时遗物，还出资叫村民去寻觅。我们问他为什么在山上反而找不到，他操着浓重的山西乡音解释说：可能是大风起时，将陶片从山上吹到山下了。卫公好发奇论，说得神乎其神，我想笑却不敢出声，似忆祖同曾拜他为师，背后戏称为卫大法师，所以我也以师辈待之。他又为我们说了一些有关馆娃宫遗址的话，我却在默诵曼殊《吴门依易生韵》的"今日已无天下色，莫牵麋鹿上苏台"的诗句，也实在写得好。

到了吃饭时，我们到附近的小饭馆去吃汤面，祖同却拿出自带的两枚煮熟鸡蛋，坐在石凳上吃着，每逢游山玩水，他都是以卵代饭。饭后，张氏叔侄即回上海，我们三人便进城内，先想去拜访太炎先生，打电话探问后，说是不在家，于是改访金松岑先生，承他接见。谈话的内容已经忘记，记得的却是壁上贴的那张小笺。因为平时拜访松岑先生的客人多，他又年老，所以希望客人谈话的时间不要过长，这在现在一些来客多的名人中原很习见，但其中有"相视而笑，莫逆于心"两句话，意思是，如能恰到好处，宾主即皆大欢喜。这两句话原是成语，用在这里却妙语天成，虽小笺犹觉此老之蕴藉。

遗憾的是，此行没有见到太炎先生。祖同是治甲骨的，因为卜辞中的"且"字即"祖"字，所以他有时便把自己名字写成且同。太炎先生笃信《说文》，故而不信甲骨，以为是伪造的，后来祖同写信向太炎先生请教，他回过好几封信，祖同曾将这些信件据原墨影印成册子，送了我一本，现在却是难得的史料了。

甲骨确有伪造的，那是文物商人借此牟利。祖同曾送我一簇甲骨，其中有几片是假的，他是故意将真伪并赠，告诉我两者的区别在哪里，一经他指出，真伪就很分明。甲骨可信，但卜辞的史学价值有些夸大，就像周易的哲学价值一样。近几年，周易走了红运，由冷书升温为热书，可是它的真相越来越模糊，本来看不懂的读者也在鉴赏了。

这些都是很琐碎的事情，如用口说，二三语即可了却，但一到幽明殊途，存没相隔，人琴之弦常常会在感情深处隐隐作响，何况他送我的一些东西也不在身边了。

卫先生于解放初期离开大陆，一直不曾听到他的信息，他和祖同合编的《说文》月刊，却不失为一份有质量的学术刊物，与当时的《制言》可以媲美，也使人想起《禹贡》，今天都很难见到了。

少年时读俞平伯先生那本小型线装《燕知草》，便被他浓得化不开的文姿紧紧吸住，第一篇《湖楼小撷》中有这样一段话："这是我们初入居湖楼后的第一个春晨。昨儿乍来，便整整下了半宵潺潺的雨。今儿醒后，从疏疏朗朗的白罗帐里，窥见山上绛桃花的繁蕊，斗然的明艳欲流。"《汉书》下酒，俞文也使人微醺，总希望有那么一天，能在临安的楼头听到雨声。不想祖同却邀我同游杭州，宿在他家的空楼房里。屋子是旧式的，有一个人管着，不在湖边而在巷中，也无山可眺。早饭由他外婆家的女佣送来。住了两天后，半夜里忽然果真下起雨来，声音由疏而密，滴进我朦胧的睡意中，仿佛连眼睛也有润意，我陡的记起了平伯先生的文章。次日早晨，雨渐渐在收敛，只见送饭的女佣手中拿着一把纸伞，伞的全身却是湿漉漉地。天要下雨，本人间最平常的事情，在我却看作人间可遇而不可求的巧获。虽小楼一夜，却成为平生大恋之所存。过了一会，雨全停了，我们穿过小巷，蜇到了苏堤，向断桥走去，周围的游人很少，我们用青年人的双足，踱着老年人的方步，皮鞋上沾着雨后的湖滨泥土，似乎还踏过几朵随风飘荡的柳絮。平伯先生看到过一个八九岁的男孩，随手一扬，"一枝轻盈婀娜刚开到十分的桃花顿然飞坠于石阑干外"，我们则看见无主的杨花下降在堤上。

由于和祖同一同吃饭，只能到素食馆，我则嘴馋贪荤，事先在熟食店买了两块牛肉，到了素菜馆，他拿出一把"东洋刀"，那是他父亲从日本带来的，便用刀切了馒头，等他切完，我便随手拿来切牛肉，他一见，马上呀的叫了一声，接着说："那就送给你吧。"他又告诉我：某年冬天，他父亲穿着狐皮袍走在路上，迎面来了一个拿猪肉的行人，无意中给猪肉擦上袖子，老先生回家后，便将这件狐皮袍子脱下，送给了教外人。我听了，便和他就信教问题争论起来，言下之意，是讥笑他迷信，他立即脸色下沉说："你再这样说，我就跟你绝交了。"这大出于我的意外，从此就不再谈信教的事，心里却不服气，自以为比他进步。黄仲则诗云："偶然持论有龃龉，事后回首皆相思。"仲则此诗非伤逝，用在逝者身上便觉沉痛了。这把"东洋刀"至今还在，亡妻在世时，看见后就说："这是金祖同的。"因为多年不用，已经生锈，也懒得去磨。我并没有将它当作纪念品的意思，但那把刀确实是祖同的，它的来处，也确实带有可怀念的戏剧性情节。

最后，还要说一说他的那本《鼎堂归国秘记》。

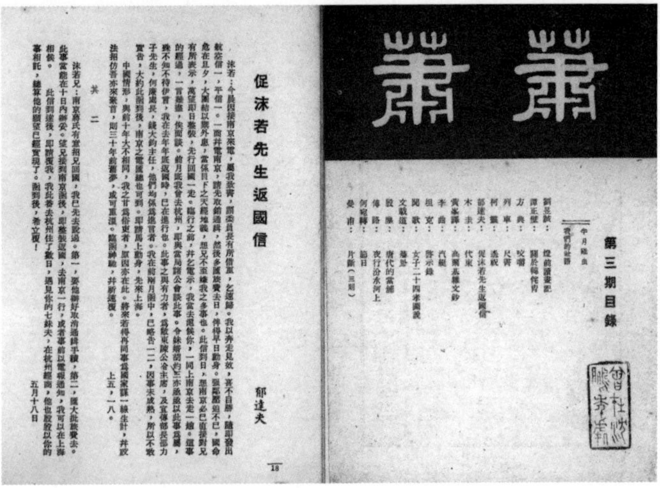

蕭蕭

第三期目錄

促沫若先生返國信

郁達夫

沫若：今晨因接南京來電，屬我致書，謂委員長有所借重，乞速歸。我以奔走見效，喜不自勝，隨即發出航空信一，平信一。一面并電南京，請先取銷通緝，然後多匯旅費去日，俾得早日動身。强鄰壓迫不已，國命危在旦夕，大團結以禦外患，當係目下之天經地義，想兄不至嫌我之多事也。此信到日，想南京必已直接對兄有所表示，萬望即日整裝，先行回國一走。臨行之前，并乞電示，我當去迎候你，一同上南京去走一趟。這事的經過，一言難盡，俟面談。前月底我曾去杭州，即與當局諸公會談此事。令妹婿胡灼三亦來函以此事為屬，殊不知不待伊言，我在去年年底返國時，已在進行也。此事之與有力者，為敝東陳公洽主席，及宣傳部長邵力子先生，何應欽部長，錢大鈞主任，他們均係為進言者。我在前兩月函中，已略告一二，因事未成熟，所以不敢實告，大約此函到後，南京之電匯總也可到。即請馬上動身，先來上海。

中國情形，與前十年大不相同，我之甘為俗吏者，原因亦在此。將來若得再同事為國家謀一線生計，并設法招仿吾亦來聚首，則三十年前舊夢，或可重溫。臨函神馳，并祈速覆。

上五，一八。

其二

沫若兄：南京蔣氏有意招兄回國，我已先去說過。第一，要他辦好取消通緝手續，第二，匯大批旅費去。此事當能在十日內辦妥。望兄接到南京函後，即整裝返國，去南京一行，或者事前以電報通知，我可以在上海相候。

此信到達後，即請覆我，我此番去杭州住了數日，遇見你的七妹夫，在杭州經商，他也殷殷以你的事相託，總算他的願望已經實現了。函到後，希文覆！

五月十八日

18

金性尧主编《萧萧》第三期

此书刊行于一九四五年，一九八八年又由上海书店影印，改名《郭沫若归国秘记》，列入《中国现代文学史参考资料》，倒是名副其实，署名仍为殷尘，当是从殷契衍化。

抗战前，祖同曾往日本跟郭先生学卜辞，还向我借去《卜辞通纂》、《安阳发掘报告》合订本等，抗日后，给我寄来一张郭先生手书立轴，和印有郭先生塑像的明信片。七七前夕，郭先生的回国，钱叔匡（瘦铁）与祖同起的作用尤大，书中所记的就是郭先生回国前后的经过事迹。郁达夫先生促郭先生回国的两封信，最初披录的好像就是祖同这本书，孤岛时期，曾交我在《萧萧》半月刊上转载。

郭先生到上海后，起先住在大西路美丽园，沈尹默先生也住在这条弄中。达夫先生连夜从福州赶来，在船埠上遇见了蛰存和亢德，因而也同去访问郭先生。《秘记》现在不难得，所以内容不须赘述，只说明祖同和文艺界的关系。后来《救亡日报》从大陆商场的大楼上迁出，在中国书店有一个短时期的逗留，联系的地方就在店堂的后面小间里，那是祖同令兄礼和先生经营文物的房间，也是由于祖同的关系。最后一天，约有七八人至蜀腴酒家晚餐，记得的有潘汉年、叶灵凤、汪馥泉，好像还有陆小洛，席间潘先生的话说得最风趣。因为蜀腴不是清真馆，所以祖同没有去。

与祖同相交有五十余年，他的逝世距今也有三十余年，至今天才来写这篇文章，嘉兴地方志编纂室准备将他父子生平予以立传。梅村《偶成》云："书剑尚存君且住，世间何物是江南？"祖同何忍以壮岁而遽离人间？秋心如海，秋魂杳渺，怅念之余，也只剩下淡淡哀愁了，姑取杜牧哭亡友诗句以为题目。

（原载《伸脚录》，辽宁教育出版社，一九九五年版）

词流百辈消沉尽

　　孟心史先生《明清史论著集刊续编》有《丁香花》与《世祖出家事考实》二文，所考证的为晚清与清初两件疑案，皆涉及如皋冒鹤亭先生。

　　龚定庵《己亥杂诗》中有一首云："空山徙倚倦游身，梦见城西阆苑春。一骑传笺朱邸晚，临风递与缟衣人。"自注："忆宣武门内太平湖之丁香花一首。"因为清贝勒奕绘曾居于太平湖，奕绘侧室顾太清为才貌双全、手白如玉、能于马上弹铁琵琶的女诗人，冒氏乃作《太清遗事诗》云："太平湖畔太平街，南谷春深葬夜来。人是倾城姓倾国，丁香花发一低徊。"意谓龚、顾之间曾有恋情。孟氏云："是诗首句言其生时之邸，第二句言其死后之葬地，三句上半言其貌，下半取其再顾倾人国之意，关合其姓，四句乃掀然大波为人间一宗公案。"按，冒诗次句的"夜来"非泛语，系指魏文帝美人薛灵芸异名，灵芸擅针工，也即龚氏另诗中说的"艺是针神貌洛神"的针神，中华版《集刊》漏加人名线。

孟氏引《诗》"缟衣綦巾，聊乐我员"句云："谓贫家之妇，与朱邸之缤相对照而言，盖必太清曾以此花折赠定公之妇，花为异种，故忆之也。"此说亦不甚精审，《诗经》中的缟衣并非喻贫家之妇，而在古人诗文中以缟衣人形容丽人的倒很多，如果确是折花赠定庵之妇，何必写得那么倘恍迷离？且又特地加注。传笺二字，又作何解？说定庵与太清无恋情则可，说此为写太清折花相赠事则是臆测。后来，冒氏还对孟氏说："然终信其旧闻为不误，并非由己始创此意。"

《世祖出家事考实》考冒辟疆爱姬董小宛入宫非事实，文中有云："尤可笑者，冒鹤亭见余《小宛考》，以为代其先世雪诬，赠冒氏先德历代著述之丛书为谢。余诘以君家小宛被诬，君知雪之，太清春、龚定庵被君所诬，又将如何？余则两雪之，君知改否？则又固言闻之先辈，不欲回意。"实际是冒氏仍认为自己的观点是正确的。

松楸露冷，诸老凋零，萧条异代，遗墨犹新，一弹指顷，俱成前尘。一九九三年为鹤老一百二十岁，最近才始看到他的《冒鹤亭词曲论文集》，整理者为其孙怀辛，《前言》亦出他之手。匆匆一读，未免有情。

我与冒氏三世通好，曾吊孝鲁之丧，又饯舒𬭶于斗室。与舒𬭶相识，早于鹤老。一九五七年后，舒𬭶即离京他去，我曾问过鹤老，他却避而不答，盖有难言之隐。到了八十年代，才与舒𬭶重晤于模范村，不禁想起达夫先生的"握手凄然伤老大，故人张禄（范雎的化名）入关初"之句。现在怀苏头发已花白，怀辛亦齿牙残缺了。

鹤老中举人在光绪二十年甲午（一八九四），时年二十二。《论文集》有云："忆癸卯岁（光绪二十九年）

应经济特科，各报罢。……余成七律二章，由甫（易顺豫）即席次韵。余有云：'参军蛮语公无怒，令仆人才我不如。'盖余卷先列一等，以论中称引卢梭见摈。由甫和云：'艰难身世都无补，新旧文章两不如。'闽林琴南见之，为嗟赏不已。"在自题诗中又有"痴想词科继大贤，参军蛮语悔争传"语。

经济特科始于光绪二十四年贵州学政严修之请，由张之洞等为阅卷大臣。参军句用《世说新语·排调》所记郝隆为桓温南蛮参军，作诗用蛮语"娵隅"（鱼）典，令仆为尚书令与仆射的合称，痴想句指自己希望继清初词人陈维崧之业。当时首席阅卷大臣为张之洞，在阅卷中批道："论称引卢梭，奈何？"遂被摈，还对人说："卢家没好人，卢俊义是男盗，卢莫愁是女娼。"一时有"万人空巷看卢梭"的打油诗。

这一故事，不仅关系鹤老个人的遭遇，更反映当时西洋的学说给予老一辈维新知识分子的影响，梁启超还将冒辟疆的《留都防乱》揭，比诸法国牟拉巴（米拉波）、日本大山忠光。文艺方面，林琴南的《巴黎茶花女遗事》，即在光绪二十三年翻译，《论文集》记严幼陵曾有"可怜一卷《茶花女》，断尽支那荡子肠"语。

可是旧势力却寸土不让，张之洞还算是通晓洋务的大臣。戊戌政变后，梁士诒考经济特科，本列一等，由于疑心与梁启超是同族，也被黜落，因为当时老佛爷还健在，最恨新党，梁启超与鹤老同庚，戊戌保国会的倡议，鹤老也赴广和居集会，当时会名尚未确定，所以鹤老有"又不是唱皮黄《大保国》"的话。梁之识冒，在戊戌前二年，地点在上海。

陈声聪氏《兼于阁诗话》卷二，记林旭有《丁酉九日泊舟烟台寄鹤亭二首》，中有"不图扬其波，乃使惭

无地。泥犁诚对簿，君亦无所利"云云。陈氏云："初
不知其意何指，孝鲁云，先生在时曾问之，曰，此曹君
事耳。曹君者，曹梦兰，后改称赛金花。据李墨巢云：
'《晚翠轩集》中《和友人韵》及《与石遗大兴里饮罢过
宿有叹》二首，即为曹而作者。'"鹤老与康、梁也相
交，而与林旭交谊特厚，林比冒还轻二岁。林旭被害四
十年后，鹤老在《晚翠轩集》的题词上说："不意百日
而有八月十三日之惨变。忆是夕与曹君直（曹元忠）、
张璚隐（燕谷老人张鸿）同徘徊南横街，月色甚凄，明
日遂出都。今日追思，何异东京梦华也。"戊戌之变，
对维新分子是一场大灾难，鹤老是身经目击的，所以连
那时候的月色也记得。从节令上说，中秋近在眼前，人
们应该共度佳节，团聚赏月了。

鹤老于清末任刑部郎中，曾经和我谈到在刑部时的
故事，举了这样一个例子：旧时主持刑事的官吏，如果
不是出于徇私舞弊，失出（罪重罚轻）的过错比失入
（罪轻罚重）为轻。前者为纵，后者为枉，虽然两者都
非执法之平，但失出尚有可以原谅之处，失入便是故入
人罪。有一次，鹤老审问一起盗案，因为强盗和窃贼定
罪上不同，他存心想开脱这个强盗，打算以窃贼定罪，
便对强盗说："今天问你的话，你都要据实招供。"强盗
连忙说："小人不敢说谎。"于是鹤老故意问道："那天
你是从后门偷偷进来的？"这其实是暗示他，要他顺口
承认，不料强盗却回答说："不是的，小人实是从大门
进来抢劫，这是实话。"强盗以为这才是老实招供，可
以从轻发落。可是这一来，这个强盗的罪名就此坐实，
鹤老再也无法替他开脱。

鹤老之与赛金花相识，也在这时。他虽非主审官，
但曾对她有所照拂。林旭诗中的"泥犁"云云，当指此

事。后来鹤老主管温州海关，赛金花曾致函申谢，由况夔笙代笔，上款称"瓯隐足下"，下款署"沐爱赛金花百拜"。这一张信笺，现在也可算文物了吧。

鹤老在民国时任海关监督，这与明亡后臣士之仕清者不同，可是有些讲究义熙甲子的遗老，却对他有微词。有人说他之号疚斋，也含自疚之意，不知这话是否可靠。有一次，我和不食周粟的遗老某翰林谈起鹤老，脱口而说成"刑部侍郎"，他就正色说："鹤亭怎么会是侍郎！"《论文集》的《前言》中，曾引陈三立赠诗云："抱关碌碌竟何求，不狎鱼龙狎海鸥。乞食情怀天所鉴，扬芬事业梦相谋。"抱关指任关督狎，狎海鸥指欧海，扬芬指刻前人集子，或亦有感而发。《词话》卷五云："阳湖吴孟棐（翌寅）客广州久，以名孝廉一行作吏，非其志也。"似可作夫子自道看。

五十年代时，我到疚斋去拜访鹤老，时已傍晚，只见高朋满座，正在宴饮，座中有高吹万、瞿兑之诸老。鹤老便拉我入座，还将一条鱼块盛到我面前说："这是河豚，你敢不敢吃？"说罢大家都笑了。这时是冬天，河豚则如梅尧臣诗所说，须到"春洲生荻芽，春岸飞杨花"时节才上市。因为我与鹤老很熟，又是后辈，他才有此戏言。他们还准备在东坡生日（旧历十二月十九日）举行集会。

鹤老生于同治十二年，又是个享高寿的老人，所以，自晚清至民国的宦海文苑的人物掌故，他都交接闻见。石遗老人初到北京时，鹤老曾为他赁居上斜街。"群木绕屋，古槐夭矫拿空，是数百年物。层楹轩爽，稍具亭榭，缭以朱藤海棠丁香诸杂花，间以湖石、枣树覆之，袁珏生（励准）谓是顾侠君先生小秀野草堂。"（《石遗室诗话》卷二）卷四又云："季硙外孙冒鹤亭，早慧有声，长而好名特甚。"鹤老之识石遗老人，则由林旭介绍。《诗话》中两次提到鹤老的"日色不到处，苔气绿一尺"句，称为近人写景之工者。又录其全篇者多首，其中《自杨花桥夜归口占内子》云："跷跷车马傍江干，十里归程近转难。常恐林间明月堕，抵家不及两人看。"末两句确极警策，故陈氏加密圈，当自杜甫《月夜》的"何时倚虚幌，双照泪痕干"脱出。陈氏长于鹤老十八岁，故以后辈视之。（后因陈氏亦著文附会董小宛入宫事，鹤老颇为不满。）其录鹤老诗多首，或与"长而好名特甚"语相应。冒夫人为黄曾葵，字瓯碧。鹤老中举人时，副主考为翰林院编修瑞安黄绍第，爱鹤老之才，乃选为婿。

这部《论文集》，迟迟始见刊行，在今天的出版条件下，原是大不容易，但内容只限于词曲，总觉得不够满足，如鹤老的《三国志闲话》、《孽海花闲话》、《续孽海花人物琐谈》等等，皆未收入，《续孽海花》中的人物，不但有鹤老的相知者，并有他本人的故事。托名顿梅庵，则由冒顿之顿转化，梅庵与鹤亭相对，又与其先德冒辟疆之《影梅庵忆语》相关。

但就《论文集》的《词话》部分看，也可看到许多词坛掌故，如朱彝尊小姨冯寿常（字静志）的金簪事，李慈铭与鹤老外祖周氏兄弟交恶事。《小三吾亭曲选》选"莫愁湖同卢冀野"一曲，又使我忆及解放初期，我往疢斋，适卢氏亦在座，后又来了一位刘君（笔名牛马走），便约我们几人同往洁而精菜馆，席间谈到党的各项深得民心的政策，刘君有口才，便接上来说："南人不复反矣。"这话对我印象很深，所以到现在还记着。

但《戏言》中有一则云："古人填词，多咏故事，如《西子妆》为咏西施故事，《祝英台近》为咏祝英台故事，《虞美人》为咏虞姬故事。"最初的词牌名固与本事相符，《祝英台近》却非咏祝英台故事。英台故事起于民间传说，实后于此曲。这里的"英台"指贤能的大臣，苏颋《送光禄姚卿还都》："汉室有英台，荀家宠俊才。"人名祝英台之"台"繁体字作"臺"，词牌的台字应念"胎"。祝是祝望之祝，近是词曲的一种体制。

鹤老于《孽海花闲话》前曾题诗四绝，末一首云："灯火繁台渺旧京，一觞一咏梦承平。词流百辈消沉尽，此簿应题点鬼名。"钟嗣成的《录鬼簿》，所记皆元曲作者之生平及作品目录，鹤老也作过《疢斋杂剧》八种，皆以明末妇女为题材。岁月荏苒，一些东南故老，今已大都归道山，成为《录鬼簿》中人物，但他的遗著，能够在今天出版，那还是可告慰于泉下的。

（原载《伸脚录》，辽宁教育出版社，一九九五年版）

说着同光已惘然

　　提起晚清掌故，很自然地会想起徐一士先生。例如知堂，就对谷林先生说过："如遇徐一士笔记，可买些翻翻。"意思是，对晚清的政制名物，可以有所了解。

　　我和徐先生通信在前，解放后又见过一面，对他的生平，却知之不多，只知他是戊戌人物徐致靖之侄。致靖原籍宜兴，寄籍宛平，所以徐先生给我信中有"家本江南"语。他在《我的书法》中说："我十五岁那年，山东巡抚周馥在省城（济南）开办一个客籍学堂。"周馥任山东巡抚约在光绪二十七年（一九〇一），则徐先生当生于光绪十三年或稍后。今天我们要找杜月笙的资料倒不难，要找徐一士那样学者的资料，就不容易了。

　　一九五〇年，我和亡妻到北京，先往他家里去访问，只见他上露光头，齿牙残缺，戴着眼镜，态度却很恳切。四十年代时，他曾寄给我一张照片，这次亲自把晤，正与想像中饱学的寒士风度吻合。他的年轻时期生活我不了解，至于晚年，却一直忙于稻粱之谋。他的原稿和信件，常常写得顶天立地，密不通风，大概也为了节约纸张。

到北京自然要游故宫，徐先生自然是最理想的"导游"，那是出重金也难觅得的。这时他虽已露龙钟之状，还是很爽快地答应了我。次日下午，我们在太和门等着他，他穿了一件褪了色的灰布人民装，因为是在夏天，所以戴着一顶阔边的草帽，手提草篮，登上台阶，已感气急，使人想起李白的"饭颗山头逢杜甫，顶戴笠子日卓午"的两句诗，也真的像个村夫子。他见面后，就说："这是我第三次来。"我听了大出意外，总以为这些掌故家经常到故宫来，就像逛厂甸一样。事后想想，故宫确也只能玩上一二次，无山无水，却又大而无当，尤其是三大殿，所看到的不过是宝座之类，已早非原物。慈禧晚年之建颐和园，如果从老年心理学来分析，倒也是很普通的事。她不能像男性的皇帝那样，可以几次南下，或者到塞外去打猎。在我访问谢兴尧先生时，谈起颐和园，他就说："你以为我们是常去的么？"过了几年，谢先生到上海时，要我陪他去玩一次大世界（后因他事忙未果），正好是翻手为云的两个有趣例子。故宫之于北京老学者，大世界之于我辈老上海，就和文章中的陈词滥调一样。

在故宫闲谈时，我曾经谈起：清代很讲究避讳，但顺治帝名福临，为什么不避？他说：据说顺治曾说过"朕不能使天下无福"，故不避。他用了"据说"，意即不一定是事实。但顺治如真的说过这句话，那么，"福"字不避也得避"临"字。现在推想起来，当是顺治出生时还在关外，满人原无所谓避讳，关外的祖先如太祖努尔哈齐、太宗皇太极，皆为满音之音译，更无从避起，努尔哈齐之"齐"一作"赤"，即是例证。福临恐也是音译，御名不会取这种常见的名字。（元代入主诸帝如忽必烈、铁穆耳等也是音译，也不避。）到了顺治之子康熙玄烨时，汉化渐深，遂开始避讳，于是玄妙观成为元妙观，玄色（黑色）成为元色（白色），意义适得其反。但玄字之讳，实始于宋代，宋人称唐玄宗多称明皇，玄宗父子并提时，有时不曰玄宗肃宗而曰明皇肃宗。

我又谈起，过去因常在俗文学里看到月儿、人儿字样，前天在乘三轮车时，便问过车夫。由于我说的是蓝青官话，月字还带入声，儿字又不善于卷舌，车夫起先听不懂，缠了好久，才瞪着眼大声说："你是在说月亮么?"他听了笑着说：你是从书本上看来的，但北京人口语中的儿字，也有习惯性，例如只说饭馆儿而不说照相馆儿。现在我连说些蓝青官话的余勇也没有了，难怪北来的友人要说：看来跟你面谈还不如通信。实在是大为悲哀的事。

时隔四十余年，现在能想得起的和他谈话的内容，只剩下这两点了，而且是即兴式的，与清宫掌故实不相干。游故宫只能徒步走，因为怕他太累，就请他先回去，我们也可以省些不安，所以这一天只和他在太和殿附近盘桓了一回，但徐一士陪我游故宫，在我的屐痕上还是值得追忆的因缘。

徐先生治掌故有三大优势：健于记忆；善于综合；精于鉴别。从他引用的史料来看，除了少量的手札等外，大都是常见的书。他的每一篇谈掌故的文章，大部分是在做文抄公，自己着墨不多，看的人就需要耐性。然而凡所议论，却颇为精到通达，通达是指不偏激不迂腐；特别是对前人记载中的谬误而又有关典制的，他都能一一纠辨，这也是测量掌故学者功力的一个重要标志，茶余酒后的谈助当然也不可废，究非掌故之堂奥。

今试举《督抚同城》为例：徐先生于引薛福成《叙督抚同城之损》后有云："文中引噶礼、张伯行事，列诸同城，则噶礼为两江总督，驻江宁；伯行为江苏巡抚，驻苏州，虽同省而与同城之官有间也。"亦见其好读书而又能求甚解。下又云："两江总督，情形又为特异，驻地为江苏境内，却与江苏巡抚不同城，且自有江宁布政使受其直接指挥。（原注：清初安徽布政使驻宁，后移安庆，另设江宁布政使，与驻苏州之江苏布政使分理各属。）一省地方隐分督治抚治，故谑者谓两江总督乃半省总督，特江督辖三省四布政使，当长江繁富之区，复兼南洋大臣，负对外之责，其地位及权力犹甚足重视耳。"这里只能举此一例，其他纠误补阙之处，举不胜举。其随手写来，左邻右舍，莫逆于心，熟极而流的特长，正是徐氏掌故的力度所在，故而读来如饮醇醪。这篇《督抚同城》和另篇《首县》，为清代研究地方官制者很重要的参考资料。清之巡抚，固不同于明之巡抚（中央特派员，"巡抚"为动词），清亡以后，民国的省长（一长制）、省主席（合议制）或勉强可以比拟清之巡抚，但清之总督，就很难用民国的地方军政长官来比拟了。

徐先生已出版的著作，现在看到的就是一九八四年书目文献出版社重印的《一士类稿》、《一士谈荟》的合订本，共收五十一篇，实际上远不止此。黄裳先生于三十年代曾将《国闻周报》上刊载的凌霄、一士随笔截成一厚册，封以硬面，赠送给我，我常翻阅。今天书已不在，篇目也全忘了。

这次为了写此文，将《古今》合订本借来，检阅之后，觉得《类稿》与《谈荟》中未收的数不在少，如《关于多尔衮史可法书牍》，就是为谈清初掌故者所关

心，徐先生论两书的历史背景亦颇平允。史可法书首列
"大明国督师兵部尚书兼东阁大学士史可法顿首谨启大
清国摄政王殿下"，于清人固已极表尊隆，尊清正因南
明之弱。尾缀"宏光甲申九月十五日"。徐先生云："福
王由崧是年五月即位。诏以明年（乙酉）为弘光元年。
斯时新君已颁新年号。却尚未到新年号之元年。而此书
若仍称崇祯十七年。或有不便之处。乃书'弘光甲申'
字样。（原注："弘光"作"宏光"者，王氏〔先谦〕避
清高宗讳，循例以"宏"代"弘"也。）严格论之。于
义不合。"（徐氏原文皆用句号）于此亦见南明张皇弥缝
之苦衷。

史可法书是否为侯方域作，尚难断定；多尔衮书为
李雯所作则无异议。雯字舒章，松江人，与陈子龙同
乡，子龙编《皇明诗选》时，曾得李雯、宋征舆协助，
《诗选》中常见李、宋评语。雯后仕清，授内阁中书舍
人，与孤忠抗清之陈子龙遂成泾渭二途。邓之诚《清诗
纪事初编》卷四云："近从内阁大库检出摄政王致唐通
马科书稿各一通，亦其手笔。"唐、马于崇祯时皆任总
兵。李雯后有信寄子龙，愧悔之情，至于涕泣，并以苏
李交情比之。终以忧伤憔悴而卒，时为顺治四年，子龙
则于同年就义。雯为多尔衮作书，当是他生平难偿之耿
耿内疚。

晚清之政治腐败固不待言，但晚清又是新思潮纷起
时期，徐文中的《吴汝纶论医》、《倭仁与总署同文馆》
等文，就是反映了当时开明与守旧的两种思潮的起伏。
学习西法，被看作"用夷变夏"，守旧派群起而攻之，
办洋务的恭王奕䜣被称为"鬼子六"（奕䜣行六）。当时
有对联云："鬼计本多端，使小朝廷设同文之馆；军机
无远略，诱佳子弟拜异类为师。"撰这类联语的人，或

亦可称为小有才，才就是骂街。吴汝纶扬西医而抑中医，就他所处的时代来说，还是有科学头脑的。王元化先生《清园夜读》的掌故一栏中有《吴汝纶论中西医优劣》一文，曾引徐先生此文，又谈到鲁迅对中医的态度。对历史上的中西医问题，如恽铁樵与余云岫的论战等，我本想写一篇掌故性的文章，因为这也关系到近现代的中国文化史，可惜苦于材料不足。

徐先生的全部作品，估计当在百万字以上，眼前要将它整理出版（最理想的编者是钟叔河先生），恐只能付诸泡影。前年曾看到大规模的《中华掌故类编》已出版的报道，共六辑，起先秦，迄民国。但原书未见，徐先生的作品想必也有收录，但不知收进多少？

陈宝琛《瑞臣（当是宝熙）属题罗两峰上元夜饮图摹本》云："不须远溯乾嘉盛，说着同光已惘然。"逝世如斯，今天能谈同光掌故如徐先生者，真有寥若晨星之感了。

（原载《伸脚录》，辽宁教育出版社，一九九五年版）

忆苏青

苏青在四十年代出版的书，都送过我，我只浏览一过，没有细读。如今这些书已遭"横扫"，她也已长眠地下。灯前重抚，茫然良久，觉得此亦故人遗墨。老年人的记忆不甚可靠，就像雨打之窗，往外看时，有的还清楚，有的已经模糊零落了。

朋友相熟后，彼此的最大兴趣还是晤言一室之中，和夜读一样，都是文人生活中最可亲的一种趣味。现在她虽然高卧无言，存殁之间，不妨仍作为对话看待。

知堂老人的散文，这几年很受读者欢迎，宋远曾比作出土文物。苏青作品的重见天日，就像死水里跳出一只青蛙，叫的却是五十年前的声音。

我和苏青第一次相见，是在一位朋友家里。她的原籍是宁波，我是定海，对外也称宁波人，大家乡音未改，别有乡土上的亲切之感，不久便相往来，严格地说，只是来而不往。她因约稿，常到我家里来，一灯之下，无话不谈，往往到十点后才走，我却没有去过她的家。这次写文章时，我竭力把回忆挤得紧紧的，生怕自己忘了，却怎样也记不起她住在何处。张爱玲的家，我只去过一次，却是记忆犹新，在赫德路（今常德路）的起士林公寓里。未进其室，先闻琴声，接着便坐在沙发里和她谈京剧，她给我一个印象是，仿佛古书里说的静女，说话非常轻柔婉转，似乎有所控制，张爱玲写的《我看苏青》中，就记苏青抱怨过张爱玲："你是一句爽气话也没有的！"倒真是一个现成的对照。

张爱玲是晚清清流张佩纶的后人，佩纶又是浊流李鸿章的女婿。张爱玲在香港念过书，精通英文，她对西洋的音乐绘画都非常熟悉，在《更衣记》中，又对清代服饰的沿革如数家珍。近代文明与古旧情绪，乱世佳人与王谢堂燕，在张爱玲的文章中交相缤纷。

作家的作品和本人性格，有的并不合拍，有的却是统一，苏青属于后者，她爱怎么说就怎么说，写的文章也是百无禁忌，《续结婚十年》里有些内容，在谨慎的人就不会写。和她闲谈，有时会一口气说下去给你个没遮拦，如同爆玉米花，等到要爆裂时，耳朵里全是劈噗之声。现在我的耳朵已经半聋，这声音再也听不到了。

和苏青相熟的人，都说她是世俗的，也许和善于经商的宁波系统有关，这话并无贬意，相反，对苏青倒不失为知音。有的人不喜欢苏青，也因她是世俗的缘故；有的人说她精明，这和所谓世俗也是相串连的。精明主要指办《天地》时的手腕。当时的上海滩，不论干甚么行当，光凭书生气是很难应付三山五岳的。听说她曾到一家发行报刊的老板那里坐索欠款，一时成为话柄。有债讨债，事本寻常，只因出于妇人之身，就被当作新闻，社会的习惯势力，总是要给妇女增加一份额外的负荷，偏偏苏青是敢于负荷的。

由于经常晤谈，她的家世和苦衷，因而也得略知一鳞半爪，除了坦率，也看出她的厚道，谈到她的原来丈夫李君，就并不是咬牙切齿似的，她有责备他的话，却还是归因于两人性格上的差距。还有一些隐私性的事件，她不说，我也不会想到问到的。

有一次，两位皮革行的老板，因慕苏青的大名颇想一瞻丰采，托我邀请苏青到皮革行吃一顿便饭。这两位老板也是宁波人，却不是有实力的资本家。我答应他们试试看，自己并无把握，于是写信给她，不想她居然答应了。这顿饭并不是盛宴，菜就是皮革行的厨师烧的。临走时，老板送了她两块牛皮面子，她也收了。这也算得世俗的例子，另一面又见得她的平实。

我和苏青最后一次见面是在五十年代的剧场里，当时她编了越剧《屈原》，和尹桂芳合作。我是特地买票去看戏的，事先没有和她联系，因为她这时究竟住在哪里我也不清楚，想不到在开场前无意中遇到了。她穿着一套女式的人民装，戴上了眼镜。苏青本来不讲究修饰，这时更显得世俗化了，虽然当时倾国倾城的妇女都是清一色的，要知道在五十年代这便是风靡一时的女式"时装"了。我们先是点点头，然后我走过去坐近她身边谈了几句，等于是在寒暄，语言已经没有什么温度，如同第一次见面一样。

隔了一段时期，我从亢德兄那里知道苏青被捕了，我起先总以为是办《天地》那段时期的历史问题，及至今年看到了别人的文章，才知是被胡风事件牵连的，囚禁了一年多，这却使我大出意外，苏青和胡风原是水米无干，怎么会卷了进去呢？《苏青文集》的最后附有蔚明先生写的《一个女作家的沉浮》一文，对这一事件的经过有扼要的记述，这里不再多说了，实在也没有什么可说的。蔚明文中说到从五十年代起，海外即有怀念苏青文章，并且重印了她的作品。我在另一册传记索引上，又知道苏青曾列入《中国现代六百作家小传》中。那末，举目天涯，还是有人在重视她，甚至超过了四十年代。

苏青为人坦率、爽气、平实，有世故，无机心，这是和她缔交过的人所共认的，为文很大胆，这也是事实，但片面强调她为文的大胆，也非知人论世之道。她的文学生活的最活跃时期，也就是一个不祥的苦难的时代。她的《结婚十年》，从另一角度看，也可看作离婚七年。妇女在中国是特别受到歧视的，她却是一个很有才华的人，于是卖文为生，并把心灵的窗口向外敞开。从这些文章里，人们可以看到一个在沙石成堆世途上跋涉着的女人的脚印，因为是女人，是非难免特别多一些，如《续结婚十年》第十七"惊心动魄的一幕"中写的那样，这事件她曾经向我说过。

然而时代又造就了一些人才，即使是在那样的时代，苏青之外，还有张爱玲。苏青逝世于一九八二年，年六十九，今天说来，总觉得早了些，却又是无可奈何的事，对亡友不必多说废话了。

（原载《伸脚录》，辽宁教育出版社，一九九五年版）

大家知道，我是出版界的老编辑，这段过程原是很长，但最先介绍我进出版社的便是这位乱了"四圣"排行的孔另境。他在中社结婚时，我就已参加。孤岛时期，出版《鲁迅风》，我是编辑，他是"经理"。

建国后，私营春明书店改为春明出版社，请施蛰存先生任总编辑，施先生调任大学教授后，另境兄改任总编辑兼资方代理人，另有副手二人。另境兄一直是个自由职业者，从不开店设铺，所以工商联的任何活动，也都不去参加。

当时的私营出版社是没有党组织的，只由几位青年党员组成的工会，由于历史的原因，凡是资方代理人就是资本家，因而对资方代理人难免戴着有色眼镜。我当时很想拿到红派司，也不能批准，因为我领过上代的定息，也是个世袭的资本家了。工会干部善意地劝慰我，一定要站在红派的立场上。按情谊说，我进春明，另境兄确是出过力，因此应倾向于另境兄而不倾向于资方，所以心坎中总有一种负疚。但当时是建国初期，千头万绪，都有待拨乱反正，有些组织、体制，也不容迅速统一，例如我进上海文化出版社后，红派司便很快的到手了。

当时的红派司就像朝圣的符袋一样，允许我"笔锋一转"，转到"文革"中期，因为我们是专政对象，造反派便将红派司还给我们，还发了八元的会员费，这八元钱等于工资的三分之一，反而不把红派司放在眼里，到点心店吃一碗大肉面。既患得之，又患失之，这种矛盾到今天还是顽固不化。

进了上海文化出版社后，他又介绍我参加民主促进会，这个党派的重点便是出版系统。到了大鸣大放时期，除了一般的会议外，又增加了一个小组，参加的只有六个人：王绍鳌、周煦良、张致中、金性尧，向民进市委献一个策：取消出版社编辑的坐班制，就像大学里教员可以不坐班，在家备课，出版社的编辑可以带稿子到家里去。在会议中，周、孔二公是积极派，力主促成，我是"现实主义"者，觉得空中开会，说得口敝舌烂，也是没有效果，这会使出版社内部闹矛盾，如果编辑可以这样，校对不是也可以带着校样回家去么？还有一点，如果总务科、财务科不能实现，也不可能实现，他们会服气么？经过反复讨论，这一计策，只好流产了。我回家把经过告诉亡妻，她的政治敏感倒很强："这牵涉国家体制问题，怎么能成功？"

若君兄为人，慷慨大胆，敢于直言，所以有大炮之称，但外间传说的孔另境不被打成右派，便是某人保的，这却是不足信的小道新闻。

他不但爽直，也很忠厚，他的一位老朋友流落在外时，他就悄悄地向信封里塞进一二元钱，这就不是一般人敢做的。

"文革"后期，他的夫人金韵琴女士调到二十四史校对组，说起上山下乡中的考大学问题，她只很平静地说了一句："今后总归难的。"铜山东崩，洛钟西应。我听了，默不作声，其实确是最强烈的共鸣。

我与他缔交于三十年代，他好赌，我们两人还去过曹家渡赌场，公谊私情，兼而有之。"文革"之前，我在文化俱乐部看到他，人瘦得一望而知是患着糖尿病。过了不久，春明的老同志，就要我为他写挽联了。又不久，韵琴夫人也去世了，我就在这篇小文中一并致以悼意吧。

（原载《闲关录》，上海古籍出版社，二〇〇四年版）

忆陈子展先生

我认识子展先生在赵家桥的阿英先生家里，他是名教授，我是后学。谈了几句后，就把他的寓址告诉我。当时他住在徐家汇底，属于旧法租界，路名很长，第一字有个"麦"字，由一条小巷曲折而进，倒有陌上花开的乡下风味。后来他到我家来，我正在学做旧体诗，便拿了几首给他看，他说了这么一句话："你还可以做得好一些。"意思是说我做得蹩脚，我当然口服心服。他自己的旧体诗却很有功力，记忆中有这样一首："弃我燕云十六州，石郎换得白貂裘。可怜一代儿皇帝，管取痴人唉饭忧。"这是以石敬瑭父事契丹故事，影射北平的伪临时政府。

林语堂办《人间世》时，作者队伍中，有两个人的文章，他最爱赏，一是曹聚仁先生，一是陈子展先生，因为两人的书读得多。黎烈文编《自由谈》时，子展先生用文言文写《蓬庐絮语》。《自由谈》中刊载文言文的，陈公一人而已，他似乎也引为得意。但他同时又写了许多歌谣与曲词，王莹唱的《水车歌》（?），就由他填词，并且灌成唱片，他们都是湖南人。也许是我错觉，我总觉得湖南人的口语里鼻音较重。王莹主演《赛金花》时，念到"堂堂"二字，赵景深先生立刻听出来说："这是湖南腔。"赵先生读书听戏的细心是出了名的。

子展先生曾用文言写过许多部日记，上海沦陷，他前往内地，就把这些日记全部撕毁了，还写了诗在报上发表，其中有"日记千言自此休"语。现在想来，却是很可惜的。

子展先生的个性很强，思想改造运动中，和领导人顶撞起来，竟然指着领导人的鼻子说："你比法西斯还凶。"这是他到我家里时，亲口告诉我的原话。我听了大吃一惊，便问他："你是这样说的?"他说："哎！我就是这样说的。"我只好不作声。他不参加鸣放，不一定出于谨慎，就我所接触的来说，他说话从不忌惮，而且声调高亢。到反右时，他在思想改造中的态度，自然一五一十地算总账了。

他的《国风选译》，起先由私营春明出版社出版，收在苏渊雷先生主编的一套丛书里，由我审阅，其中"关关雎鸠"的"雎"字是一个僻字，他曾对我说："为了免得重新刻字的麻烦，用'睢'字也可以。"这两个字是应当区别的，但说明他也善于从权。公私合营后，《国风选译》便转到古典文学出版社了。

他的《楚辞直解》凡例，初作于一九七一年，修改于一九八〇年，开头说："此书与《诗经直解》一书，原皆草有长篇序文，未及写成定稿，不意于一次苍黄中俱佚，今不复补。"那末，他是被抄过家了。

涉笔至此，又想起他在解放前写的一些随笔小品，无论白话文言，经过精选，似也可以结集出版，因为这也是三十年代作品，只是这工作需要有人整理。悠悠百年，墓木已拱，只有文章才能长留人间。

（原载《闲关录》，上海古籍出版社，二〇〇四年版）

人世几回伤往事

我和瞿蜕园先生相识，开始于一九四三年。当时他因文稿事由北平来沪，但只匆匆一面，立谈数语。一九四九年后，在一家出版社的宴会上，与他不期而遇，他已经不认识我了。后来我调到中华书局上海编辑所，因工作上的关系，和他常有接触。齐燕铭先生在世时，对上海的两位学者很关心，一是谭正璧先生，一就是瞿先生。不久，他们两位被上编聘为特约编辑，而对瞿先生尤为倚重，例如李白集的校注。

有一次，和亡友陶亢德兄谈起高级知识分子问题，他以为既然称为"高级知识"，就必须有别人所不能胜任的能力，不是阿猫阿狗都能充当，随即举了几位学者，瞿先生是其中之一，因为他确实身怀绝技。到了六十年代《辞海》修订时，其中职官部分，主要由瞿先生撰写。事前，杨宽先生曾经感慨地说过："现在能通晓断代的官制已不容易，更不要说统揽历代的了，例如清代的官制虽多沿明代，但两者还是有区别，如巡抚、大学士等等。"但瞿先生最后还是能把秦汉至明清的官制一气完成。"文革"

前，中华书局上海编辑所曾经出版过清人黄本骥编的《历代职官表》，附有瞿先生的《历代官制概述》和《历代职官简释》两种，都用语体文撰写。对于今天读者的实用价值来说，瞿著恐胜过了黄氏原编。

瞿先生毕业于圣约翰大学，所以通晓英语，一度还想和人合译《圣经》。他谈话时，常常用英语中的造句与汉语相对照。他对《红楼梦》和《儒林外史》都有自己的见解，能指出两书中宫闱、科举故事的虚与实，可是他又问过我："《西游记》是谁写的？"我说是吴承恩。他又问我："那末，《长春真人西游记》呢？"我说这是两部书。这道理也不难解释：他看《红楼梦》和《儒林外史》，是作为明清的史料来看待的，《西游记》的主角是齐天大圣，他就不甚在意了。

此外，他本人还擅长骈文，又能诗，能画，能书。他曾经送过我一把画梅花的折扇，字由潘伯鹰先生写，可谓双璧。所以，他是兼学者与才士而有之。为了稻粱之谋，他写过通俗性的小册子《长生殿》、《史记故事编译》，同时也留下无愧为名山事业的好些学术著作。

我最后看到他的一次是在一个大会上。他从囚车里戴着手铐出来，面色像漂过了的白纸，宣判完毕，又被押上囚车驶回原处。杜甫赠郑虔诗云："便与先生应永诀，九重泉路尽交期。"这时郑虔还活着，却已寓死别于生离之中。

建国后，瞿先生一直谦虚谨慎，从不乱说乱动，写的都是古人古事，并无讽今之意。而且对新社会也有所认识。有一次，和他谈起建国后的一些文化现象，他就说："现在确实各方面都走上轨道，你看《人民日报》的社论，可曾有像从前那样文理不通的文章？"此虽小事，也见得老人内心的真实感受。以他的经历来说，当何草不黄的大难之日，有此一厄，原是意料中的事。但我起先总以为是历史问题，后来听说是现行的，因为说过几句有关娘娘的话，其实也是在说天宝遗事，不想这时被揭发了。

现在要说到《刘禹锡集笺证》（下简称《刘集》）。

"文革"前，瞿先生有两部稿子，已完成还来不及出版，一是《李白集校注》，一是《刘禹锡集笺证》。《李集》尚有前人注本可以依傍，《刘集》却是前无古人，白手起家。由于刘禹锡曾被划为法家，所以，原稿曾经被法家写作班利用过，这时瞿先生已呻吟于暗室，可见划清界线，原可转弯抹角。但原稿虽经丧乱而尚存，似亦天怜斯文，许其幸存于人间。

全集分校、注及笺证三部分，共一百万言。校注见功力，笺证见识力，作者的文字则见才力。

刘禹锡因参加王叔文集团而成为八司马之一。而王叔文则被正统派看作小人、奸邪，后人已数数为其辨诬。瞿先生在笺证中翻覆为王、韦（执谊）及八司马雪冤。原稿作于五十年代，自不同于某些苟合取容、顺口接屁者。他以为永贞政变实为顺宗父子权位之争，永贞新政之不终，误于顺宗患病，侍护左右的唯有宦者李忠言（宦官中的亲顺派）、昭容牛氏，王叔文不能直接接近顺宗。这时宪宗已二十八岁，唯恐不能速得嗣位，利用顺宗之久膺风疾，遂用俱文珍（宦官中的亲顺派）等之谋，假藩镇之力，于两月间自立为太子，又由监国以至即真称帝。这些都非顺宗本意，乃宦官从中密谋，强迫行之。笺证还疑心顺宗非病死，民间也盛传宪宗有逆伦之谋，其事于新旧《唐书》的《刘瀍传》中微露端倪。瞿氏进一步推论，前于此的房琯之获罪，不完全由于陈涛斜之败，还因贺兰进明在肃宗前进谗：琯"于圣皇（指玄宗）似忠，于陛下非忠"之语激起肃宗的猜恨，"与禹锡等忠于顺宗而不忠于宪宗，恰如一辙。忠于其父，乃结怨于子，帝王家事之丑恶有如是者"。政海无恒温，原不独李唐一代是这样。

其次是笺证中对唐代官制的考释，散见于各条中，数量很多，不再列举，在"有侍讲者专备顾问"条中，历举侍讲的沿革后说，"此一节为自来言唐官制者所未及，足补史阙"，想见其落笔时自快之状。所以，单就唐代官制一项来说，此书即有很大的学术价值。

禹锡《平蔡州》有"狂童面缚登槛车"及"妖童擢发不足数"语，笺证云："诗中一云狂童，再云妖童，谓吴元济也。其实，元济年非童幼，禹锡盖恶宪宗之淫刑，诛及稚孺耳。"笺证中一再责宪宗黩武残民，固亦不误，但引上述刘诗中二语，以为禹锡恶宪宗之诛及稚孺，则未必符合刘诗原意。在次页的《平齐行》中即有"初哀狂童袭故事"语，此狂童指李师道。师道与吴元济皆挟父兄余势而作乱，故以狂童称之。狂童一词，《诗经》中已有之，都是指成人，禹锡只是袭用而已。但这些商榷性的疑义，今天已欲语无从，诵禹锡《伤愚溪》的"纵有邻人解吹笛，山阳旧侣更谁过"句，尤为惘然。

此书的"出版说明"末云："深为遗憾的是，瞿先生在十年动乱中惨遭迫害而离开了人世。故此书出版，也是对他的一种纪念。"语重心长，亦见出版社惓怀故老的温厚之情。

现在，瞿先生这部《刘禹锡集笺证》已经获得全国古籍图书一等奖。九原难起，一老可怀，读其书而念其人，禹锡所谓"人世几回伤往事"者，于此又不能不别有感喟。

（原载《伸脚录》，辽宁教育出版社，一九九五年版）

旧事方城六十年

今年的上海美术界何其不幸，一月之间，忽陨二星，逝者可伤，于是检出了君匋先生给我的四封信，其中有一封云：

性尧兄：

手书奉悉，前尘往事，历历在目，观战一事，亦未或忘。承惠大著，谢谢，当择暇读之。我辈能存天地间，至今犹能相见，自可庆幸。欲拙书，兹书一联相赠。原拟写能受天磨真铁汉，不遭人忌是庸才，实太露，故改书今句，尚祈笑正，即颂
年厘

弟君匋手上
一九八七年一月廿六日

信的内容，有两点需要略作说明。

"观战一事"，指"孤岛"时期，文艺界朋友常到我家来打麻将，这一天君匋先生和另境兄一同来，就坐在

旁边观战。

美术界的朋友总还记得，"文革"时期，上海曾开过批"黑画"的大会。君匋先生一向谨慎，本来没有什么把柄可抓，但因开过书店，就被贬为资本家，资本家而被批斗时，一定要加上"反动"二字，那末，又是怎样"反动"的呢？说是他在破四旧时期，还关起门来写字作画，可见他不想改造。怎知道他在家里写字作画？因为有人看到他在文具店买过宣纸，就成为告密的好资料。事隔多年，也只能记其大略了，所以信里有"我辈能存天地间"云云。现在改写的一副，原文为"山色迎来衔小苑，春阴只欲傍高楼"，已是且食蛤蜊，下款为"丙寅岁寒孺堂钱君匋时年八十有一"。

此外，他在三十年代还给我刻过一方石章，并有边款云："壬午七月为性尧先生刻笔名此作自谓得汉印三昧君匋。"

他长我十岁，已归道山，我却拥有他的三件珍品，今皆成为遗作：书信四封，楹联一副，石章一方。匆促之间，拟了一副挽联：先生高韵三珍品，旧事方城六十年。意对字不对，亦聊抒后死者存没之感而已。

（原载《闲关录》，上海古籍出版社，二〇〇四年版）

地留一士

　　由于胡道静兄对古农书很有研究，"文革"前，随单位下乡劳动时，有人从田野里拔些野菜野草要他辨认："这叫什么？"他只好摇摇头，老实回答说："不知道。"于是引起一阵哄笑。

　　他研究的是古农书，实物的野菜野草并非他专业的对象，也不能以此作为理论脱离实际的例证，一定要说脱离实际，倒是讥笑他的人。其实，生长在乡村里的人，对这些野菜野草也未必都能叫得出名字来，否则就不叫野菜野草了。即使能叫得出名字，也是没有多大意思的。理论一定要结合实践，但实践不等于庸俗化的"实用"。有人学《实践论》，不是把随地吐痰也作为联系实际的例证么？

　　知识分子不能分别小麦与韭菜，早已为人所诟病，这固然是一个缺点，需要克服，但不应夸大其词，借此挖苦。旧社会中有一些穿绸吃油，坐享其成，却不辨五谷的纨绔子，他们原是一无所能的寄生虫，之所以受人唾弃，也不仅仅因为不辨五谷而已。对于研究古农书、古医书、古科技史等等专家来说，首先要检验的是他们在专业上的成就如何，在国内外的学术影响如何，小麦，韭菜分得清与否，毕竟还在其次。

一个仁心仁术、白发银眉、治愈过不少疑难杂症的老中医，要他去识别药材店柜子里的不常用的药物，能够认识的恐怕不多。有没有办法使他们统统认得呢？有的，也很方便：停业一个月，天天朝药柜子张望牢记，那就"熟读唐诗三百首，不会做诗也会吟"了。换言之，药材店的营业员必须对所有药物认得一清二楚，却不能要求他们也会诊病。越是专家，似乎局限性越大。在这方面扩大了，在另一方面缩小了。五十年代时，我问道静兄有没有读过《红楼梦》，他摇摇头："没有。"又问他读过《水浒》没有，他说只读了半部。我知道他对宋代历史很熟悉，他却说："我对北宋还熟悉，对南宋并不熟。"这或许是他的谦逊，也见得学者的老实风度。已故瞿蜕园先生对《红楼梦》、《儒林外史》都有自己的见解，却会把吴承恩的《西游记》和长春真人丘处机的《西游记》混为一书。

丙午之变，国家多故，"万姓无声泪潜堕"。当李约瑟博士访问中国时，出于关心，问起胡道静，回答的人竟说："胡道静死了。"真正讲得上青竹蛇儿口，却说明胡道静在外国享盛名学者心目中的地位。

否极而泰，历史召唤中国必须重振于大地。故人居然无恙，握手乍疑梦里。投诸豺虎，豺虎不食，天留一命，地留一士。明年野菜花开，草长莺飞时节，颇望能与他往郊区一游，看看他对野菜野草的认识，有没有比从前进步些？

（原载《伸脚录》，辽宁教育出版社，一九九五年版）

西风碧树

　　三四年前，宋远已经发表了不少文章。她到上海来时，我问她："你也可以出书了。"她立即高声回答："无名小卒。"曾几何时，她已出版了两本随笔集。士别三日，岂止阿蒙。稿费所得，一部分买书，一部分旅游。她的《脂麻通鉴》的"独自旅游"，便是用手写出的收获，成为用脚漫游的代价，然后又用脑印上天南的屐痕。

　　凡是了解宋远的人，都知道她爱读书，爱买书，恰好，她又是《读书》月刊的编辑。她对读书，真有陈老莲诗说的"一日无书百岁殇"的一往之情，但她却没有说得清的目的，即有所不为，而志在求趣，只要能引起她趣味的，用她自己的话来说，就会感到"如醉如迷"。

　　她买了好多画册，定价都是百元以上的。《长沙马王堆一号汉墓》，原价七十元，后来涨为三百五十元，她也下了狠心买了下来。又如港版的《明代家具》、《清代家具》，也都收藏。她本人的穿着极为朴素，可是有关古代服饰的画册，却买了不少。这使我感到奇怪，对她有什么实际用处?

她知道我对明代的历史有兴趣,曾约我合写一本二十万字的《崇祯十六年》,以人物为轴心,伸向这个大痛苦、大饥饿、大流血的历史长廊,看一看三百年的大明江山怎样坍下来的。我因这时手头有其他稿件,无法承担。我不无遗憾,她有些扫兴,就说了这么一句话:"那我就写服饰史了。"原来她这时已有两个写作计划。

一九九六年一月,她完成一篇《评〈辞源〉(修订本)插图》的长文(以下简称《评》),一万多字,交与中华书局的《传统与现代化》杂志。我请她将校样寄来看看。不久,校样寄来了,内容是谈名物方面,也使我明白,她买画册,事出有因,已与有所不为的时代不同了。

全文是对修订本《辞源》插图的错误部分,提出纠评,兼及释义,她的根据主要是近年来出土的文物图片,自己还临摹了几幅作为对照,但光凭文物图片,仍不能说明《辞源》原图错在哪里,因而还得同时利用古籍中的书画资料,使之相互印证。这就需要用真刀真枪,而与小学家单纯以文证文又不同。

例如铙,《评》云:"舞铙插图出自吕大临的《博古图》,实际上它不是乐器,而是车轭上面的銮铃。近年实物出土很多,已有定论。宋人偶得一器,不知其名,姑称舞铙,当然不可信。按《辞源》第一九二二页乌啄(即轭)图,顶上就装着銮铃;两相比较,本书未免自发其失。"意思是,铙固是乐器,但《辞源》中的舞铙,却是銮铃,銮铃多装于轭顶,行车时振动作响,与乐器之铙实是两物。

我们在古书上常看到"强弩之末"的话,这弩究竟是什么东西呢？光凭文字，还是抽象的，因而必须用图形来示意。《辞源》的释弩之义不误，插图却错了。《评》云："插图在弩臂前端绘一对'承弓器'，实误。在始皇陵一号铜车发现及修复之前，所谓'承弓器'的用途长期不明，曾误以为它是装在弩臂前端用以承弓。至修复一号车时，方了解到它是焊在车轮前用来张弓的。"即是说，《辞源》插图是把战车上用来承弓的"弩輄"，画在弩臂的前边了。

又如玦字，《评》云："释文明明说：'开缺口的玉环'，并且这是玉器中常见的，并无疑义，插图所绘却全不符，不知所据。"我看过《辞源》的插图，玦作环形，中有一个圆孔，画者大概以为即缺口了。又查《辞海》，中间的圆孔下倒有一个缺口。

其他如乌纱、乌帽、乌纱帽的特点，深衣的真相，笮簝的形状等等，这里不再举例了。钦佩之余，还想说几句题外话。

《辞源》的修订工作开始于一九五八年，当时出土的文物不多。后来地不爱宝，深埋的文物数数重见于人间，使研究者得到更多的实物依据，宋远有幸而适逢其会。

其次，还有一个更重要的原因。

我曾经参加过《辞海》古典文学组的修订工作，略知文与图之间的分工关系。释义者不能绘图，绘图者未必能判断古书上描绘的说明的是否正确，他们所依据的也只是《三礼图》之类极有限的几部书。有时将插图拿来问释义者，往往难以答复。宋远是先有研究，并看了大量史料才写成的。绘图的人只是临时找几本书来描摹，其中难免有以意为之之处。例如上举《辞源》上的玦，如果叫我来鉴定，看到其中的圆孔，可能以为就是缺口了。玦是常见的，更冷僻的就更为难了。

古代名物人像的绘制，倘要认真，大不容易，这里又想起一件很有趣的故事。胡道静兄《梦溪笔谈校证》卷四云："世人画韩退之，小面而美髯，著纱帽，此乃江南韩熙载耳。尚有当时所画，题识甚明。熙载谥文靖，江南人谓之韩文公，因此遂谬以为退之，退之肥而寡髯。元丰中，以退之从享文宣王庙，郡县所画，皆是熙载，后世不复可辨，退之遂为熙载矣。"道静兄按语云："南薰殿旧藏《圣贤画册》中韩愈像，依旧是小面而美髯，著纱帽，以与传为五代顾闳中画的《韩熙载夜宴图》相核对，容貌正和韩熙载酷肖，可知这个错误从北宋一直沿袭下来。若无沈括的这条辨证，竟无从纠正这个错误了。"宋远的这篇《评》文，在名物的考核上，也多少会有裨补阙陋之用。前几年，我在从事选注本时，她曾以沈从文先生考释文物方法为例，希望我对古诗中一些名物，也能下这样的硬功夫。我感谢她的好意，却苦于自己浅尝辄止，难以如愿。涉笔至此，又记起《从文自传》中的一段话："这就是说，我从这方面对于这个民族在一段长长的年份中，用一片颜色，一把线，一块青铜或一堆泥土，以及一组文字，加上自己生命作成的种种艺术，皆得了个初步普遍的认识。由于这点初步知识，使一个以鉴赏人类生活与自然现象为生的乡下人，进而对于人类智慧光辉产生领会，发生了极宽泛而深切的兴味。"

这还是在解放前说的。解放后，沈先生却由故宫博物院的讲解员（？）进而果真成为屈指可数的文物专家，他的那本在香港出版的《中国古代服饰研究》，宋远也不惜重金购得。

一片甲骨，一块青铜，一张汉瓦，象征着我们这个民族的历史和命运。有些外国人，用成叠成叠的外币，买我们的云冈、龙门的佛头、唐三彩，就因自己国家历史短，把这些古物放在客厅里，整个客厅便饱含着上千年的历史空气了。

宋远又很喜爱《诗经》，她的几个有抒情意味的笔名即取自《诗经》，还想写一篇《诗经名物考》，问我有没有什么资料。我对《诗经》的名物毫无所知，但《诗经》中有些谜却引起我的兴趣，例如对《静女》的故事背景应如何理解，诗中的"彤管"又是什么东西？

宋远对名物的研究，恐只是出于个人的兴趣，未必有什么宏观性的雄心，但兴趣也是每个人各种因素的总和，其中有气质，有禀赋，说起来却是十分抽象。某些兴趣，使有些人乐不可支，唾沫横飞，对有些人只能抱"作揖主义"，反过来也一样，举一个最浅近的例子，对牛就无法弹琴。

名物的研究是一门冷而又冷的工作，希望她朝此方向持之以恒，"不把双眉画短长"。她喜爱趣味，讲究境界；那末，西风碧树，独上高楼，应该是人间最可流连之一境了。

（原载《不殇录》，汉语大词典出版社，一九九七年版）

悼黎庵

当《世纪风》的杂文风行的时候,有一个署名"吉力"的作者常去投稿,笔锋也很精锐(说白了就是后期不及前期),颇为柯灵赏识。有一次,柯灵约我同往探访,地址在南京西路的九福里,也是有代表性的石库门房子。一个青年穿着睡衣前来出迎,他便是署名吉力而实为宁波人周黎庵。当时他还未结婚,寄居在舅父张咀莫先生的厢房中;张先生是益元参行的老板,著名的印谱收藏者。

由这时起,黎庵便成了《世纪风》的基本作者。他原来是林语堂《宇宙风》的编者,日子久了,几个人便相约到老正兴馆聚餐一次。后来又认识了巴人,他很爱打牌,隔几天便在他家里或舍间打,因为两家住处很相近。麻将现在已列为娱乐,这是很高明的措施。

因巴人的加入,还和别的几个作者出版了《边鼓集》、《横眉集》。《边鼓集》的结集,我和柯灵想请望道先生或者西谛先生写一篇序,和巴人一商量,他皱着眉头说:这不容摆平,请了望道先生,西谛先生有意见,请了西谛先生，望道先生有意见，干脆就由巴人自己作序。

这步子原是起的很好，然而单就我和黎庵来说，两人最接近的还不在这时，说来痛心，却是在《古今》的那个阶段。

《古今》的版权页上没有我的名字，实际上是半个编辑，因为每天也要去半天，社长是曾任汪伪交通部次长的朱朴，这本来也是冷官，这时已经下台了，然而出入还坐汽车。

后来和黎庵合办了《古今》，朱朴是没有金钱和权势的，但因投靠了周佛海，经济上也有了保证，成为周门一个高级清客。

我也是相差无几，后来是自甘附逆。作为《世纪风》的作者原是很清白的，作了《古今》的不署名编辑，政治上便有泾渭之分。抗战胜利后被人诟骂，也是咎由自取。每个人的行动都应由自己负责，我是自己撞上去的。因为这时候我正在吸鸦片，需要钱用。这真是百悔莫赎的恶果，我一生的许多错误，皆由此而来。为了此事，我们夫妇之间也筑了一道墙。

解放后，我和黎庵一度在上海文化出版社任编辑，因而天天见面。不久，我被调至古典文学出版社任编辑，由伯城兄具体领导。不久"反右"自天而降，人人自危，而这一关他和我平安度过。过了一段时间，却不料他因历史反革命的关系发配至农场改造。我虽然和他相处很久，起先不晓得他的具体罪名，后来才知道因曾任伪行政督察专员之故，这时我才明白《古今》停刊的原因。

后因特赦而回沪，还分配给他一间小间，作为上海文艺出版社的编辑而退休，于是他有了两处房子，我们也有了经常见面的机会，有时还聚餐。"文革"后他被改为错判，因为他不知伪专员的办公在何处。这件事说来话长，也说不清楚伪专员怎么会没有办公处所？我们只知道他曾任伪专员就是了。

我与他虽很相熟，但这种事情，往往嗯嗯唔唔不便多问，只知道有一批人曾被特赦，他是其中之一。

约在去年夏天，孔海珠专程访问他，结果使她很失望，没有得到什么结果。后来我女儿打电话给他，想看望他，他说不必来，因为要雀战，无法接待客人，这样就由电话中成为永诀了。

我和黎庵的关系，原非一二千字说明得了，而且人已西逝，只能约略写一些，但有一点却是切身的，就是我和他是同庚，都属龙，自己又患心脏病，"九重泉路尽交期"，这日子也不会太久了。

二〇〇三年十一月九日

（原载《万象》二〇〇四年第一期）

早年的书签

我不是科班出身，从没有跨进学校的门槛，连小学的文凭都拿不出。童年的求学时期，是从一个私塾开始，到另一个私塾结束。我的祖父本是一个洋行"跑街"，后来和人合伙经营洋货，沾了欧战的光。当大洋彼岸两方士兵的鲜血流遍战壕时，半殖民地的买办性商业却乘此奇货可居。就这样，平地一声雷，祖父晚年忽然成为买田造屋的富翁，并由此得出一个结论：读书并不能使人发财（这是一种市侩哲学，在今天似乎还有活力）。所以他只希望我在私塾里学些记记账，看看报的本事，读熟珠算的口诀，另外向别的地方补学几句"外国话"就可以去见世面了。

在那个时代，学问原是命定地和财富对立，任何抱负，任何知识，一经和金钱较量，无不黯然失色。发光的东西并不一定是金子，可是金子的光泽确也炫耀得使人发昏。所谓"铜臭"，说穿了，只是反映失意文人泄愤解嘲的"逆反心理"，难怪从前有人要将财神菩萨的牌位搬到文庙里去了。

在读完《百家姓》和《三字经》之后，就读《论语》，先生并不讲解，我等于是在认一个一个的符号。《论语》是二千余年前一位哲人的语录，却要一些才睁开求知的双眼的孩子来诵读，其中像"学而时习之，不亦说（悦）乎；有朋自远方来，不亦乐乎"，还容易领会，但像"道之以政，齐之以刑，民免而无耻；道之以德，齐之以礼，有耻且格"这一类文字，岂不是使孩子们越读越蠢？

过了几年，又读《幼学琼林》和《古文观止》，总算有了些兴趣。《幼学琼林》分门别类，其中大都是成语和典故，有典故便有故事；又常使用偶句，读起来便觉音节和谐，造句整齐，也容易背熟记牢。开头是这样几句："混沌初开，乾坤始奠；气之轻清上浮者为天，气之重浊下凝者为地。"一种星球已经成型，生命还未出现，大自然正在深呼吸、炼气功的原始状态，就在这几句话里迷迷糊糊地映现着。至于《古文观止》，那是到现在还有生命力的选本，《出师表》、《陈情表》、《泷冈阡表》这著名三表，最初都是从《古文观止》里读到的，它与蘅塘退士的《唐诗三百首》可称普及性选本中的双璧。

读书之外是作文，题目不外"立身之道"、"学贵于勤"之类，第一句照例是"夫人之在世"，末了必以"由此观之"作结，它的特点就是不让学生表达自己的思想，而且都是说理，没有抒情或写景，所以我们从小就缺乏锻炼形象思维能力的机会。

对这类私塾，现在回想起来，有这样几点感想：一是《论语》、《孟子》等，原非误人子弟的坏书，只是要孩子们空着口高声朗诵，除了增加书房里一大片嘈杂的童声之外，别的什么也得不到。二是这时已是五四运动以后，时代的洪流正在向四面八方冲击，可是私塾里的课程，却连一些常识性的项目也没有，如地理、物理、数学等。古人以"一物不知，儒者之耻"为戒，我们这些蜷缩在白木书桌边的"小儒者"，却真是"一物不知"而不以为耻了。但这些弊端，只能怪时代，不能怪老师。三是私塾的几年生活，毕竟使我认识一些古汉语，引起我对古代历史和诗文的兴趣，长大后，在鉴赏古文时多少占了些便宜。因此，对于少年儿童的教学，一定要把兴趣放在重要地位。但另一方面，某些旧意识、旧趣味也就盘根错节地萦绕着我的身心，它的力量不在于理性上的蒙蔽而在于感情上的干扰。

离开私塾，来到十里洋场的上海，我既不从商，又不进学校，就有跑福州路这条文化街的机会，眼界逐渐扩大，终于接触了一些新文艺作品，每次回家，手里总带着几本书。这些作品中，对我影响最大的是鲁迅的著作。

对于一个十六七岁的青年来说，鲁迅的作品其实并不容易看。杂文中不但有中国和外国的典故，而且有当时发生于政界的、文坛的"新典故"，例如"自行失足落水"之类用语，经他加上引号，意义就由原来的肯定而变成否定，如果孤立地看，就没法知道现实上的针对性。他的小说，别无离奇激烈的情节，今天一些志在猎奇的青年，恐怕不屑一顾，看了《阿Q正传》，说不定会看作滑稽故事，要末是《故事新编》，或许有些兴趣，但它却是取材于很远的古代。技巧方面，他使用的是"欧化"的手法，但又掺杂着文言的成分。

然而当我读到《在酒楼上》这样一段描写时，立即被他的语言艺术征住了：

这园大概是不属于酒家的，我先前也曾眺望过许多回，有时也在雪天里。但现在从惯于北方的眼睛看来，却很值得惊异了：几株老树竟斗雪开着满树的繁花，仿佛毫不以深冬为意；倒塌的亭子边还有一株山茶树，从暗绿的密叶里显出十几朵红花来，赫赫的在雪中明得如火，愤怒而且傲慢，如蔑视游人的甘心于远行。我这时又忽地想到这里积雪的滋润，著物不去，晶莹有光，不比朔雪的粉一般干，大风一吹，便飞得满空如烟雾。……

一个江南水乡雪后的小园风光，画似的展开在我们眼前了。作者"从惯于北方的眼睛"来看这江南的雪景，又以山茶的性格衬托游子的心情；并进而想到在大风里飞洒的粉一般干的朔雪。他不以雕琢取宠，却以凝炼、准确显出语言上的功力。这当然和作者的古文修养密切相关，可又不同于鸳鸯蝴蝶派的小脚放大。历来的优秀作品并不是依靠雕琢来维持艺术生命，然而它的艺术生命却不能不通过语言上的智慧而长留人间。

鲁迅在文学上的伟大成就，当然不仅仅在语言艺术上，但我最初接触他的作品时，确是由它的语言特色开始，进而打开了我的雏鸡似的眼界。《阿Q正传》、《祝福》等作品中揭示的社会伤痕，我在当时还谈不上有什么过多的理解。

由小说到杂文，又看了一些别人对他作品的评论，我逐渐感到鲁迅是在抓无声的中国之魂。他在《呐喊》自序中说的想通过文艺改变"愚弱的国民"的精神，实即国民的灵魂问题。用后来流行的一句名言说，他确实够得上"灵魂工程师"这一称号。他杂文中揭露的、讽刺的一些现象，自官场现形到街坊争吵，都有一个可怕而可哀的灵魂在蠕动着，即使说的是外国的事，也不难在中国招魂。例如他在一九三五年写的《几乎无事的悲剧》，文中先以果戈理《死魂灵》中帝俄时代一些地主的无聊生活为例，没有一句说到中国，但在号称民国的上层以至中层的人物身上，尽管表现方式不同，却自有貌离神合的地方。这种"几乎无事的悲剧"，倒也不是行为上道德上的放荡堕落，但它却使原来的奋发者为之颓唐庸俗，原来的苟安者更加麻木不仁，有的人的半生或一生，就此消磨了。这段小说中的细节，在别人读的时候也许会忽略过去，但到了鲁迅眼里，不仅指出了果戈理的讽刺本领，还带同读者加强了对这样的社会的认识，正像他在文中说的："这些极平常的，或者简直近于没有事情的悲剧，正如无声的语言一样，非由诗人画出它的形象来，是很不容易觉察的。"

"观于海者难为水"，鲁迅作品对青年的启发影响，原非几千字能够概括。这次因写本文，重读了他的几篇小说和杂文，恰像从文集中拾得一枚早年的书签，从那暗黄的翳雾上，也说明留存年代的久远了。

（原载《伸脚录》，辽宁教育出版社，一九九五年版）

鲁迅的『横眉』一联

一九三二年，鲁迅写过一首《自嘲》诗，其中"横眉冷对千夫指，俯首甘为孺子牛"一联，为世传诵，并已印作对联。对于这两句诗，"文革"前就想谈谈自己的理解，却苦于无法直抒己见，写成后也不会有地方发表，有此同感的或不止我一人。

孺子牛的典故出《左传》哀公六年：齐景公因爱其子荼，由自己衔绳装牛，让荼牵着走，景公触地而齿折，意即形容景公对他儿子的喜爱。这类戏耍，在今天也还常见。洪亮吉《北江诗话》卷一，曾引钱季重作的柱帖："酒酣或化庄生蝶，饱饭甘为孺子牛。"鲁迅是否化用钱帖，已难确知，但孺子牛作为爱子深情的譬喻当可确定，就像"舐犊"。

鲁迅晚年得子，喜爱海婴，亦人之常情，他的《答客诮》，也作于一九三二年，"客诮"与"自嘲"两者正相呼应，诗云："无情未必真豪杰，怜子如何不丈夫？知否兴风狂啸者，回眸时看小於菟。"诗中流露的对海婴的热爱之情是很明显的。第一句和第三句相照应，第二句和第四句相照应；即兴风狂啸是对真豪杰的修饰，回眸时看是怜子的具象表现。"於菟"用《左传》宣公四年楚人谓虎为於菟典，鲁诗的小於菟只是昵称，如同叫小老虎、小狗子一样。"丈夫亦怜其少子乎？"丈夫为什么不可以爱怜少子呢？他的名句"挈妇将雏鬓有丝"与"梦里依稀慈母泪"，就包含着母、妻、子的三代亲人。他在一九三一年四月致李秉中的信中曾说："长吉诗云：'已生须已养，荷担出门去。'只得加倍服劳，为孺子牛耳，尚何言哉。"次年六月，又在致李秉中信中说："但我曾于五月二十左右寄一孺子相片。"都是很显明的例证。

再说上一句的"横眉冷对千夫指"。鲁迅在三十年代时，固然受到白色恐怖的威胁，但诗中的千夫云云不一定直指当时的反动当局。他在一九三一年二月致李秉中信中说："而海上文坛小丑，遂欲乘机陷之以自快慰。造作蜚语，力施中伤，由来久矣。……千夫所指，无疾而死。生丁今世，正不知来日如何耳。"可见诗中的"千夫"实指"海上文坛小丑"。他在一九三一年二月致荆有麟信中，也说到无聊文人造谣事，同年二月，在致韦素园信中说："我们有了一个男孩，已一岁零四个月，他生后不满五月之内，就被'文学家'在报上骂了两三回，但他却不受影响，颇壮健。"似也可以为这两句诗作一注脚：他们管他们造谣挖苦，我还是甘心为孺子作牛。古人有些诗句，初看不知道它的涵义，待到看了他本人的其他著作，才知原有他生活里的特定素材，即所谓"本事"。鲁迅的有些旧诗也是这样。但下句如作为一种譬喻，不提海婴的事，亦无不可；上一句的"千夫"却要作具体的分析，如果笼统地一律看作政治上的凶恶的敌人，那就太片面了；至少允许注家把上述的本事注出，究竟应该如何看待鲁诗中的"千夫"，由读者自己去鉴定，用一句大家经常在说的话，便是实事求是，这丝毫无损于鲁迅的伟大。

还应该感谢人民文学出版社《鲁迅全集》书信卷的编辑同志，使我们看到从前看不到的一些资料。

（原载《伸脚录》，辽宁教育出版社，一九九五年版）

鲁迅的翻译作品

我不懂外文，却来谈翻译，未免可笑不自量；我这几年的兴趣集中于古典文学的写作上，对翻译作品，本来可有可无，但我对鲁迅先生的翻译作品却有感情，单说那篇有岛武郎的《小儿的睡相》，还是二十几岁时读的，全文不过千字，印象却很深刻：刚刚睁眼人间，苦难却已在窥伺着他。读了毕勒涅克的《信州杂记》，还写过杂文。

三十年代版的《鲁迅全集》出版时，我因参加过校对工作，得到一部二十册的红面子本，自己还先后买了一些单行本，其中有水沫书店本，毛边纸本。

十年一梦，四大皆空，真的成为环堵萧然了。偶而和朋友谈起鲁迅的作品，他们瞪着双眼问我："《鲁迅全集》怎么也要抄呢？"我说："连马恩列斯的著作都被席卷了。"只留下红宝书，但大连印行的土纸本《在延安文艺座谈会上的讲话》也装上卡车了。这本土纸本，我倒是逐字逐句核对过的，例如土纸本中用的"之"字，在选集本中大多改了"的"字。后来有人说："我们只是执行的。"但执行还有一个心肠手段问题。有一点倒是真的，只是他们和她们没有说出来：谁会料到"四人帮"会崩溃呢？

"文革"结束后，我因捐赠鲁迅先生的四封信，承上海的鲁迅纪念馆送了我一部人民文学出版社版的《鲁迅全集》。感谢之余，犹感缺然，号称全集，却没有鲁迅的翻译作品。前几年，曾经有过一阵子弗洛伊德热。对弗氏的学说，正用得上两句俗语："不可不信，不可全信。"鲁迅早期是爱读弗氏作品的，在《故事新编》的序言中也说采取了弗氏的学说，在《肥皂》里，也有明显的反映，联系到他在旧式婚姻的苦闷上，他早年对弗氏学说不会不爱读的。许先生告诉我：鲁迅为了自我克制，他曾经睡过硬板。

从弗氏学说，我想到了鲁译的《苦闷的象征》与《出了象牙之塔》。我先想买单行本，却遍觅不得，这类书都只能收藏而不能长期借阅的。后来看到江宁路旧书店橱窗里躺着一本《死魂灵》，原是作为样品陈列着，幸喜与营业员相熟，总算卖给我了。我的书架上，于是有了鲁迅的翻译作品。"文革"的开场，把我赶到了另一个天地，"文革"的结束，我已经六十岁了，又像重新投了胎。

今年二月，承鲁迅纪念馆几位同志的枉临，谈起鲁迅的翻译作品，又是承他们盛意，送了一本库存的二十册本的《鲁迅全集》，即是依照复社本重印的，不但有翻译作品，还有《会稽郡故书杂集》《古小说钩沉》等，真正用得上喜出望外四字了。值得感谢的事情永远会牢记心头，所以古人称为铭感。

于是就想写这篇文章了。

知人不能不论世。鲁迅早期对翻译的论说，也要用历史的眼光看，即必须与当时的时代背景相结合，那就是出于反保守反顽固的激情。他是一个很坚决的"欧化"论者，目的为了吸收东西洋的先进思想，革去旧中国惰性、暮气和至死不变的僵化之命，迎头赶上现代化。然而买办、西崽、洋奴和假洋鬼子，却又是他解剖和狙击的对象。他在《咬文嚼字》中说："以摆脱传统思想的束缚而来主张男女平等的男人，却偏喜欢用轻靓艳丽字样来译外国女人的姓氏：加些草头，女旁，丝旁，不是'思黛儿'，就是'雪琳娜'。"此文作于一九二五年，即民国十四年，当时的妇女还是处于男性中心的统治之下，所谓男女平等，只是一句混话空话，而以"轻靓艳丽"字样加在妇女身上，也确是旧文人对妇女一种赏玩性的积习。在今天说来，对外国妇女用些芙、娜、琳等字样以示人物的性别，也还是需要的，如同对第三人称的她与他之别一样，大家也不会因此而产生对妇女的歧视。

他看到清末的留学生的书报上，说是外国出了一个"柯伯坚"，又有一个"陶斯道"（原注："柯伯坚"为克鲁泡特金，"陶斯道"不知为陀思妥耶夫斯基或托尔斯泰），便感慨着说："现在的许多翻译家，比起往古的翻译家来，已经含有加倍的顽固性的了。"（《不懂的音译》）大概因为这时的一部分读书人，还是以自大而顽固的态度，在译名上也是残留着"以夏变夷"的陈腐观念，对于外国的真实情况一无所知，自然也不可能适应新的现实。这时的鲁迅，还是一个进化论者。同时，我们又可以看到，在鲁迅的翻译作品里，常常出现文言的词汇以至造句，这在他也许由于"背着因袭的重担"而成为一种潜意识的惯性，他自己也苦于未能彻底摆脱，这里的关键是清醒与明智，也反映了作家对新旧矛盾上的自我认识的能力。语言是工具，用一些文言的词汇，本没有什么不可以。

在翻译的信与顺的论争上，两方面似乎都趋向极端，因而夹杂了意气。一方是宁顺而不信，一方是宁信而不顺，信与顺便成为不可调和的对立面了。但信与顺应该是可以统一的，用不着非得牺牲一端不可。事实上，当时以及后来的好多翻译作品，也已经达到又信又顺的水平。

在《关于翻译的通信》中，鲁迅曾以"山背后太阳落下去了"为例："虽然不顺，（鲁迅）也决不改作'日落山阴'，因为原意以山为主，改了就变成太阳为主了。"以山为主的原意固然必须保持，可是我想：那末，将它改为"山阴日落"，不是仍然无损于原意么？谈到鲁迅的语言艺术，大家都有一个共识：凝炼。"日落山阴"与"山背后太阳落下去了"相比，前者就有此优点，读者的接受性可能更强些。我看到过一部外国影片的译名：《我们好像见过面》，这可能是"直译"，可是，为什么不译成《似曾相识》呢？后者已成为成语，也不算艰深古奥。

鲁迅早期译的文艺理论，也确实不容易阅读，如"底的"、"底地"之类，就不知他是作什么词性用的，又如"同志渥辛斯基"、"同志瓦进"，在他或许以为这才是直译，但译是译给中国读者看的，如果这是直译，那末，将银河译成牛奶路，也不算错了。我在校对这部分译文时，最感到枯燥，初校后错字特别多，唐弢细心，二校时改正了不少。

鲁迅的最后一部翻译作品是《死魂灵》。他为什么不用"灵魂"而用"魂灵"？恐是采用中国化的民间用语之故。灵魂一词，在中国的古书如《楚辞》，固然早已有之，但在近代，却是外来的概念，如灵魂不灭，出卖灵魂、人类灵魂的工程师等，含义较广。也可指人格、内心世界、精神生活，魂灵只指亡魂，乞乞可夫要收购的只是魂灵。鲁迅的《〈穷人〉小引》中有这样的话："这确凿是一个'残酷的天才'，人的灵魂的伟大的审问者"，这里就得用"灵魂"了（原注：其实，现在用的"封建"、"农民起义"，也是外来概念）。

鲁迅先生的翻译作品共计八册，相当于全集的百分之四十，可见译文在他整个文学生活中所占的地位了。我这里只是浮光掠影地拉杂写来，观于海者难为水，借此略抒得书后的喜悦之情而已。

（原载《不殇录》，汉语大词典出版社，一九九七年版）

关于鲁迅的四封信

　　没有想到还有机会为这四封信作说明。

　　一九三四年，我在中华煤球公司工作，当时还是一个十八岁的职业青年，业余曾经向乡间的报刊写稿，写的也就是杂文，因而想和鲁迅先生谈谈，便写信到内山书店托他们转交，动机只是出于年轻人的含有稚气的冲动，一定要说目的，无非想见见鲁迅先生的丰采。第二天，就收到回信。信里说，"但面谈一节，在时间和环境上，颇不容易，因为敝寓不能招待来客，而在书店约人会晤，则虽不过平常晤谈，也会引人疑是有什么重要事件的"，因此只好谢绝了。这在我既是意料之中，又是意料之外：他居然会写回信给我，而且把不能会晤的理由说一说。话没有几句，却使人感到诚恳。我查一查他的一九三四年十一月十九日的日记，他是一收到信就复的。我寄给他的信，原是写的金性尧，是用毛笔写的，也许写得潦草些，"性"字被看成了"惟"字，又觉得不好意思向他纠正，到写第二封信时，索性将错就错，写成了金惟尧，也仍然不脱稚气。

惟尧先生：

惠书收到。但南谈一节，在时间和环境上，都不容易，因为都离心此招待未免，而在书斋内人会晤，刘雅心近来事殊映读。此金川人亦是有什么重要事件的，因此我不好谓分么见人，而希谅察为幸。

　　此布复，并请

时绥。

　　　　　　　鲁迅

　　　　　　　　青光。

他给我的第二封复信是十一月二十四日，信一开头说："来信早收到。"言下之意，是复得迟了。其实不过隔了五天。这也使我测知鲁迅有一个良好的习惯：对别人的来信尽可能及早答复。

这封信中的第二段有这样几句话："新语林上的关于照相的一篇文章，是我做的。公汗也是我的一个化名，但文章有时被检查官删去，弄得有头没尾，不成样子了。"所谓"关于照相的一篇文章"，也即收录在《且介亭杂文》中的《从孩子的照相说起》，发表时署名孺牛。这篇文章，还反映了鲁迅的美学观点，和《半夏小集》之七的"养肥了狮虎鹰隼"一段可以联系起来看。文中说的中日两国照相师对于孩子的动作和姿势的要求，"觇（伺）机摄取他以为最好的刹那的相貌"，也就是通过儿童的外在姿势而窥探他们内在的精神状态。从某一意义上说，也可说是朝气与暮气之分。在旧中国，好些家长都希望孩子能成为他们模式中的僵化了的"小大人"，特别是上层家庭。"望子成龙"的结果，往往只成为一条虫。鲁迅的这些分析，正是从他日常的社会生活中长期观察的结果；不仅仅限于照相这一事例。

在接到鲁迅的第二封信后，我到附近去理发，恰巧有一个父亲带着十岁光景的孩子也去理发，那孩子显得很斯文，理发时都能依照理发师的摆布，因而很受到理发师的称赞，做父亲的也很高兴。这本来是很正常的现象，理发师的称赞也是对的，但称赞的内容却是"少年老成"之类，这却使我想起了鲁迅那篇文章，回到家里，便写了一篇千余字的"速写"，中间又加上一些虚构的细节。写成后就寄给鲁迅先生，要求他给我改一改。他收到后又在当天给我回信，信中说：

雅克先生：

来信早收到。在中国做的人，一向是很难的，不过这
在意年更難。我先前没有经验过，古些文学家，
今年都弄得十搁查信了，你想，费得快不快。

新语林上的同子四期的一篇文章，是我的。不中也
是我的一個化名，但文章有時被检查官删去，弄得
有头没尾，不成様子罢了。

此复，即请
時绥

迅上
青芳

稿子并无什么不通或强硬（意即生硬）处，只是孩子对理发匠说的话似乎太近文言，不像孩子，最好是改一改。

另外有几个错字，也无关紧要，现在都改正了。

从这封信里，使我得到两点认识：

一是作品中人物的语言，必须和他们的身分、年龄相符合，孩子不能说大人的话。我那篇速写里面孩子的话，其实是我自己在代替孩子发议论，所以会写成这样，就是竭力要想把孩子写得"少年老成"，然而这应当有一个限度，超过了这限度，就不真实了。这对于一般作家，本来是最起码的常识，可是对于当时我那样的青年，鲁迅的"不像孩子"的话，却像开了一个窍。后来读《西厢记》的"拷红"，看到红娘反驳老夫人的失信，却引用《论语》中孔子说的"大车无輗，小车无軏，其何以行之哉"的话，就觉得这不是小妮子红娘在反驳老夫人，而是剧作家王实甫在反驳老夫人。

二是鲁迅看到青年的写错字别字，必加以改正，其中还包括俗体字。如我原稿中的"允"字，他就改为"允"字。类似这样的俗体字，他改正的不止一个，现在能够记得准的就只有这个"允"字。但鲁迅对别人挖苦青年之写别字却极为反对，如他在《"感旧"以后（下）》中说的那样。

我将稿子寄给鲁迅先生，原是希望他能多改动些，好让我在上海报刊上发表。不想他除了改正几个错字外，不再改动什么，这却使我大为失望，也由于年少气盛，又写了一封信给他。信的具体内容记不得了，但"使我很失望"一类的话是有的，言词之间，也不够尊重，因而他的第四封信（十二月十一日），也即最后一封信中有这样的话：

> 先生所责的各点，都不错的。不过从我这面说，却
> 不能不希望原谅。因为我本来不善于给人改文章，而且
> 我也有我的事情，桌上积着的未看的稿子，未复的信件
> 还多得很。对于先生，我自以为总算尽了我可能的微
> 力。先生只要想一想，我一天要复许多信，虽是寥寥几
> 句，积起来，所花的时间和力气，也就可观了。
>
> 我现在确切的知道了对于先生的函件往还，是彼此
> 都无益处的，所以此后也不想再说什么了。

现在想来，除了"因为我本来不善于给人改文章"
这一句或有谦逊意味外，其余说的全是事实，我们只要
看看这一段时间他的日记，每天收到的和寄复的信件就
够使他应付，加上会客、写作，浏览新得的书刊也很费
事，而他这时的健康状况也在下降，须藤医生常来诊
治。从他将我原稿上的几个无关紧要的错字的改正上来
看，他还是将稿子从头看到底的，也就是"我自以为总
算尽了我可能的微力"了。如果换了别的"名流"，要
他亲自复信给一个无名的素昧的青年，恐怕就不容易
了。而且我文章的基础如此，即使换了别的老作家，也
很难改得像样些。这一点，自从参加了编辑工作以后，
自己也就有了深刻的体会。

尽管我和鲁迅先生的通信后来是中止了，但鲁迅对
于青年的态度还是很分明的，在三个星期中，就复了我
四封信，那第四封，其实也可以不答复，他却还要把
"不能不希望原谅"的理由说得很具体。

由于时间已隔了五十余年，自己的记忆力也在锐
退，有些情节已经记不清楚，信上的年份，是从人文版

的《鲁迅全集》的日记中查到的，而那部《鲁迅全集》，还是鲁迅纪念馆送给我的，可惜只有著作部分而无译作部分。现在文艺界也在谈论弗洛伊德的学说，因此就使我想起鲁迅译的厨川白村的《苦闷的象征》来，但时至今日，我的书架上已没有鲁迅的单行本和译作了。过去，我曾经以有初版本的《野草》而自豪，对毛边的《坟》与《华盖集》等也特别喜欢。还有黄裳先生送我的第二版的《呐喊》，其中还保留着《不周山》。

"怎么？鲁迅的著作也要抄得去么？"就在"四人帮"时期，好多熟人都瞪着惊异的双眼问过我，然而事实也就是抄得去了。……

（原载《伸脚录》，辽宁教育出版社，一九九五年版）

鲁迅丧仪之忆

　　我在乡间和上海，看了许多豪绅的"大出丧"。一九三六年秋，从前一天的《大晚报》上，看见鲁迅逝世的消息，遗体移至胶州路的万国殡仪馆。这是上海第一流的殡仪馆，因为也有外国人去殡厝，所以规定不可嚎哭，不可焚烧香烛，不可举办酒菜。

　　第二天，我和妻子武桂芳草草进了午膳后，走到殡仪馆。我因讨厌过去"大出丧"的市侩气，所以特地不用这三字。唐弢写了一篇《向高墙头示威》，倒是深中腠理。

　　胶州路一带，真是万人如海，还站了许多高头大马，马上骑着也很高大的印度巡捕，他们是来巡查的，不是为了保护鲁迅丧仪，但在我却是第一次看到。

　　对鲁迅之丧，当时的舆论，也不很一律，良莠杂具，某报上还刊了"鲁丧百怪录"的专栏，其中对许广平用了极不严肃的"玉泪横流"之语，也有"不要只是破坏，没有建设"等话，这在字面上看并没有错，实际是CC系攻击左翼的潜台词，而鲁迅确是这座死气沉沉的屋子最有力的破坏者。

当时大队都是步行的，只有宋庆龄、蔡元培、内山完造、沈钧儒诸氏坐小汽车，衡山先生本来也是步行的，后来看他年老，在半路上便劝他坐小汽车。徐懋庸走在我面前，他的挽联上写着："敌乎友乎，余惟自问；知我罪我，公已无言。"

到了墓地，大家都动员宋庆龄先生发言，后来她便用上海话说。内山完造的发言中夹着沙沙的声音，与那时的深秋晚凉密相吻合。孟十还（大会总指挥）、萧军等都有发言，现在已忘记了。

丧仪后，文化生活出版社出了一本厚厚的纪念集，我放在书架的醒目地方。这书原很容易买，到了我此刻要参考时便没有了。纪念集的出版在解放前，纪念集的被抄却在解放后的六十年代。历史应当对照，却又经不起对照，对于我这个八十五岁的老人尤其如此。

（原载《闲关录》，上海古籍出版社，二〇〇四年版）

知堂的两本书

今年第三期的《读书》上，有舒芜兄的《评〈儿童杂事诗图笺释〉》一文，使我想起知堂给我的几件手迹。

一就是手抄本《儿童杂事诗》，时间在他离沪返京后。我当时忙于编辑工作，不及细看，只记得其中有一句是"分明一只小荸荠"。由于我的几个女儿，童年时都梳过这种发式，这一句便记得特别分明，随后就把这本诗集放在书箧中，再也没有翻阅过。

二是一幅小立轴，上面写着谢夫人说周姥的故事，也是他一向欣赏的。谢夫人的反唇相稽至今还未过时，虽然《艺文类聚》将她划入妒妇行列。

三是一九五〇年到北京时，谢兴尧兄送我一张扇面，是张大千的钟馗，另一面却是白面，我趁在京的机会，到苦雨斋请他配上字。这两人的书画其实是不相称的，我也明知是硬凑，若流到今天的文物市场上，倒会看作上品的。

四是他给我的四十几封信，笺式一律，内容多已忘却，只记得有回答我"沙皇"的原义是怎样，龙是什么东西之类。信的结末，多半要写上几句近来北京的天气如何。后来见面时，我曾经问他：我信中提的某几件事情，你怎么不回答。他说："凡是我不想回答的，就不再在信里说了。"这话等于没有说，在他或许是"一说便俗"，我也只得默然了。

这几件手迹，不言而喻，现在已经片甲不留，连同他签名送我的好多本书。近年来，陆续得到岳麓书社重印的旧作，虽已非原貌，却得之不易，此外还有两本《知堂集外文》。说是集外文，其实也可看作集内文了。

知堂的文集，我个人最爱读的，还是中期写的《夜读抄》、《苦茶随笔》、《瓜豆集》、《苦竹杂记》等，后期的如《药堂语录》，便觉涩味过重，情趣稍逊。

这两本书的特点是短，大部分不满千字。内容还是风土人情、草木虫鱼、童心女权、掌故佚闻、评诗论文，给予我们以流连的，一是见解，二是文风。琐琐写来，涉笔成趣，如在夜航船中听野老聊天，说完大家喝一口茶，会吸烟的就吸几口。这样的书，如果不是知堂写的，值得不值得出呢？还是值得出的。如用前人的分类法，应是属于子部杂家类，也即笔记，但他比前人的笔记多了一种境界，里面有外国的事物，如谈鳄鱼，他就从潮州的谈到非洲的，谈《伊索寓言》，他会联系到晚清的官场心态。有的是临时从书上去翻检，但多半是腹笥中早已有的，到作文时便左右逢源，摇笔即来，是融合而非凑合。

两本书的后面都附有索引，从索引看，一个突出的印象就是鲁迅名字占得最多。

鲁迅和知堂，都是身跨两个阶段的人，即五四前与五四后。前一段的大先生事迹，知道得最多又最真切的，自然要推二先生。鲁迅逝世后，在众多的纪念文中，知堂写的那两篇，显得平实而亲切；鲁迅对知堂自寿诗的评论，也不失为持平之论。收集在这两本书中有关鲁迅的文章，写作时距鲁迅逝世已在十年以上，也即墓木已拱。这些文章，笔锋常带情感，如在历史小说中，说鲁迅的《故事新编》"也是不可多得的佳作"。严格说来，《故事新编》与历史小说尚有距离，鲁迅自己也说过，知堂要不提《故事新编》也可以。所以，我总觉得，这中间未始没有骨肉之间的存没之感。五十年代时，知堂已经年逾七十，真正说得上老人了。

又如在复辟避难的回忆中，他对鲁迅当时的行动记得那么清楚，接下来又抄了自己的旧日记："十一时同大哥移居崇文门内船板胡同新华饭店。""晚同大哥至义兴局吃饭，以店中居奇也。"又抄了鲁迅的日记："觅食甚难，晚同王华祝、张仲苏及二弟往义兴局，觅齐寿山，得一餐。"义兴局为齐寿山所开店铺，也可说共经患难的了。

知堂文作于一九五七年，距避难时正好四十年。逝者如斯，他执笔时对当年兄弟二人避难移居的旧事，感情上是否特别有所感触，旁人自然无法臆测，但也很自然地会使人联想起来。"无情未必真豪杰"，周氏兄弟又是写抒情文的高手。鲁迅如果活到一九五六年左右，还不到八十岁，我甚至有这样想法，尽管这是很主观的：说不定两人有重见的机会。这时内战停止，大陆统一，九世之仇，尚能成为百年之友，何况兄弟。

两本书的另一重心是妇女问题，这是知堂一直在谈论的，至老未变，他为此还写些谈恋爱，谈通奸的文章。闻舒芜兄已辑有专书，可惜我不曾见到。在对待妇女问题上，他的态度前后还是一致，但有一点却不同了，就是过去写的文章，只是空言无补，最多起呐喊作用，唯有在社会主义社会里，才能解决。这也是事实。在私有制的社会里，妇女问题不可能得到彻底的解决，这样，社会问题至少有一半是悬而未决，例如卖淫。我们还希望，五十年代的人说的话，到了九十年代，不要使他们失望。

围绕着妇女问题，同时也反映了知堂的美学观点。他讲究趣味，却讨厌旧文人对缠足的赏玩，他很喜欢李白《越女词》的"屐上足如霜，不著鸦头袜"，说明唐代还是天足，又赞赏《江南好》词中的"大脚仙"。他对肉体美的要求是丰满结实，这和他的研究希腊文学不无关系。在新文艺作家中，用文学的语言，而不是像康有为那样用政论的体裁，多方面地痛恶"金莲癖"的，恐怕要算知堂了。

他批评《水浒传》的缺点，"是对于女人小儿的态度也很不好。武松杀嫂，或者是不得已，但其写杀时不但表示踌躇满志，而且显示快意，近似变态，至于翠屏山的一场，难道真是如金圣叹所说，故意要犯重复而写得两样以见手段么，我觉得还是喜欢那么写，其居心更是不可问了"。我也觉得，潘巧云之被杀，无论如何是说不过去的。知堂对别人的同情武大，似乎不以为然，这当然有些偏，他的原意是想指出，这些悲剧的造成，还是因为女人在婚姻上的不自主而得不到情欲上满足的缘故，以男人的三妻四妾和女人的活守到死作对照，还是在替女人说话。在《美妇人》中，又举了潘金莲、阎婆惜、潘巧云为例。平心而论，《水浒传》写这几个女人还是写得出色的，特别是潘金莲，作者写的时候是进入角色的，下意识里面未尝不在欣赏她们，中间偏又要折磨得非死不可，仿佛含有妒意，这也可说是一种变态的性心理在作怪。作者大概有一种成见，女人是万万美不得的，一美就要惹祸，美因而成为女人的克星，美与善只能对立不能统一，这和老套话的尤物惑人原是相通。按照作者的成见，倒也合乎逻辑：潘金莲如果不美，又怎么会使西门庆起了勾引的念头呢？俗称《水浒》有"四大淫妇"，除上举三人外，还有一个是卢俊义夫人贾氏，小说里没有正面写她的风情，想起来该是很美的，到了京剧的《大名府》里，就以淫妇姿态出现了。

乡土之恋也是这两本书的一个重心。水声禽语，土膏露气，时时饱溢于笔端。其中有一篇《绍兴山水补笔》，原是忆旧，并非旅行者的游记，但大可作游记读。东南一境，得知堂一文而更可徘徊，文中又提到了陆放翁在沈园的故事。放翁写两首《沈园》七绝时，年已七十五，离开与唐氏（唐氏之名不详，现在大多叫她唐琬，小说戏曲更有称为蕙仙的）的沈园的邂逅也已四十余年。时间固然可以淡化人的感情，然而情之所至，又每每不受年龄的限制。陆唐在夫妻感情上原是亲密的，不幸，唐氏却不见容于婆婆，这也是旧时代的中国妇女额外的负荷，难怪放翁一闻姑恶之声如此懔然了。

《夜读抄》的《姑恶诗话》中，举了越城东南一隅的几个古迹后，接下来说：

> 但最令人惆怅者莫过于沈园遗址。因为有些事情或是悲苦或是壮烈，还不十分难过，唯独这种啼笑不敢（这四字是借用毛晋《放翁题跋》中语）之情，深微忧郁，好像有虫在心里蚀似的，最难为怀。数百年后，登石桥，坐石栏上，倚天灯柱，望沈园墙北临河的芦荻萧萧，犹为怅然。——是的，这里怅然二字用得正好，我们平常大约有点滥用，多没有那样的切贴了。

这一段文字实在写得淡而有味，可作绝妙小品读。《夜读抄》初版于一九三四年，这次为了写稿，重新读过，还是令人掩卷冥思。陈衍《宋诗精华录》对《沈园》也有精切的评语："无此绝等伤心之事，亦无此绝等伤心之诗。就百年论，谁愿有此事，就千秋论，不可无此诗。"意思是：在有限的人生中，不忍见到此事；在无限的文学生命中，不可不有此诗。今天的越城东南，天灯柱自然不会存在了，但石桥石栏，不知依然无恙否？石头应该不会烂的。

（原载《伸脚录》，辽宁教育出版社，一九九五年版）

饭后随笔

据《光明日报》报导，周作人的作品，在国内（包括香港和台湾）出版社侵权的几近二十家。此事影响之大，涉及出版社之多，实为罕有云。

周作人的遗著，对于研究周作人的生平，研究新文学史的专家，自有重要的用处，但目前大部分读者，恐还是因为书中的情趣，加上他那种特有的文风，也是只此一家。前几天，承陈子善先生送了我一部"周作人自选精品"的《饭后随笔》，上下两册，约七十万字，所收作品，都是过去《亦报》、《大报》上发表的，因而和岳麓书社出版过的那两本有重复处，我这里谈的只以这本《饭后随笔》为依据。

这些文章，因为发表于小型报上，所以都是短小的，不像《夜读抄》、《苦茶随笔》等那样长，抄书不多，偶而有抄录的，也是寥寥数语。他在《华佗的麻醉药》中说："偶然要查曹孟德的事，借了《三国志》来翻阅。"似乎写的时候，苦雨斋中连二十四史也没有了。

对于看惯《夜读抄》、《苦茶随笔》等的读者，两相比较，得失之间，就很难说，例如《姑恶诗话》那样的文章，书抄得很多，却不使人厌烦。《亦报》上那些文章，当初如果不是周作人写的，恐怕不会辟专栏刊登，因为主编者唐大郎先生素不喜欢"闷"的文章，而《随笔》中的大部分文章却是闷的。这也可说意外，或者说是缘分，唐大郎成为周作人的知音了。

在《文章的包袱》中，有这样的话："我很想把文章写得短，写得简单明白，这个标准看来容容易易，做去却是烦烦难难，努力好久，才从六百缩到五百至四百五十字以内，这比较预定的三百字还差得远呢。"文章忌长，但短到四五百字而又要情理兼具，也是一桩苦差使。既称文章，毕竟和马路旁代人写信的摊主执笔不同，所以有的题材，他只好化整为零，分成两三篇。又在《拿手戏》中说："我在《亦报》上写文章，本来自己定有两个标准，一是有意思，二是有意义，换句话说，也即是有趣与有用，可是事与愿违，有如鱼与熊掌，不但二者不可得兼，想要抓住一个也还着实不容易。"所谓有趣与有用，也要看读者口胃如何，他自己说是"不是乏味便多生凑"，有的读者看了确是会有这样的感觉，也就是他的自知之明了。

风土人情是知堂作品一个重心，他希望大家能够注意一些名物与风俗的纪录，多保留一些资料，这原是社会学的领域，但他感兴趣的还是用文学手段来表现它，自己也是这样做的。例如那篇《馄饨担》就很有意思，全文五百字，从"台上群玉班，台下都走散"的民间歌谣，一直谈到《点石斋画报》，写的是庙宇里的事情，读者却像在水乡的巷陌河边远眺。又如《桥与天灯》，对我们浙东人似乎特别亲切。石桥至今仍到处可见，所谓小桥流水，原是大家摇笔即来，无水亦无桥，桥是水乡小民脚步的印章。果真见到，不过如此，但在文学作品或图画中见到时，就会引起一种遐想，只是板桥再也看不到了，木易损而石不烂，所以连博物馆里也无法陈列。常见的事物一旦在我们眼前消失，只成为回忆的对象时，它的审美意义便不同了。天灯比板桥消失得更早，它的照明作用很薄弱，但黑暗中总算有点光，心理上就不同了。知堂说："其实就是在那时候，天灯的用处大半也只是一种装点，夜间走路的人除了'夜行人'以外，总须得自携灯笼，单靠天灯是决不够。拿了'便行'灯笼走着，忽见前面低空有一点微光，预告这里有一座石桥了，这当然也是有益的，同时也是有趣的事。"上了年纪的人，大都拿过灯笼的，现在要看灯笼只有在电影中了。灯笼最怕的是刮风，无论包扎得怎样严密，风总是可以使它熄灭的。一盏不能发光的灯笼，也更加令人怜惜了。

在《吃烧鹅》中，他说："北京有鹅却并不吃，只是在结婚仪式上用洋红染了颜色，当作礼物，随后又卖给店里，等别的人家使用，我们旁观着他就是这样养老了，实在有点可惜。"我在北京住了一个多月，略知北京人的食性，有些东西，南方人当上品的北京人却不吃。北京人不吃鹅，看了他的文章才知道，对我也算是"有用"了。他又在《风俗的纪录》中说："一地方的老百姓日常吃些什么，如能记得确实，要比起居注更有价值，虽然记皇帝的御膳也是一种资料。"中国地广人多，饮食男女，各地有许多不同处，又因大家都是中国人，毕竟同多于异，如他在《黑头发》中所说："我知道中国人的头发是黑的，眼睛也是黑的。"

妇女问题也是贯串他全部作品的一个重心，连看了宝卷《刘香女》都会想到旧中国妇女的苦难命运。解放后，他看到婚姻法的公布就大为高兴，连法院院长讲到通奸一节话也抄录下来，这段话也确实讲得好，如说："因此在社会上一般人认为通奸是不道德，而对嫖娼则视为当然。这种看法正确码？很值得考虑，嫖娼实际是强奸行为，只因嫖客是花了钱，就得到法律的保障、舆论的原谅，甚至颂扬为风流韵事，而通奸的男女往往是有真的感情存在，反成了犯法损德的行为。难道这不是一种反常的看法么？"这话今天还是适用的，因为今天还有嫖客。知堂文中曾经说到花柳病，他没有想到今天还有艾滋病。在《艳史丛编》中曾说："这种书本来应该一面是艳史一面也是痛史。"这话说得也很警辟，在中国的记载妓院生活的书本里，都是有艳而无痛。说到底，卖淫实是为了卖贫，结果往往淫是卖了，贫未必能卖掉。

《随笔》中几次提到哲安，如《猩猩的血》中说："哲安乡兄新编知识连环图画《动物园》。"这是指陶亢德兄，他通晓英文日文，当时对动物学很感兴趣，还编了几本连环画，借此以谋稻粱。《随笔》中还提到孺牛、某甲、雪窗的名字，也是指他，因为唐大郎也喜欢他的文章，所以《亦报》时有刊载。现在《亦报》早已停刊，周陶唐都已先后逝世，《饭后随笔》又作为新书问世了。

（原载《不殇录》，汉语大词典出版社，一九九七年版）

叶落归根

　　陈子善同志先后编了两本《知堂集外文》，一本是《亦报随笔》，另一本是《四九年以后》。《亦报随笔》都是知堂在上海的《亦报》和《大报》上发表的，绝大部分在发表时我都读过。当时我在《亦报》上也写过几篇小文，署名赵天乙，知堂见了，就知道是我写的，来信中曾经谈到。《四九年以后》，最近才见到。所以加上这个副题，因为有别于《亦报》上的作品，其中辑录的，还包括海外发表的一些文章，这确是不曾见到过，也值得爱读知堂文章的人高兴。正如子善同志所说，有了这两本书，"周作人一九四九年以后所写的单篇文章，大略已尽于此"。可惜知堂本人已无法见到了。

　　还有一点，《四九年以后》一书中，还附录了三篇资料。

　　五十年代时，就听说周作人曾经向中央领导同志写过一封信，真实的情况如何，却不知道。前几年，又对他的出任伪职有了新的传说，仿佛是"奉命"似的，却又令人难以置信。去年许覆老过访，问起此事，他的回答，大致与我猜测的相近。现在读了附录的《一封信》和《知堂年谱大要》中一九四一年和一九四四年两节，应当可以明白，也应当相信所说的都是真话。开头有这样几句话："我们只要诚实地说实话，对于人民政府，也即是自己的政府，有所陈述没有什么不可以的。这与以前臣民的地位对于政府的说话是迥不相同的。"周作人的出任伪职问题，其实已由他自己在《一封信》中做了结论，但态度还是诚恳的、严肃的。解放后，他为国家出版社翻译和写作了不少作品，这固然和谋生有关，但对新中国的感情，单从两本《集外文》来看，还是表现得很分明的。《一封信》中说的解放后一些新气象，我们旁人固然难于确断其是真话还是门面话，但有一点却是可以相信的，对于周作人这样的知识分子，通过身经目击，这一点是非之明还是有的。

我和知堂的通信，开始于沦陷时期，他给我的信，约有四十封，信纸是统一的，可以装订成册。我的那本《文抄》，便由他介绍出版，并写了序言。我与他见面则在解放初期，即他从南京老虎桥监狱来到上海，住在横浜桥尤炳圻君的亭子间里。我进去时，他正赤膊赤脚躺在床上，随即穿上白布短衫。当时是夏天，赤膊的原因当是由于发胖怕热，但他对家居赤膊似也很感兴趣，在《赤背》一文中还发过议论，并举古代希腊罗马雕刻的人像为例，以为只要肢体匀称，肌肉发达，"即此便也合于美术"。《赤背》是我现在才见到的，知堂的赤膊形象却给我很深的印象。我去探望他大概有三次，又请他到我家吃了一次饭，中间打过两次牌，那是尤炳圻君发动的，大概他们经常打牌，借此消闲，因为当时既无法写作，实在也很无聊。当时谈了些什么已经记不起了，记得起的只有这两点，一是解放军入城后的纪律，一是他急于要回北京去，只等京沪通车，可是票子很难买，王古鲁比他还着急，想趁通车后第一班车回去。王君是常熟人，却生得南人北相，曾笑着说："如果买不到票子，我只好上吊了。"我们原希望知堂在上海多住一段时期，但为他设想，只身长此作客，尤家有老有小，亦非上策，因而空口留他，也没有用，记得亢德也说过"三十六计"的话。

他住在上海日子不长，也真像是过客，但横浜桥却成为他短住长念的地方。没有到过横浜桥的人，若只看到他那篇《横浜桥边》描写的景色，仿佛置身于看天看水，潮自天落的江南水乡，实则那里早已是闹市，解放前，这一带还有"东洋味"。

一九五〇年，我因亲戚之邀，往游北京，曾到八道湾去看了他两次，在那里遇见了废名和江绍原。废名就像知堂在《怀废名》中写的那样，江君刚从山西回来，两人我都是第一次见到，亦是此行的意外收获。谈些什么，也忘记了，谈些北京天气、市情之类的话也不值得记述。有时问起他北京一些名胜，如陶然亭之类，他总是觉得没什么意思。这次看了《游长城》中的"舟山友人"，才知道在指我。文中说到我们夫妇曾分四天，游览了故宫四路，知堂自己只逛过三次故宫，内三路也还没有完全看得，因为反正随时可去，就懒得去了。

和知堂的交接，可以说的大概这么多。由于时隔三十余年，自己也已入颓龄，记忆力越来越差，回忆逝者的话，如果只是两人之间的对话，特别要谨慎些，因为对方已经长眠于地下了，那就全凭我个人说了算，万一其中有出入或非事实，尽管无关大计，总是对不起逝者，不像还健在的人，说错了，人家可以纠正辩辟，故而事先有一个宁阙毋滥的主意也不独对知堂是这样。

我返沪之后，与知堂还有信札往来，他每有著作，必签名相赠，这所谓著作，其实都是翻译的，现在自然一无存留。总算岳麓书社重印了他的几本旧作，如《苦茶随笔》、《苦竹杂记》等，承他们赠送，晚饭后当作闲书重读三四篇。他翻译的书，我最喜欢的却是商务本的《希腊拟曲》，下面有他的注文，现在大概不会重印了。

他给我的信，自然已不在身边，否则，看了信之后可能有些追忆的事情，虽然也只是个人间的琐事。他的手迹，除上述信札外，还有立轴和扇面，书法近于唐人写经，宜小不宜大。鲁迅的书法，写上楹联撑得住，有苍劲感，知堂则娟秀有余，苍劲不足，但写在稿笺上，便觉赏心悦目。他寄投报刊的稿件，都打上一颗橡皮图章，刊载后须将原稿寄还。

他写给我的立轴，有已裱与未裱的，已裱的所书为谢夫人谈周姥故事。这个故事也确实很有意思，就是今天看也不嫌陈腐。他在文中也曾谈到，和俞正燮的妒非女人恶德论的名言相并提。我起先以为出在《世说新语》，后来才知道见于《艺文类聚》。对于妇女问题，他的态度是始终一贯的，其中也反映了他的审美趣味，例如对缠足的赏玩，在旧文人中就很普遍，他却深为憎恶。他在北京住了几十年，对京剧没有多大兴趣，有一次和他谈起，他举了两个例，一是有的唱腔拖得太长，只是一个字却要啊啊啊地唱了好久，二便是舞台上旦角的表情和动作，好像唯恐观众不知道她是个女人，其实全是男人画的葫芦，因而看了不舒服。

写到这里，却又想起一件事，周氏兄弟对"二十四孝"都是反对的，但对鲁太夫人都非常尊重体贴。一九四三年，鲁太夫人病逝，年八十七，我曾接到知堂的讣告，其行状中有这样两句话："凡为人子皆不欲死其亲，作人之力何能及此。"话还是那样平淡，却说出了暮年丧母者的共同心情。

回头再说到他给我的手迹，立轴之外，还有一把扇面。扇面的另一面是张大千的钟馗，没有上下款，只有"张爰"一方小印，原为谢兴尧所藏，因为两人都是蜀人，解放前很熟，兴尧就在他画好的现成扇面中拿了一面，另一面却是空白，在北京相见时便和清官的腰牌、绿头签（上署瞿鸿礼名）一同送我。我在北京找不到合适的写字人，又想随身带回上海，便请知堂补上字。知堂在《坏文章》中说他对齐白石、张大千画"不觉得它好"，也便是不喜欢，我却信手把两人配在一起，从另一意义上说，就更值得惜护，只是它连同立轴已经离开我整整二十年了。还有一本《儿童杂事诗》，是他用毛笔写了邮寄送我的，寄来后也没有细阅。这些东西，如果不遭劫，也不过藏在箧笥中，不见得会拿出来玩赏，一旦失去，就会念念不忘。世间事物的得失，往往如此。

接下来要说的是这两本《集外文》。《亦报随笔》是全阅的，《四九年以后》却只看了小部分。文章的风格，还是一如既往，但因受副刊的篇幅限制，绝大部分不过五六百字，这也可说一个特色，也是很标准的小品。周作人逝世于一九六七年，这两本文集，却是他文学生活上的重要成果。其中有的思想感情，没有多大转变；有的转变了，有的过去是这样认识，在当时也是对的，如对妇女问题、迷信问题，但说了没有用，虽有切中时弊的意见，却无损于时弊的我行我素，等于是空想，有好心而无好报，如今却有政权作保证。解放初期，他已年逾六十，新婚姻法颁布后，他就写过好多篇文章，这是一个很明显的例子。

草木虫鱼为知堂文一大特色，也反映他对生活的兴趣。他不是生物学家，和三先生乔峰的科学小品不同。知堂所以能写出这些文章，主要是从书本上来。看一些中国书本还容易，外国的就不容易，他却懂得几国语言，希腊、罗马以至印度，都能融会贯通。又有科学头脑，对积非成是的传统偏见能够辨别，如力为蒙冤的猫头鹰辩白，不赞成以人类的伦理道德移用于动物。二是这些文章很有情趣，又很有博物知识。前者如谈恐龙、壁虎与鳄鱼，以五六百字的篇幅，从传说中的龙说到非洲尼罗河畔的鳄鱼、台湾的壁虎。古人对韩愈驱鳄一事，也有讥为妄诞的，却不知道潮州的鳄鱼怎样乔迁，知堂说："那或者因为气候水土的变化，觉得有点凉意，迁回热带的老家去了吧。"这虽是推测，但如果不相信韩公的法术，也只能这样理解。

抒情的有《冬天的麻雀》等，用的是白描手法。文章的前半段，使人想起鲁迅的小说，特别是那篇《伤逝》，只是鲁迅比他多了风华，知堂还是以淡墨而使小动物弄姿于纸上。末了说："我前年在上海居于横浜河畔，自冬徂夏有半年多，却不曾见到几只麻雀，即此一端，我也觉得北京要比上海为好了。"此文写于一九五〇年，麻雀还未列在"四害"名单中，现在麻雀已为有识之士昭雪，任它飞行天空，可是蚊蝇也繁殖起来，乙型脑炎的魅影在人们心中浮动，蚊子还是无孔不入。

《亦报随笔》中提到鲁迅及其著作，据索引所列，共七十处，占第一位，其次是章太炎，共三十八处，再次是蒋介石，共二十九处。对鲁、章两位，或谈学术，或谈文章，对蒋则学术文章，只好两付阙如。

知堂之谈鲁迅著作及早年生活，自不同于一般学者，因为有些资料，除了知堂之外，别人无从知道，要说知堂晚年对文坛的贡献，这应当是最重要的。这些文章，皆写于鲁迅逝世之后，尽管字面还是冲淡平实，但一死一生，生者也已入暮年，给予读者的感受便不同些。在鲁迅逝世不久，他的两篇发表于《宇宙风》上的纪念文，其实也写得好的。

在《活无常与女吊》的开头说："鲁迅的一卷《朝花夕拾》，真是古今少有的书，翻开来看时觉得惊喜，因为得未曾有，及至看完了，又不禁怅然，可惜这太少了。"鲁迅的旧诗是很有名的，但如果没有这些旧诗，我们也要承认他是一个诗人，理由之一便是那本《朝花夕拾》，没有诗人的气质，就不可能写出那样的作品。知堂这些话所以也非浮泛的赞扬之词。在《旧戏的印象（二）》中，又提到绍兴戏里的女吊，那段写女吊红衫粉面的形象也很凄厉而生动。女吊所以阴魂不散，正反映"千万年来妇人女子所受的冤苦"一直未曾消除的缘故。生为苦人，也必死为厉鬼。

妇女问题是两本《集外文》中的一个重点，连潘金莲、祝英台也一谈再谈，有些论点，出人意外，如对梁祝哀史的批评，要求将祝英台演得"不可不有革命的气魄"，可说是五十年代"剧改"的激进派了。他对关羽、韩愈很不满，大概因为代表正统势力，却为潘金莲翻案出了主意，要她去学卓文君、崔莺莺的样。在《水浒传》中说："武松杀嫂，或者是不得已，但其写杀时不但表示踌躇满志，而且显示快意，近似变态。"这话说得警辟，武松这人并无多大可取之处，但为潘金莲翻案大可不必。知堂写过《嫖客的态度》一文，西门庆不过以财势达到纵欲目的，他对潘金莲其实便是嫖客态度，潘金莲也是变相的卖淫。

知堂过去写的那些批评礼教，反对迷信，尊重女权等文章，其实多半是启蒙性的，今天应该已经过时了，所以也可以将他看作"老新党"了。可是到了五十年代，还是要炒冷饭，在文中反复阐述，读的人仿佛还觉得新鲜，不但如此，有些邪风陋俗，到目前还在死灰复燃，甚至变本加厉，实在令人慨叹。

最后，要说的是他对新中国的态度，这一点，却是很重要。

他从旧时的弃婴溺女的悲剧事件，寄热望于自今以后的表本兼治，使这类惨剧不再记于报上；从二十四孝卖身葬父之类故事，联系到社会主义中国的老人晚景；从陕北鼠疫的迅速处置，预期向疫神龙王烧香叩头的风气会逐渐消灭，龙王只能在《西游记》中留下踪迹，供小孩们欣赏；他将与恽铁樵笔战的余云岫看作中医的诤友，写了《争取中医》，以"足医"为造福民众的大业。从旧时中医的现状看，余先生当时的意见是对的，所以知堂称之为诤友。

《亦报随笔》上有一篇《伟大的祖国》，文字比其他几篇短，情意却更殷勤恳切，文中说："在这样伟大的祖国里边，能够当一个人民，这也是够光荣的事了，现在我们的义务是要怎的来报酬这光荣，至少也要自己保证不辱没了这光荣才好。"这种荣辱之感，在他自更深刻。此文刊载于一九五二年一月七日，年六十七，撰作当在元旦前后，接下来是八日的《改造》，九日的《董仲舒与空头文人》，却有一半评价鲁迅的《摩罗诗力说》，说鲁迅佩服拜伦、裴彖飞，乃是因为拜伦援助希腊独立战争，裴彖飞死于革命战争之故，也即都非空头文人。最后一篇为《羊角和蚌壳》，提到"五反"中许多奸商之被揭发，由于职工觉悟提高之故。这里的所谓奸商，指的是卖假药，虽是三十余年前的事，也还用得上一句"抚今追昔"的老话。

　　知堂回到北京后，很少外出，但他还是能够呼吸新鲜的空气，一九六七年虽是不祥的年头，但身经数朝，没归故土，枯老的叶子仍能落在蟠根之上，还是应该替他欣慰的。听说他的《日记》现仍存在，希望也能早日出版。

一九八九年七月三日夜

补记：

　　一九九七年五月，在图书展销会上看到知堂的日记已经影印出版，书价却近四百元，只得翻了几叶，束手走开了。

　　（原载《一盏录》，山西古籍出版社，一九九八年版）

尘无的《浮世杂拾》

　　记得夏衍先生说过，现在知道王尘无的人不多了。他指的是电影界方面，但尘无又是散文的一位能手，近年来散文选集出得很多，不知有没有选过他的作品？我曾经查过《中国现代文学词典》，没有他的名字，后来查了《中国电影大辞典》，才见到他的简历，即是作为影评家而列入。

　　尘无生于一九一一年，殁于一九三八年。江苏海门人，地下党员，生年仅二十七岁。我旧藏有原拓的《粪翁印稿》，有一方边款上刻有一首七律："若遇曹刘方敌手，不逢杨孔肯呼儿。无边忧患颇伤我，未尽锋芒尚入诗。桃李花开人病后，园林春好国亡时。江南醉尉如相忆，白发新来又几丝。"这是尘无为散木而写的。邓公嗜酒，满头白发，少所许可，所以诗里这样说。这两函的印谱已在"文革"中亡失，诗却还留在记忆中，因为我很喜欢，好诗永远会被人传诵的，末两句可能有小误。仅从这首诗看，于未尽锋芒中又可见其惊座才华，也使人想起孔融评盛孝章的"若使忧能伤人，此子不得永年"的话。抗战军兴，他在《救亡日报》上发表了好多首诗，如歌颂八路军平型关大捷的："元戎小队工游击，都尉轻骑惯远征。日暮献俘成一笑，□□□□受降城。"这也是凭记忆的。刊在报上时，八路军作某军，因为如实写出，就要遭忌。

他困于肺病，个子显得瘦削矮小，一袭青衫，完全像个江南书生。我将自己的歪诗向他请教（他长我五年），他必坦诚相告。他病逝后，其令弟在一庵堂中略设供祭，几个朋友就在庵中吃了一顿中饭。一九四一年，在桑弧的促成下，于长城书局出版了散文集《浮世杂拾》，也是传世的唯一遗著了。出版后，承桑弧送我一本，这次写文时，却是由子善兄辗转借来。全书共三万字，薄薄的一本。书前本有柯灵的一篇序，可是奇怪，这本上却被撕去了。（可能在"文革"时）但我还记得序中有这样的话（大意）：这篇序文，由夏衍先生来写最为合适，可惜他远在内地。桑弧在校印后记中说："尘无死了已经整整三年了，对于这一位'鬼才'的溘逝，我虽不敢说中国会蒙受什么损失，但至少在一些朋友的心坎里，他的印象是不能淡漠下去的。当我闻悉尘无的死耗时，我所感到的是一腔淡淡的朋友的悲哀，可是这'淡淡的'却无碍于他的久远。"三十年代的作家中，当得起"鬼才"之称的，恐亦不多了。

书名所以叫作《浮世杂拾》，是因他看了知堂译的永井荷风关于浮世绘一节文字而引起的，如他所说，也是出于对悲哀的一种喜欢。这一段文字，无论原作或译文，也确是令人徘徊的。

（原载《不殇录》，汉语大词典出版社，一九九七年版）

傅东华的《山胡桃集》

这几年，每逢参加出版界的茶话会时，总要想到傅东华先生（一八九三——一九七一）。他不但是我们编辑的老前辈，而且是能编能写能译的全才，晚年又潜心于文字学的研究，他不善言词，而同他闲谈，却感到平易亲切，语言有味。他的牙全是假的，说的话却很真率。

我和他的接触，开始于"孤岛"时期，往还较勤的则在"文革"以前。有一次，谈到他的那本《山胡桃集》，他说他自己已经没有了，要我从书堆里检出来借给他。过了几天，他托人将书送还到我家里，还附了一首打油性的七绝。现在我手边的《山胡桃集》，却是从别的出版社资料室借来，写完此文也要归还。曾日月之几何，而人事之变化如此。

"文革"时期，由于我们都属于出版系统，所以受训或服劳时常常碰到，也只能相视点头，莫逆于心，这时他已经拿起拐杖了。有一天，一位"节级"训话，说到他管辖下的一批对象中有一个"坏蛋"，虽没有点名，但我明白是在指傅先生，大概想不出合适的衔头，便以

"坏蛋"充之，其实对傅先生倒用得上"反动学术权威"，也许觉得这样倒抬举了他。这也是风气如此，因为这时上自庙堂，下至草泽，连"乌龟王八蛋"这样的辱骂也是出口成章的。

以后见面的机会渐少，只知道他已经卧病。荏苒之间，终于接到了为他开追悼会的通知，这时距离他逝世大约已有十一年。人死十年才开追悼会，这在八十年代原很习见，也真说得上追悼之"追"，却又是分裂性的后遗症。他的遗体已经无法见到，见到的是他遗像。还记得灵堂里有一副蒋礼鸿先生的挽联，是从学术角度来悼念的。傅先生的晚年，也确实以学者身分作为归宿，中华书局《汉书》的标点，即由他整理加工作了校勘记。他列名为出版社编审，工资却由专家局发给，说明国家对傅先生是很重视的。

可是傅先生早期的文学生活，同样值得我们怀念，即以他翻译上的劳绩来说，就为我们这些不懂外文的人，开了窗口，建了渡口，使我们得以眺望大洋彼岸的历史陈迹，风土人情，这里姑且举两个例子：

远在六十年前，他已经翻译了洛里哀的《比较文学史》（商务印书馆出版），并在译序中对外国比较文学的概况作了简要的说明。我翻了一翻生活书店的《全国总书目》，在"一般文学史"一项，有关外国的比较文学史就只有傅译一本（戴望舒先生也曾译过保罗·梵第根的《比较文学论》）。傅译本今已不易得到，前几年在发还被抄图书的申请单中我曾指名要这本书，后来居然发还下来了。

塞万提斯的堂吉诃德与风车作战的故事，是大家所熟悉和常引用的。他其实是一个正直热情，敢于冒险，忠于志愿的勇士，虽然错认了战斗的目标，却使人感到可爱大于可笑。他的故事，最先译成中文的是林纾的《魔侠传》，那是凭别人口述而用文言译出，而且收在丛书中不零星发售，我从冷摊中觅得一部。用白话译出的就是傅先生，最先刊载在《世界文库》中，后由商务单行出版，我曾买了一部。解放后，又由人民文学出版社出版，却是傅先生签名赠送的。于是我的书架上便有了三种译本，到现在则黄鹤一去，吉诃德先生主仆的影子，仍然浮现于我的颓龄的记忆中。古人曾说书有四厄，水火兵虫，没想到还要加上这奇特的一厄。何草不黄？原不独身外的图书而已。

其他如荷马的《奥德赛》、弥尔顿的《失乐园》、克罗齐的《美学原论》以及后来的《飘》（即《乱世佳人》），都是傅先生译成中文。在《全国总书目》中，就有不少傅先生的译作。

也许因为傅先生的文学事业主要致力于翻译上，所以创作和论著方面，就没有过多的作品，他在《山胡桃集》的《此路不通》一文中，曾说有人举了他十大罪状，其中一状是"并无惊人作品，而居然自命作家"；如果从"惊人作品"的标准来要求，这话倒也不算错。退而求其次，却还留下这本《山胡桃集》。

这是一本小书，约十万字，二十八篇，分为漫谈、批评、短论三辑，都是一九二四年至一九三四年写的，也即作于中年时期，其中略可看到作者的身世和文学生活的鳞爪，在《回味》中使我们知道他还是辜鸿铭（文中用"辜××"）的学生。辜氏的"蛮子精神"很受林语堂先生的赞赏，但现在的青年知道辜鸿铭其人其事的恐怕不多了。

在《杭江之秋》中，又可看到作者写景的手段。在三十年代初期的散文中，它是值得我们重温的一篇。傅先生毕竟是外文修养深厚、译过外国美学论著的人，所以他既能利用古汉语中的词藻，又能吸收外来的手法。

在读了《故乡散记》和《乌老鸦》后，很自然地联想起鲁迅作品中浙东一带的风物习俗。我们只知道傅先生曾经用过"伍实"的笔名，读了《此路不通》，才知道他年轻时还用"冻蕗"作笔名，这对于搜集现代作家笔名资料的人倒也是一个收获。其他几篇文章，对于研究三十年代文学史料的人，也有一些参考价值，如《文学》月刊发刊词等。七七抗战，《文学》一度辍刊，后又复刊，已是三十二开的小本子，复刊词中曾有这样的话："人家要热我要冷。"这话意味深长，却是不易做到。因此，我很希望上海书店能把《山胡桃集》列入"中国现代文学史参考资料"中，也是对这样一位老一辈编辑和作家的纪念。其次，对于他晚年致力的一些学术成果，也希望能有人将它及早整理印行。

傅先生离开我们已经十七年了，"山胡桃要层层的剥才能吃到肉，人要息息的做才能得到经验"。他身跨两个社会，学贯古今中外，主编过很有影响的《文学》，对外国的文学遗产和中国的文化遗产都作出了译介和整理的卓著成绩，而在《我们该怎样接受遗产》中，他又表达了自己的正确态度：不能把烂铜烂铁当作遗产，应该用批判的态度，又寄期望于不太近视的出版家。这些话在今天还是适用。他终于将山胡桃肉层层剥开了，可惜天不憗遗，他来不及看到国家的中兴就此撒手。这本小型的《山胡桃集》，自然不能概括傅先生的全部学术成果，然而开卷之余，却又令人感到音容宛在。九原可作，他是用不着脸红，也无须谦逊，当得上"真才实学"这四个字的。

（原载《伸脚录》，辽宁教育出版社，一九九五年版）

赵景深与中国小说史

　　鲁迅先生逝世后，蔡元培先生写过一副挽联，"著述最谨严，非徒中国小说史；遗言太沉痛，莫作空头文学家"。不久，赵景深先生写了一篇纪念文章，也以《中国小说史略》为题材，好像发表于他编的《青年界》上。我当时觉得，对鲁迅的纪念应当是多方面的，他的学术上的成就，也值得一谈。他的《中国小说史略》，写作于二十年代，资料上自然有许多需要补纠之处，但他见解的卓特，论断的精辟，文字的苍劲，可以说是并世无第二人。而由赵先生来写此书的评介，最为恰当，因当时北平的有些学者对此未必会感兴趣。

　　这次为了写这篇拙文，特地找出了赵先生的《中国小说丛考》。这本书于一九八〇年由齐鲁书社出版，五百五十面，硬面精装，售价二点五五元。以现在的行情来衡量，即使是廉价书，也不会廉到这个地步。今天作者已经作古，我凝视书价，也有隔世之感了。

　　说到廉价书，使我想起赵先生早年翻译的柴霍夫短篇小说集，我曾经从开明书店廉价书的书堆里淘来，所以封面的颜色不统一。他的后期的作品，大部分是他送我，不仅如此，他还送过我线装本的《士敏土》插图，今天简直可看作珍本。当时他住的淮海路四明里，与我淡水路的寓所相距很近，所以常有往还。这些书今皆已鸿飞冥冥，多说了，人家或许会嫌聒絮，这本《中国小说丛考》却是买来的。自己对旧小说虽也看了一些，主要还因为是赵先生所作。他长我十四岁，谊兼师友，今则《丛考》亦成遗墨。

赵先生待人的诚恳与亲切，这是有口皆碑的。向他请教学问或借阅图书，无不有求必应。谈到戏曲时，他会亲自哼几声给客人听。他的藏书，因为受到住房面积的限制，只好一橱当二橱三橱用，在书橱的每一格中，又分为几排。这一点，今天爱买书的作家，有好多也是这样藏置的。有时找一本很普通的书，真像钻孔壁那样。但赵先生的抽屉中有一本练习簿，上面记着某书在某橱某格某排，虽是这样，有的书找起来还要牵动左邻右舍，并不容易。我去借书时，他就拿出簿子来检阅。我实在不好意思，便阻止着他，他却一定要挖出来。这时很多人已称他为赵老，我心里实在不安。从前，人家也叫他"好好先生"，这是皮里阳秋，含有调侃之意。和他接触几次后，我却觉得这样的"好好先生"唯恐其少。有的人见面不如闻名，有的人闻名不如见面，见了面才能消去闻名时的先入之见。

赵先生为人的另一特点是小心谨慎，不露锋芒，不动肝火。他在《丛考》的序文中，有这样的话："除去最后一篇思想性较强以外，其他各篇也还是考证文字。"序文作于一九八〇年一月，我懂得他的意思，却又觉得逻辑上很别扭：好像思想性与学术考证是对立的，也就是说，凡是考证文字便谈不上"思想性较强"的了。而过去所谓"思想性"往往意味着非同小可的政治性，说得简单些，就是红与专的问题。尽管有人会说，红与专不是对立的，可以统一的，然而真要做到这一点，却又像成仙一样渺茫。反之，专与白却像宿命似的总是被结成亲家，有缘相会。

赵先生说的"最后一篇思想性较强"的文章，就是《谈〈水浒传〉第六十七回》，内容是批判金圣叹的作伪。这当是文艺界在大批金圣叹的浪潮中写的，有政治上的表态意味。全文约二千字，是否全出赵先生的真实意图，已难起地下而问之。今天看来，恰恰倒是其他的一些"考证文字"更有保存价值，如《〈英烈传〉本事考证》、《杨家将故事的演变》、《〈西洋记〉与〈西洋朝贡〉》等。"用兵非武侯所长"，要赵先生写批判文章，就有此感。

一篇文章思想性的强弱，主要还看作者表达的思想是否真实，是否我手写我口，心灵中的大街小巷是否四通八达，即使学术作品也应当是这样。一个作家在写成白纸黑字，准备传播到社会上时，他同时还要有严肃的自我约束，例如道德上的，却不应被某种势力所拘束。但话虽如此，每当大风起时，难免身不由己，使本来小心的人更加小心了。我们常常说"时代的局限"，赵先生在《丛考》中有几篇文章，也可作如是观。他的序文虽作于一九八〇年，但当时文艺界学术界依然有春寒料峭之感。序文末段又有这样的话："我觉得考据在今天仍是需要的，它是文艺研究的准备工作。不过，不能以考据作为终极目的，考据只能是手段。"虽宛转其词，实用心良苦。

在《谈〈金瓶梅词话〉》里，作者说道："第二是以潘金莲为首的妇女群像。作者以人道主义的精神，对封建男权社会统治阶级凌辱妇女的事实，提出了愤怒的控诉。"此文作于一九五七年，《金瓶梅》还没有现在那样热，赵先生却提高到"人道主义的精神"，未免声闻过情。对潘金莲那样的女人，究竟应当怎样评价，今天还是存在仁智之见，但毒药究竟是她亲手放进碗里的。不管怎么说，兰陵笑笑生本人对妇女的态度，实在没有丝毫值得肯定的地方。相反，他是在鞭挞在折磨书中的妇女，他让这些妇女都凄凄惨惨下场，而自己暗暗称快，并借此作情欲上的自我挑弄与发泄。笑笑生一定接触过好几个妇女，下意识里常常有自己的经历在冲动，通过虚构的形象使自己得到官能上的快感。《红楼梦》中太虚幻境之类的描写，也是潜意识的扩散。《知堂集外文·美妇人》中对潘金莲、阎婆惜、潘巧云是同情的，"倒是《水浒》的几个女人乃是这一路，只可惜都被'施耐庵'写坏了"。这就说得较为平稳。他对施耐庵加上引号，是对施耐庵有无其人，存着疑问。接下来说："因为男子中心的封建思想遗留在多数男人的心里，他们总是同情武大的，这思想的改变还要好一点时间吧。"似乎同情了潘金莲，就不应同情武大。我猜测他的原意可能是这样：如果大家都对武大同情，对潘金莲就没法同情了。其实大家并没有这种论调，即使潘金莲果真值得万般怜惜，武大也是始终应当同情的，难道捉奸捉错了么？

赵先生在一九四一年作的《〈金瓶梅词话〉与曲子》一文中，对吴晗先生所举《金瓶梅》中记载的许多小令提出了纠正："从上面所记的看来，可见吴晗是把小曲和小令混而为一的。同时，他把套数里的牌子也拆开来看，当作小令了。"这才是赵先生本色当行、言无虚发、最见功力的地方。吴晗是史学家，对曲子就不如赵先生的精通。从前中华书局上海编辑所准备出一套丛书，拟目中有"散曲小令"，赵先生一见，就笑着说："错了，小令就是散曲的一种。"

赵先生对鲁迅编著的有关中国小说的史料，写了三篇评介。他在序文中又说："我狂妄地想以这本书来作为《中国小说史略》的补充史料。"因此他故意打乱原来的编排次序，以与《史略》相衔接。但用上"狂妄"二字，似嫌过重，因为只要真有学术水平，任何人都可以补充的。《丛考》中对《史略》已经作了许多补充，有些很有价值，他倒是确实花些功夫仔细阅读的。他听说《古今图书集成》中有不少是《古小说钩沉》不曾辑过的材料，"便向复旦图书馆找了其中的《神异典》来翻检，用了三天的工夫"。于此亦见前辈学者的治学精神。其次，《史略》第十五篇叙述《水浒》故事，曾引龚圣予《宋江三十六人赞》自序："宋江事见于街谈巷语，不足采著，虽有高如李嵩辈传写，士大夫亦不见黜。"下有鲁迅评云："今高李所作虽散失，然足见宋末已有传写之书。"赵先生说："鲁迅以为南宋高如李嵩写过《水浒》故事，其实'高如李嵩'，乃'高明如李嵩'之意。李嵩是画家，他画过《水浒》三十六人的像，龚圣予的像赞就是写在他的画上的。"他这意见在《丛考》中提过三次。但我觉得，文中既有"高如李嵩辈"的"辈"字，则高如、李嵩同为人名，也有可能。（当然，单指李嵩一人，也是可用"辈"字的。）赵先生当是因为李嵩著名，曾官三朝画院待诏，而高如未见著录，遂以为非人名。一九八一年版《鲁迅全集》第九卷《中国小说史略》，对"高如李辈嵩"一语注云："一说指高如、李嵩等宋元之际民间文人。一说高如非人名，全句意谓一时高手如李嵩辈。"这就较为谨慎。

《丛考》中有一篇《〈水浒后传〉作者的诗》，其中有云："陈忱是明朝的遗民，所以诗中常有国破家亡之感。"又云："处于这样的时代，当然极端苦闷，希望能有大英雄出来旋转乾坤。"此文作于一九四〇年八月，也即孤岛时期。他这样写，自然是有所寄托的。

（原载《伸脚录》，辽宁教育出版社，一九九五年版）

读陆侃如致刘大杰书

一九六二年，刘大杰先生的《中国文学发展史》经修订后重新出版，用繁体直排。一九七二年，又作了较大的修改，按照儒法斗争的模式而重写，用简体横排。此事学术界皆已熟晓，不必赘述。

陆侃如先生是一位学术界所企重的前辈学者，解放后曾任山东大学副校长。五七年时不幸受挫，一九七八年不及身经改正而逝世，享年七十五岁，也是十分遗憾的事。但在六十年代（？）华东教材会议在上海开会时，他是参加的。倾盖之下，便觉即之温温，诚恳谦逊。事后有人告诉我说，因为陆先生"改造得好"，所以很受到组织上的礼遇。听了又不无感慨，我们许多皓首穷经的饱学之士，偏有那末多风波要他们来承受，使有的学者还未能安眠于地下。

一九八四年，上海古籍出版社出版了《陆侃如古典文学论文集》（以下简称《陆集》），达六十余万字，看了很高兴。在中国学术界中，陆先生那样的学者，原是不应该被遗忘被冷落的，可惜他自己看不到了。这种遗憾，自不止陆先生一个人。

前几天因写作上的需要，拿出《陆集》来参考，看到其中有一篇《与刘大杰论杜甫信》，先粗略地看了几行，还以为是纠刘著横排本中批儒尊法之偏，细看下去，才知道是自己的错觉。下署时间为一九七六年，文长达一万余字，则执笔当在批儒高潮时，观文中屡称孔老二、孔丘可知。

陆文共分四大点，都是环绕刘著中对杜甫的评价而发挥的，例如刘著以为杜甫后期已经转变为轻儒轻孔，陆文以为非事实，"相反地，他倒是在尊孔"。从杜甫一些诗句中，"更证明他死抱住周孔不肯放下"，又如从五十七岁出峡前后（意即后期）作的四个例子看，"似难看出他已认识到什么儒家路线的错误了"。说杜甫是一位百分之百的儒家诗人，他是绝不会鸣冤的。然而千载之下，他的那些光照人寰、痛瘵在抱、饱含民间涕泪而又万口皆碑的杰出诗篇，实无法不使人赞叹流连，刘著因而还想替老杜留个转圜余地，如说他出身于"中小官僚地主家庭"，意即有别于大官僚大地主，陆文则以为连这一点都不够格，"似难证明他轻视孔老二"，"似难看出他轻视儒家"，"似只能证明他感到诗赋才华未能助他向上爬，而难于证明他懂得什么儒家路线不如法家路线"。

陆先生是一位忠实于学术的诚笃的学者，看一看他过去的论著，都有他自己的见解与思考，他的《中古文学系年》等作品，都是从长期的资料积累上，经过梳理考订而获得的研究成果。然而，"天外黑风吹海立"，他又是曾经秋肃，使他对杜甫只好这样说，比刘先生有过而无不及。

还可举一个意味深长而很有趣的例子。

这一时期，屈原是被划为法家分子的。陆文中说："其实，把屈原当作'法家诗人'是今天一部分评论家的看法。"又说："如果今天创立新解，认为屈原是法家而非儒家，那当然是可以的。"言下之意，陆先生是不同意把屈原看作法家诗人的。又说：杜甫"特别在《赠郑十八贲》中，以屈宋与颜闵并列，显然他并未把屈原当作与儒家对立的法家人物"。其实是谁也没有把屈原当作与儒家对立的法家人物，似也可以包括陆先生本人在内。

《陆集》上册收有《屈原评传》，作于一九二三年，其中有这样的话："或者有人要怪他眼光太狭，只知道有国君。其实在君主时代，若没有国君的信任，便什么都不行，国君之于屈原，不过是一种必要的工具，故我们不能以此责他。"通情达理，服人服己，我们又看到了陆侃如先生真实的学者风貌；他对《天问》缺点的批评，也很中肯，比那些信口敷颂的就高明得多。

例子无须多举，却有此感想，学术良知的升降，与大气候是密切相关的。老实说，我当时还没有资格写文章，如果能写，也会把孔子、杜甫打入地狱的。

连自己都不能说服自己，却又不能不说的时代已经和我们诀别了，发扬学术上的良知，在去年已经有了好兆头，也是亿万知识分子连做梦都在祈求的。

陆先生的那封信，写于一九七六年，到现在正好二十年，从岁月的流逝上，又增加了学术上的哀乐惨舒之感。

（原载《一盏录》，山西古籍出版社，一九九八年版）

海上花的张译本

　　张爱玲作品给人以强烈印象的，一是灵魂世界，一是语言世界，前者如乌衣巷口的夕阳，使人徘徊凭吊，后者却是一份语言遗产。胡蝶梦中家万里，愿她高卧。

　　谈到语言世界，恰巧碰到一个尖端而有趣的问题，即方言的改译普通话。

　　胡适对《海上花列传》（以下简称《海》）很欣赏，称为"吴语文学的第一部杰作"。然而方言文学又有它的局限性，试举《海》第一回中洪善卿的对话："令堂阿好。阿曾一淘来。寓来哚陆里。"如果教北方人念，除了"令堂"以外，即使是博览群书的学者，也等于在读外文，所以当年亚东图书馆就附了几页方言和白话的对照表。

　　《海》的方言部分在于人物的对话。我早就听说张爱玲有志于将对话译成普通话，惜译本未见到，最近上海古籍出版社已将此书重印，才有机会阅读，书名为《国语海上花列传——海上花开、海上花落》，也不知后面为什么要加上这样八个字？总觉得有些俗气。

对话是小说中最吃重的有机部分，仿佛油盏的灯芯，没有它就不能放光。这里略举数例。

六十三回双玉有对淑人的问语："倪七月里来一笠园，也教故歇实概样式一淘坐来浪说个闲话，耐阿记得？"胡适试改成官话："我们七月里在一笠园，像现在这样子坐在一块说的话，你记得吗？"胡适是不赞成译的，故自评说："意思固然一毫不错，神气却减少多了。"张译则为："我们七月里坐在一笠园，也像这时候这样一块坐着说的话，你可记得？"胡译的"现在"胜于张译的"这时候"，原著"说个闲话"译为"说的话"，都输一着。原文第一回，赵朴斋对巡捕答话："陆里晓得个冒失鬼，奔得来跌我一跤。耐看我马褂浪烂泥，要俚赔个碗。"张译："哪晓得这冒失鬼来撞我跌一交。你看我马褂上烂泥，要他赔的！"第一句实不能算译，只能算补足，但"奔得来"为什么一定要改"跑得来"？加个"撞"字，修辞上也许完整些，总嫌蛇足——当然是撞的；原文好处是寓有形于无形，"要俚赔个碗"说得婉转，原是盖然之词，所以我主张用句号，张译就太肯定太绝了，不像苏州人说话总是带点糯的。胡适说的"神气"，就是从语言里体现出来的特定的心理和情绪。

尝一脔而知全鼎，也不必多举例了，每当我看到原著中较为复杂的对话时，我就在猜想，不可能译得好的。

方言文学的一个特色是，从乡土气息中烘托人物的性格，张译本为了扣足"国语本"之名，往往顾此失彼，如把"阿姐，要走哉"译为"姐姐，要走了"。亚东版的《海上花列传》中还有刘复一篇序文，他也强调方言文学的价值在于"地域神味"，所以，他也不主张翻译的。

当然，就译论译，张爱玲还是尽其狮子搏兔之力的，换一个人未必超过她，我们也是看人挑担勿吃力，但一经和原文对照，便觉味道两样，如喝隔夜茶。这一矛盾，任何高明的文学家也是无法解决的。但有了译本，对于要了解《海》故事内容的北方读者，就要方便些，北京已有人托我买张译本了。

顺便谈一谈古文今译问题。

为了使古文基础较差的读者，能够理解《尚书》、《左传》、《史记》等书中记载的历史情节，那末，有选择地用现代汉语翻译出来，固然也是一个办法，但从文学的角度看，如把《诗经》、《离骚》、《古诗十九首》等用白话译出，真的会有嚼蜡之感。我偶而译过几首，苦思结果，没有一句是译得称心的。

张籍的《节妇吟》是一首名篇，内容本来很明白，婉曲地表达了古代妇女欲断未断的婚外情（张籍原有寄托的），胡适将它译成白话，刘大白的《旧诗新话》中，就说胡氏多此一举，如张诗首二句的"君知妾有夫，赠妾双明珠"，胡译为："你知道我有了丈夫，你送我两颗明珠。"刘氏说："译文不但失掉风韵，而且很有合原意不符的地方。"他以为应该译成"你明知我有了丈夫，却还送我两颗明珠"。胡氏添了一个"你送我"的"你"字，生生地把语气隔断，成为两橛了。末两句的"还君明珠双泪垂，恨不相逢未嫁时"，胡译为"我噙着眼泪把明珠还了——只恨我们相逢太晚了！"张诗的"恨不"句，怎么能译成相逢太晚呢？这位"节妇"何尝因为相逢太晚之故？刘氏还幽默地说："'泪流脸上'，更是非常呆相。试问泪流下来，不流在脸上，流在什么地方呢?"

这也许是胡氏早年之作（原刊《新青年》），也说明古诗今译，往往会贻画虎不成反类犬之讥，看一看上举胡氏对《海上花列传》译文的评语，就知道他是很重视文学作品的"神气"的。

（原载《不殇录》，汉语大词典出版社，一九九七年版）

关于张佩纶

　　张爱玲在解放前写的散文中，没有提到过她的祖父，只提到她的父亲，但没有说出他的名字。她到海外后，曾在《忆胡适之》文中说："他（指胡适）讲他父亲认识我们祖父，似乎是我祖父帮过他父亲一个小忙。我连这段小故事都不记得，仿佛太荒唐。原因是我们家里从来不提祖父。"胡适的父亲叫胡传，官衔为"三品衔在任候补（江苏）知府（前）台湾东直隶州知州"。台湾建行省后，改福建巡抚为台湾巡抚，张佩纶曾会办福建海防，帮胡传的忙当在这时候。由于她家里从来不提祖父，所以她会把张佩纶（字幼樵）与张荫桓（号樵野）误混为一人。

　　《清代碑传全集》中，收录了两篇张佩纶的墓志，一为陈宝琛写的，一为劳乃宣写的。据碑文，张佩纶前后娶了三位妻子，元配朱氏，继室边氏，汉军闽浙总督边宝泉之女。佩纶谪戍次年，殁于京城，其《塞上和（陈宝琛）前诗》中有"雨夜梦回疑妇叹，竹林酒熟忆朋欢"句。释归后，乃续娶李鸿章幼女。李氏嗜《兰亭》，收藏颇富，佩纶有《和内人自题二绝》，可见她能诗工书，所以《孽海花》第十四回中捏造了她的两首诗，佩纶有三子一女，第三子名志沂，即张爱玲的父亲，女儿就是张文中常提到的姑姑。这两人都是李氏生的。志沂有异母兄志潜，张爱玲《私语》中的"胖伯母"，当是志潜之妻。张文中提到的她的继母，则是北洋时代内阁总理孙宝琦女儿。

《忆》文中又说："我看了《孽海花》才感到兴趣起来，一问我父亲，完全否认。"《孽海花》中的张佩纶（庄佑培，字仑樵）形象，也实在太猥琐伧陋；伯夫人不愿将幼女嫁与"四十来岁的囚犯"，也是情理之常，但何至于泼辣到这个程度，虽然这是小说家言，写的却都是真人，这就不仅仅是技术上的笔无藏锋问题。《孽海花》中写赛金花也过了分，难怪赛金花要恨死曾朴，反过来又说曾氏的坏话，虽然赛金花这种人的话也是不可靠的。

张佩纶的父亲名印塘，官安徽按察使，卒于军。李张两家，原有世谊，王赓《今传是楼诗话》云："合肥与张氏世好綦笃，绳庵（佩纶别号）以故人子，凤荷器重，谪居察罕，存问尤殷。其赐环台费数千金，均合肥所寄，且集中自述，亦有'先君子与合肥师为患难三十余年，申以婚姻，古义也'之语。"佩纶因而有《释戍将归寄谢合肥相国》诗。他的《涧于日记》可惜今已不在我架上了，否则，也可看看他对李夫人和志沂印象如何。

佩纶有《雁诗》之二云："一雁何殊色，空群世所惊。萧条仍北乡，艰辛为南征。叫旦冰难解，悲秋月自明。主人终不杀，矜昔尚能鸣。"这是谪戍时借雁以自况，略有老杜神味。

他与陈宝琛是挚友，同属清流党，又是主战派李鸿藻同治辛未科所得士，后来却成为浊流李鸿章之婿。陈宝琛对李张联姻，起先也不赞成。陈母逝世后，佩纶曾挽一联云："狄梁公奉使念吾亲，白云孤飞，将母有怀伤陟屺；孙伯符同年小一月，东风无便，吊丧持面愧登堂。"上联当指宝琛会办南洋事，下联指二人皆生于道光二十八年戊申，张小于陈一月，犹周瑜之小孙策一月，下指马江之败，"持面"即俗语的"老着面皮"之意。语颇高华，为人传诵。张卒后，陈有《入江哭箦斋》云："雨声盖海更连江，进作辛酸泪满腔。一酹至言从此绝，九幽孤愤孰能降。少须地下龙终合，子立人间鸟不双。徙倚虚楼最肠断，年时期与倒春缸。"陈衍《石遗室诗话》云："尝谓毁庵诗，为谢枚如（谢章铤）、张幼樵作者，常工于他诗。"此首为伤逝，句句入情，尤为怆痛。

晚清谈到清流党的，常以"翰林四谏"相称，唐振常先生《张佩纶徒事空谈》（九月二十七日《新民晚报》）中以张佩纶、黄体芳、宝廷、张之洞实之。陈声聪氏《兼于阁诗话》以为是张佩纶、宝廷、黄体芳、何金寿，并引陈宝琛"同时四谏接踵起，欲挽清渭澄浊泾"句自注云："时称张（佩纶）宝何黄，文襄尚在讲职也。"又引佩纶次子志潜（举人，内阁中书）《涧于集》识语，亦指此四人有四谏之目。何金寿为同治元年榜眼，江夏人，授编修，《清史稿》未立传，《碑传集》录《湖北通志》，仕历极简单，且治绩皆在外地，因贫不能归，葬于扬州。其人清廉正直，但未见有向朝廷敢言之举，故《诗话》谓"唯何编修之名稍晦耳"。

（原载《不殇录》，汉语大词典出版社，一九九七年版）

梁启超与林氏父女

林长民，字宗孟，女作家林徽音之父。黎元洪为参政院院长时，林长民任秘书长。段内阁时任司法总长，去任后，镌一印曰"三月司寇"。寓所在北京景山附近，庭中有栝树二株，故名双栝庐。

林氏能文能诗，亦工书法。他与原东北军将领郭松龄本非素识，由友人介绍而相识。一九二五年十二月，郭松龄举兵倒戈，要求张作霖下野，郭急欲得一有权谋之名人相助，林亦欲借郭之成功而握关外之大权，据说郭已示意将任林以奉天省长。后郭军溃败，松龄被俘获，林乘乡间大车逃遁，途中遇张作霖军，以机关枪射击，急下车避之，遂死于乱枪下，年仅五十。其家属曾多方觅尸，终未能得。

林氏应郭松龄之招，知交中劝阻者甚多，林不听而往，《社会日报》的林白水，即著论以"卿本佳人，何为作贼"非之。

梁启超与林长民同为研究系人物，又是亲家。同年十一月九日，梁氏有一函致梁令娴（思顺）等，其中说："即如宗孟去年的行动，我并不赞成，然而外人看着也许要说我暗中主使，我从哪里分辩呢？外人无足怪，宗孟很可以拿己身作比例，何至怪到我头上呢？总之，宗孟自己走的路太窄，成了老鼠钻入牛角，转不过身来，一年来已很痛苦，现在更甚。因为二十年来的朋友，这一年内都分疏了，他心里想来非常难过，所以神经过敏，易发牢骚，本也难怪，但觉得可怜罢了。"这是林氏未遇难而投郭时的话。至十二月二十七日，有一函致梁思成，告以林氏遇难事，"我见报后，立刻叫王姨入京，到林家探听，且切实安慰徽音的娘"。林徽音曾于一九一九年随父赴英二年。一九二三年又赴美留学，至一九二八年回国，所以这时尚在国外，梁信中说："徽音遭此惨痛，唯一的伴侣，唯一的安慰，就只靠你。你要自己镇静着，才能安慰他，这是第二层。"又说："这种消息，谅来瞒不过徽音。万一不幸，消息若确，我也无法用别的话解劝他，但你可以传我的话告诉他：我和林叔叔的关系，他是知道的，林叔的女儿，就是我的女儿，何况更加以你们两个的关系。我从今以后，把他和思庄一样的看待他，在无可慰藉之中，我愿意他领受我这种十二分的同情，度过他目前的苦境。"又说："徽音留学总要以和你同时归国为度。学费不成问题，只算我多一个女儿在外留学便了，你们更不必因此着急。"这一年，梁思成二十四岁，林徽音二十二岁。

次年一月五日，梁氏又致函与思成，告以处理林氏身后事情经过，其中说："徽音的娘，除自己悲痛外，最挂念的是徽音要急杀。我告诉他，我已经有很长的信给你们了。徽音好孩子，谅来还能信我的话。我问他还有什么（特别）话要转告徽音没有？他说：'没有，只有盼望徽音安命，自己保养身体，此时不必回国。'……徽音学费现在还有多少，还能支持几个月，可立刻告我，我日内当极力设法，筹多少寄来。"

二月十七日，梁氏进医院治病。二十七日，有信寄思成、思庄等，其中说："前两天徽音有电来，请求彼家眷属留京（或彼立归国云云），得电后王姨亲往见其母，其母说回闽属既定之事实，日内便行（大约三、五日便动身），彼回来亦不能料理家事，切嘱安心求学云云。"

一九二七年一月二日，梁氏与令娴等书中，谈到林徽音回国事云："徽音回家看他娘一趟，原是极应该的，我也不忍阻止，但以现在情形而论，福州附近很混乱，交通极不方便，有好几位福建朋友们想回去，也去不成。……况且他的娘，屡次劝他不必回来，我想还是暂不回来的好。"当时由何应钦率领的北伐军正进攻福建，闽军周荫人分三路抵抗，梁氏信中所谓混乱，或即指此。

以上信札，都由一九八三年出版的《梁启超年谱长编》摘录，对关心林徽音早年生活的读者或有可参考处，由于梁氏与林长民本是至交，所以对林徽音遭受家难的同情与哀怜，也更加深挚，似也可以作为民国的文坛掌故看。

又，梁氏曾有挽林氏一联云：

天所废，孰能兴，十年补苴艰难，直愚公移山而已；

均是死，容何择，一朝感激义气，竟舍身饲虎为之。

附记：

徐一士曾于《古今》中撰《谈林长民》一文，本文谈林长民部分，即据徐文撮述。后又阅刘成禺《洪宪纪事诗本事簿注》，因知林长民在洪宪时亦袁氏之心腹，其爵为上大夫，官职为政事堂参议。卷一云：体元、承运、建极三殿匾额，御笔圈派上大夫林长民恭书，字体仿《瘗鹤铭》，世凯阅后大为嘉许。长民笑向人曰：他日小小男爵，总有一位，方不辜负此书。

卷二云：长民好谈欧制，人皆以林博士呼之。遇难后，陈宝琛挽联云："丧身乱世非关命；感旧儒门惜此才。"长民之父有《儒门医案》，故云。

（原载《不殇录》，汉语大辞典出版社，一九九七年版）

忆《星屋小文》

　　写"我的第一本书"，字数只要千字，应当说是轻而易举的事；不想恰恰相反，对我恰恰是苦差使，因为我写的第一本书不在手头，六十余年前的事，很易淡忘。老人写这类文章，等于写自己的历史，历史必须力求真实。

　　每一个从事文学生活的年轻人，都有创作欲与发表欲。三十年代确是一个值得怀念的时代，也不知怎样一来，我忽然会在报纸上发表文章，第一个不能忘却的是阿英先生，有了他，我才能在《大晚报》的副刊上露面。抗战时不能忘却的是柯灵，他不但让我在《世纪风》上写，就是他兼编的《浅草》上也有我的份。我的"文载道"的笔名，最初就是发表于《文汇报》上记录斯诺演讲时使用的。

　　我个人出的那本小文，早已离我而去。现在要写这本小书，就全然凭着越来越坏的记忆力。

　　记得有一天，我向巴金先生随便说起，我想在文化生活出版社出一本书，除了杂文外，还有几篇散文。他

金性尧于二十世纪三十年代末

点点头，说一声"好"。回到家里，便把剪贴下来的文字整理一下，大约五六万字，书名想来想去想不好，后来想起黄仲则的名句"一星如月看多时"，就题名为《星屋小文》。第二天，就送到出版社。

不想过了两天，巴金先生亲自来到我家里，拿出两篇说："这两篇不要收。"我记得其中有一篇是谈上海的周氏兄弟弑父案，还有一篇就记不起了，我嗯的一声收了下来。这本小文的出版经过就是这么简单。

过了一段时期，《星屋小文》就出版了，这时巴金先生已往内地，和我联系的是陆蠡。这套书一出就运到内地，不在上海等地销售，世界书局的一套"大时代丛书"出版后也是这样。所以这本《星屋小文》，除了送朋友几本外，留在我手头的只有这可怜的一本，我还托装订所用皮面重新装过。

巴金先生的道德文章，用不着我来说了，我要说的是这样一位前辈作家，为了删去两篇文章，竟亲自来到一个年轻人家里，除了抽去这两篇外，其他就什么也不改动，所以出书的过程也很快，这个过程一直牢记在我心里，也祝愿他健康长寿。

（原载《闲关录》，上海古籍出版社，二〇〇四年版）

《鲁迅风》掇忆

我手头的一本《鲁迅风》合订本，解放后已送给了锡金同志，这次写此文前，为了核对事实，又到师大图书馆翻阅了一下，也重温了四十年前文坛的一段旧史。岁月如流，其中不少作家都已先后逝世，前辈如望道师，西谛（郑振铎）师，王统照先生，魏金枝先生，许广平先生等，都是对《鲁迅风》给以热情支持，也真令人有"一时俱逝"之感，而巴人（王任叔）先生更是最可怀念的一个。这刊物能够出版，主要是他的力量，我当时因为没有固定工作，所以就由我处理些组稿，发排和校对的具体事务。他的《遵命集》中有一篇《〈鲁迅风〉话旧》，对于创刊的动机和宗旨，已经说得很详尽了。

十年"文革"期间，我也估计到他的遭遇，后来从北京来的一位朋友口里，得悉他最后的结局，却又出于我的想像之外；我起先以为他的遭遇尽管在意料之中，人总还应该在北京吧，可是绝没有料到，竟连北京也不能让他存身。当时这位朋友只是偶尔谈到，统共说了两三句话，我听了，一怔之余，也没法再问下去了。

他确实是一个多才多艺而又很有组织能力的人。杂文、散文、理论、小说、戏剧、翻译，无所不写，而且都出过书，古文也很有修养。当时"孤岛"有个四明学社（联络地点在河南路农业书局），巴人先生是奉化人，我是定海人，所以叫我写一篇发起词，我写后交给他，他不满意，便亲自改写，也几乎是重写，文章从张煌言据浙东抗清说起。因为这个学社的联络对象，也包括留沪的旧宁波府的一些老知识分子，所以发起词是用文言写的，而能够写出那样的文言文，在新文艺作家中就不多。那篇发起词曾经油印过，现在恐怕不容易找到了。其次，我当时看了美国影片《自由万岁》，就写了一篇杂文投给报纸，文中把"自由"强调到无条件的、绝对的程度，他看后就对我说：不能这样理解自由，自由是相对的，有立场的，只是他没有说出有阶级属性。这在今天，大家也已明白了，但在当时像我这样一个青年，听了却感到很新鲜，所以也一直留在我的记忆里。

他是一九〇一年生的，"孤岛"时期还不到四十岁，但头发早已花白。一九五九年他到上海，住在国际饭店里，我去看他，头发完全白了。这以后就不再见过，但他的满头白发的形象，却像剪影似的常在我脑子里萦现着。他的身体原很壮健，一晚上可以赶写几篇文章，在我的记忆里，似乎很少看到他病倒过。我总以为以后还能见到他。

他在《〈鲁迅风〉发刊词》中有这样几句话："以政治家的立场，来估量鲁迅先生，毛泽东先生说他'是中国的第一等圣人'，而且是'新中国的圣人'。"毛泽东同志对鲁迅先生早已有了高度的评价，但在敌占区里，广大的读者是不容易看到的，所以发刊词里这样说，实际是要把毛泽东同志这一评价，重新告诉给敌占区人民。易言之，一有机会，巴人就是要把党和毛泽东同志的声音，通过各种渠道，带给全国各个角落的亿万人民。这在他固然是一个任务，然而又怎么能够设想，像这样的一个老同志，晚年竟是在如此境遇中离开了人间，永别了祖国。同样的，半月前听了一位朋友说起魏金枝先生，也是怎么也难以设想的：像这样一位温厚纯朴，桃李成荫的可尊敬的老人，到了七十之年，还有这样的厄运在等待他。

现在，魏老的名字已收入一九七九年版的《辞海》，希望重版时也有巴人的名字。另外，他的《文学论稿》也希望能早日重印，因为这部论著，最能多方面地表现他的才识学力。

《鲁迅风》第八期中，有一篇《因〈花溅泪〉的演出说到新女性》的杂文，署名叫齐明，也即望道师的笔名，文中说到有几个朋友，"说我二十年前是办过妇女问题的专刊的，现在仍旧逃不了要出马"。《鲁迅风》创刊于一九三九年，由此上溯二十年前，即是一九一九年，也即五四运动时期，而当时就已在办妇女问题的专刊，等于已经透露此文作者的资历了。在《鲁迅风》作者中，恐也一人而已，一九七九年出版的《陈望道文集》第一卷，有关妇女问题的论文，就占了一定的数量。还有一本与人合译的卢那察尔斯基的《实证美学的基础》，也是用齐明的笔名，收在"大时代文艺丛书"中。他讲"文艺思潮"课时，讲到崇高、庄严、滑稽这些美学上的概念，就常常引用卢氏的话。

西谛师用郭源新的笔名写的《民族文话》，开始登在王任叔主编的《申报·自由谈》上，后来连载于《鲁迅风》，共计十五章。因为是在"孤岛"，所以特标"民

《鲁迅风》发刊词

族"二字。在当时，他和望道师是"孤岛"中两位最有号召力的前辈，我们在背地戏呼之为"大师"。后来望道师到内地去了，有事情大家都去找西谛师。巴人在他的《自传》中，也说他在青年时期研究新文学，"给我最大的指导的，是最初编《文学旬刊》后来编《小说月报》的郑振铎先生"。在"孤岛"时期，他们两人又共同主持了好些文化工作，如《鲁迅全集》的出版。但最近看了一份有关王任叔的资料，其中收录了"大时代文艺丛书"一篇序文，和巴人其他文章收在一起。其实这篇序文是西谛师写的，文章开头说："文艺工作者在这个时代里必须更勇敢的，更强毅的站在自己的岗位上，以如椽的笔，作为刀，作为矛，作为炮弹，为祖国的生存而奋斗。"这种热情明快的笔调，正是西谛师的文章风格。又如"孔子为周与鲁而殚其一生的力量；其道不行，则退而讲学。……屈原写《离骚》，不是为自己的不幸而写，他所反复叮咛者只是'恐皇舆之败'"，这种提法，更不是出于巴人之手。我们只要把《鲁迅风》的发刊词、《边鼓集》的弁言对照一下，就不难看出。巴人还对我举过西谛师早期写的一首热情洋溢的新诗，作为前后风格一贯的例证。我还记得，旧版《鲁迅全集》出版前，曾印过宣传品，其中有一篇总说明，又有各册内容的专题说明，都未署名，前者是郑作，后者是王作。

上述的"大时代文艺丛书"，十册（或十二册）书一道印成，但没有在上海发卖过，书一出就寄到内地，所以今天还有收藏的，倒真成为"珍本"了。这种上海印刷只销内地的书籍，当时也不仅这套丛书，文化生活出版社的有些书，也是用这种方式。

王统照先生当时深居简出，除了给《世纪风》写些有哲理性的短文外，绝少写作。他给《鲁迅风》写稿，最初也是通过《世纪风》的关系，用的笔名有息梦、默坚、剑先，稿子则都是用文言译的外国诗人的诗歌，也是他旧时的存稿，对《鲁迅风》的要求虽然不很协调，但我觉得他能够给《鲁迅风》写稿，已经很不容易了。抗战前，他编的《文学》上，曾经登了一则论鲁迅旧诗的预告，笔名似是秋旻，我起先不知道是谁，后来问起他，原来就是他本人，但只是计划，没有写成，于是我就请他写出来给《鲁迅风》，他答应了，我也作为预告登了出来，可惜最后仍未写成。他的旧诗、书法都很有功夫，西谛师主编的那些版画集，就留下了他的手迹。至于旧诗，在新文艺作家中，也是屈指可数的，到现在我还背得出登在《救亡日报》上歌唱我军月夜空战的那首七绝：不从磊落望秋星，火爆长空耀月明。多少江南儿女意，乘风跋浪扫长鲸。

在第四期中，有一篇《功高震主者危》的杂文，内容是写纳粹的内部矛盾，署名是亭长，也就是恽逸群同志的笔名。因为这篇杂文在版面上多出了一二百字，没法挤进，我又不喜欢用"下接××页"的办法转接到不相干的别页上，便把它作为一篇独立的补白，另用叶群的名字放在《偶语》里，虽然也近乎削足适履。

恽逸群同志是新闻界前辈，当时正在编《导报》，实际上是在指导"孤岛"的新闻界以至文化界的活动，也是一个温和诚恳、容易接近而又顾全大体的人。那场"鲁迅风"的论战，他也是希望以团结为重，及时结束。他的名字，已经好多年没有在报上看到了，最近看到报刊上记载的为他平反的消息，所以也引起了对他的回忆。

以上是关于已故的几位前辈作家的回忆，也算是

《鲁迅风》史料的点滴，下面再就创刊前后一些编辑事务问题，稍加说明，作为《〈鲁迅风〉话旧》的补充。

记得创刊之前，是想把《鲁迅风》编成《语丝》那样的"同人杂志"，至少我个人有此想法，所以偶尔也登些"小考证"。目录也像《语丝》那样印在封面上，因为我当时刚刚收藏了全套的《语丝》合订本。采用周刊的另一个原因，是想更快地反映现实。经费由几个"发起人"凑成，每股十五元（当时货币尚未十分贬值），有的认一股，有的认两股，由孔另境同志任经理。也没有固定的办公地点，集稿、发稿都在我家里，事实上作者都是熟人，几乎没有一篇"外稿"，必要时就到西门路巴人那里商谈一下。考虑到这刊物销路不会大，可能会亏本，所以一律不发稿费，力求"保本自给"。只有夏侯未胤（曹白同志）那篇《二十一天》的散文发过少许。当时他在苏北，后来到了上海，不知道是谁跟我来说，因他身体有病，能不能发一点，所以就发了。

每期十六面（半个印张），字数虽不多，但因为是周刊，而且力争如期（每星期三）能在报摊上看到，所以稿子常常登门"勒索"，大家也作为一种义务来完成。今天马路上已经看不到报摊了，但在当时，像《鲁迅风》这类白手起家的刊物，它的销路全是依靠这些报摊。正文还用人名线。每期的页码是接排的，总共十九期，五百六十面。

《鲁迅风》的公开的也即名义上的编辑人是来小雍（来岚声），发行人是冯梦云（后被日本宪兵队杀害）。这两位都不是搞新文艺的，所以名字较陌生，我原来也不相识。近几年常有人问起我究竟是谁，原来是办小型报的。冯先生在小报上也写写文章，笔名是玲珑。当时所谓"孤岛"，原是指太平洋战争以前，"租界"还存在那段时期。要办刊物，就必须向"工部局警务处"（俗名"巡捕房"）登记，经核准后，有了执照才能出版，而期刊发行人的责任比编辑人重大（目前的香港似也是这样），期刊上不一定要有编辑人，发行人却非有不可。来、冯两位因办小型报多年，和"警务处"的人相熟，所以由他们出面申请，就有把握。这也是由巴人辗转设法拉上关系，实际就是利用合法、开展统战的一种方式，但在当时"孤岛"上，他们两位能够答应，确也很不容易。我们也没有什么物质的报酬，只是每期留出约摸四分之一的版面，登了一个貂蝉茶室的广告。所谓茶室，实即点心店，是来小雍先生开的，地点在旧马浪路（今马当路），就以此作为酬谢。他对这广告也不大在乎，有时稿子多了，这广告就不登，他也没说什么，我猜想来、冯两位对每一期内容未必仔细看过。一个月里面，大概有一两次到茶室去和他碰头，大家都没有过多的话，我问他对《鲁迅风》有什么意见，他就叮嘱我要小心，文章不要写得"太尖锐"，弄到一张执照不容易，免得被吊销。但和冯梦云先生，在《鲁迅风》出版时期一直未曾见过面，到《鲁迅风》停刊二三年后，才在一个偶然机会里相识。来、冯两位虽在办小型报，却不约我和巴人等写稿。当时我年轻，也不明白弄一张执照有这样困难，创刊后曾经问过巴人，为什么不由他出面主编，影响也可以大些，他笑笑说："如果用我名义去登记，这张执照就不会发下来了。"

来小雍自己还办过一份《自学》杂志，请石灵同志（孙大珂）编辑，读者对象主要是职业青年和大中学生，这却全然为了营利，即每一面都要留出相近一半的地位刊登商业广告，也即凭他平时的交游关系去拉来的。

《鲁迅风》上的广告，除了貂蝉茶室外，还登过其他商业广告，那是我去拉的，因为这些厂店的老板都是我的亲戚，目的是要他们拿出钱来，为了讨好他们，我还用杂文的形式，替一家钟表店写了一份广告，从中国人不遵守时间谈起，也受些鲁迅写的书籍广告的影响。

稿件来源，主要依靠"孤岛"的作家，偶尔也转载内地刊物上的，如成仿吾同志的《纪念鲁迅》，题目下还注了"特稿"。这两字其实很含糊，当初的用意是想说明，并不是作者专为《鲁迅风》而写。有些稿子，则是柯灵同志转来或拉来，当时他在编《世纪风》副刊，已经有了一个作者队伍。也可以说，《鲁迅风》的若干作者，也即《世纪风》的作者。还有一些内地来的作家书简，大部分是写给许广平先生的，由她抄给我转刊在《鲁迅风》上，目的是让"孤岛"的作家和读者，可以略知内地作家的近况，含些异地同心之意。许先生也是"发起人"之一，鲁迅先生的日记能在《鲁迅风》上发表，除了她就没有第二个地方可以得到。

开始时的印数好像是两千。当时一般刊物的发行，必须通过商人办的书报社（即是"经纪人"），销路大的如《西风》等则自设发行网。书报社的老板要有一种特殊的活动能力，上要通"警务处"，下要联络几百个报摊，还要打通内地的渠道。刊物既要书报社发行，印数就要多，并且容易销行，这样，书报社的利润（佣金）也多。《鲁迅风》是新办的，读者面又有局限性，大的书报社就觉得没什么油水，不放在眼里，小的书报社发行网不广，资金不多，到时候不一定很顺利拿到书款，一拖币值就下降，所以在发行上就很费周折。这在今天的青年同志，即使在出版社工作的恐怕就不很了解。换句话说，当时一些进步的刊物，不但政治上要受到压力，就是发行上也还有许多困难。不过，因为我是不管发行的，所以对《鲁迅风》的具体发行手续就不详细，也不知道究竟有几份销到内地去。

创刊号是一家设在里弄里的小厂印的，因为贪图印刷费便宜，印刷质量也很差。校对是到厂里去校，一校之后就即付印，我又是生手，所以错字特别多，到第二期才改由福煦路（原注：今名延安中路）的科学公司印，但校对仍是到厂里校。当时规模大的印刷厂，只有科学和美灵登。因为印件多，对印数少的刊物，也不一定肯印。

周刊出到一段时间后，有一次，谢澹如同志说起，是否可改为半月刊，由他投资的天马书店出版。我们只管组稿、发稿，纸张、印刷、发行都由天马书店负责。在出周刊时，有的同志也感到，由于周刊的篇幅关系（每期约二万字），字数稍多的短篇、报告、论文就没法刊登，如宜闲同志（胡仲持）译的《文人岛游记》就只好连载，而连载又不宜多，所以也有改出半月刊的建议。经过和巴人商量后，便决定从第十四期起改出半月刊，也有了道林纸的封面了，但阅稿、发稿，仍在我家里。不过，直到现在，我还是盼望能看到一份有特色的文艺周刊。

天马书店曾出过鲁迅、茅盾等的《自选集》，编印、设计都很精致，谢澹如同志还主持过《乱弹及其它》的出版，第十四期上那篇《瞿秋白先生未刊诗稿苏》，也是他交刊的。他还办过金星书店，所以半月刊上就登过天马和金星的广告。"一·二八"前，他自己在南市有一座房子，收藏了"五四"以来的各种文艺作品。"一·二八"沪战发生，全部被烧毁了。后来我曾经问过石灵："如果换了你，又怎样?"他笑笑说："我大概要发疯了。"十年浩劫期间，每想到我的那些新文艺作品和期刊的失踪，就会想起石灵生前回答我的话。

半月刊一共出了六期，即从十四期至十九期，但自第十七期起，便由石灵同志接编。当时西谛师任暨南大学文学院院长，石灵是讲师，又在《世纪风》上写稿，我们最初的认识，大概也因为同是《世纪风》作者缘故。《鲁迅风》停刊后，巴人也从西门路的寓所搬走了，如他对我说的，是在"打游击"，这以后有事要找他，就是通过石灵的关系。

四十年来，国内的出版事业固然有了质的变化，但当时编辑工作上的某些经验，也还有可以吸收参考的地方，例如当时编辑和作家之间，界线就不是很分明。今天甲编刊物，约乙写稿，明天乙编刊物，甲又成为作者。"易地则皆然"，因而大家都是主中有客，客中有主，稿源也更有了保证。拿文艺刊物来说，不会写文章，不能做作家的编辑似乎不太多。其次，一个刊物，通常只有一两个编辑，从组稿到校对，都是"一脚踢"，刊物所以能准期出版，这也是因素之一。以《鲁迅风》周刊来说，每期十六面，积累起来一个月倒也有六十四面，但每期从未脱期。当然，当时的一些做法，今天并不能完全适用，我这里要强调的，就是我们在工作效果上还有待于加强。

四十年的时间过去了，活着的人，仍能在"四化"的鼓舞下，为祖国的文化、出版事业而工作着、努力着，以我这样的知识分子来说，对革命，对党也才有一点认识，这也许于怅念之余，可以告慰于几位前辈的。

（原载《伸脚录》，辽宁教育出版社，一九九五年版）

借古话今

一 与《古今》的一点因缘

　　到这期为止，《古今》恰恰出满了一周年，编者先生想约几个朋友写点纪念之类的文字，承他的不弃，愿意在珠玉中间放些砂砾进去。这在读者或者要感到涩目，正如一星砂砾的跑进眼中那样的不快，但在我却别有欣慰之感。

　　自从古今社搬到亚尔培路二号以来，我时常成为不速之客。有时候就在那澄朗的明窗下，燃起纸烟跟黎庵兄聊上半天，上自社会人生，下至里井琐闻，无不海阔天空的作为晤对的材料。"最难风雨故人来"，有时候，一个人躲在书斋中感到岑寂烦闷，或者，有什么事要和他商酌，也就踏着一街净淙的小雨，让风翼袭着破旧的洋伞，匆匆地跑到那边征询他的"高见"。直待到一方长而黝暗的暮色盖下来了，才彼此分手而归——尤其是因为社址距寒舍只有一箭之遥，往返更觉方便。这中间，也曾经想写一篇"记古今社"的小文，后来看到外面谈《古今》的文字已经不少了，所以就因循而至于今。今天就趁机约略的带到一点，算是了却一桩心愿，并且由此而谈一谈我个人一年余来的凌乱感想。

在什么书上看到这样的一个故事：倪元镇为张士信所窘辱，绝口不言，或问之，元镇曰，一说便俗。读之令人怅然。我并不想高攀古人，窃比前贤，不过他的答语却深深令我感慨。一个人最好最聪明的方法——我在这里诚意的说，无过于什么话都不说！而人类的感情思想，无论是哀和乐，它的最崇高的表现也无过于沉默与无言，如佛子之所谓冤亲平等。金古良在《无双谱》题汉末隐士焦先的赞词云：

快然独处，绝口不语，默隐以终，笑杀狐鼠。

这种修养着实令人肃然。论语《阳货》第十七的一章，记孔子和子贡的对答云：

子曰：予欲无言。子贡曰：子如不言，则小子何述焉？子曰天何言哉？四时行焉，百物生焉，天何言哉？

这一段旨趣，境界都极好，雍容阔大而寄托闳远，非后来的儒教徒所能企及。然而，并不是我刻意的自圆其说，人究竟还是无往而不矛盾，也便是无往而不可怜的东西，我们终于还不能保持沉默的终始。因此，焦先也究竟有入《无双谱》的资格，绝无中之仅有者。至于孔仲尼自己呢，同样的不能忘情于口舌，但看在这一章之后，他依然有更多的感想和意见，于是人也反不免为狐鼠所笑！

这是我的"借古"，现在应该来"谈今"了——这看起来，倒大有从前做"赋得诗"的遗风，必须按照题目不出一定的格式。否则，便如朋友之批评我文章的缺点：善于拉扯。

不错，我何尝不有自知之明？但实在也没有法子。"压根儿"我是命定的浮杂和浅薄的人；尤其是自前年冬天以还，我的思想与情绪，陷入了不能自拔的虚无和悲凉。加以年来艰苦辛勤的一点藏书，除古书外，都被迁移各处，特别是我四五年来收藏的几套日报，杂志（每套均首尾兼全），也均落于子虚公之手，偶然想参考或摩挲一下，即立刻有一个痛苦的印象——当时我怎样酸辛的送他们跑出我的收藏室——浮上我的心头，像一具怪物那样的啮着我的心。现在虽然还保持了一部分的单行本，但那些日报却永远的和我诀别了，而且书籍的配补，还可期诸他日，而报纸则从此"侯门一入深似海"，以后永无再见之期了。

而这时节的上海——其实也可说是南方的出版界也异常沉寂，定期刊物既然这样的少，则其水准自也不能强人意了。但忽然不知在那一天，我在报摊上瞥见一本《古今》的创刊号。一翻内容，觉得还没有八股化的大作，而且定价也便宜，便买了一册，回到家里就细读一过，似乎相当适合我的胃口。这样的到了第二期，又买了一本，从编辑的风格和某些的作品上，我猜出了这大约是朋友黎庵兄编的。

我怎样的会猜得出来呢？在这里，我似乎应该像说书先生那样的在卖过关子之后，先将警木一拍，随即呷了一口茶，把扇子揭开来习惯地挥了几下，然后说道："列位听我慢慢道来"——

却说当《古今》出版的一个月前，有一次，黎庵兄步至寒斋闲话，中间曾说到友人想出一本杂志，像过去《人间世》那样的专门"谈狐说鬼"，里面并且有"罗叔言参事"的《雪堂自传》，本来想给《宇宙风》登的，大约因格于刊物的旨趣，没有刊出。我问他为什么不把《宇宙风》复刊呢？答云，这非一二人所能作主。当下说过也就散了。在这之前，有一位《古今》特约撰稿的默庵君，也向我表示近来想写一篇考据性的小品（按：即《蠹鱼篇》），打算在杂志上刊载。黎庵与默庵本来是很熟的，而且又为黎庵所最赏识，最折服的，谓其文字高出我二人之上。所以两庵之间，素有"因缘"，然非香火而为文字耳。其次，还有一个原因，《古今》的社长朱朴之先生，跟他们在很早的时候就相熟的，则以此而推测《古今》的编辑，必属陶周二君无疑了。于是在第三期中，果然有朱先生的"介绍辞"了。

我因此更每期手不释卷的买来阅读。

一本好的刊物，即使对作者的酬金较为俭薄一点——自然不能俭到可以做"俭德会"的会员——但只要内容整齐，作者也宁愿为它撰稿，其兴趣比在内容窳劣而酬金奇多的刊物上写作还要高。（但此非谓《古今》稿金过少）所以，我就很有意为《古今》打杂，曾经写信给黎庵兄，问他是否接收，而回信则是：颇表欢迎云。当时还拟定了两个题目，一个是《中国子史丛刊拟》，一个是读张次溪编的《北平岁时志》（铅印本，国立北平研究院史学研究会出版）。到现在拙文倒已经写好十来篇了，但这两篇最先拟好题目的东西，却反而还不曾写出，不过这篇《关于风土人情》一文，却就是由读《北平岁时志》和顾禄的《清嘉录》引起的一点感想，也可说是一个"滥觞"。因此，这第十三期的《编后记》中说我"搁笔已久"，是实情，说我"经编者再三催促，始允执笔"，却是需要修正的，因为《关于风土人情》这一篇，固然是我一年来的第一次"弄墨"，但却是我先有向《古今》写文之意，而后始劳编者先生来催促的，这样，到了第十四期，出版适值国历元旦，于是复有《千家笑语话更新》之作。

可是等到我为《古今》写稿时，已在改半月刊之后了。

当未改之前，一部分的读者，唯一的感到不满足的，厥为本刊只能月出一次。虽然月刊也不过仅有一月之隔，如从前读小学教科书上所说，"日子过的真快"，以月大而计，每人岂非困了三十一次的觉之后，又可看到了？但常人的心理，对于一件心爱的事或物的等候，有时却显得非常的缓而慢，语云，"等人心头急"，此之谓也。譬如：

"《古今》还没有出么？"

"要等到月初呢！"

"月初还有几天？"

"大约还有一……"

如果出了半月刊，这一类的问答，不是可以减少或者简直可以减除吗？何况"天下苍生喁喁以望"之情，更见迫切。记得林语堂先生说过，在《人间世》的发刊词上：各种的定期刊物中，无论周刊、旬刊、月刊、季刊等，以半月刊为最合格，尤其适宜于小品文刊物，而《古今》则正是小品之流亚，这中间曾经跟朱先生谈起，而他却有一点顾虑；因为还缺少四五位经常的执笔者，不容易将内容弄得纯粹，否则，便不免影响了质的严肃。但这样等到了第八期，"《古今》改出半月刊启事"终于登出了。并敦请"前《论语》、《人间世》、《宇宙风》主编陶亢德先生列名编辑"云。

　　到了第九期上，果然面目一新，连封面都改过了。前于此的《古今》的封面，多少是受《宇宙风》的影响的。在第九期上，刊名的《古今》，用阴文而当作书眉，即占全面三分之一。下面则印以石涛的画，题云"两人山际论《古今》"，刚刚赋得本文。山上席地而坐"隐士"之类两人，下泊一小舟，船尾有童仆各一，江流岸草，令人真要发起思古之幽情来了。但自此以后，却未见《古今》再换过封面，也曾几次的跟黎庵兄说起，答谓实因制版太贵，重做即非五六百金不办。其实，一个刊物之于封面或设计，却是很要紧的，使人在欣赏之外，别有摩挲之趣，而且特别是文学刊物。我觉得，在类乎这一路的封面之中，以过去的《太白》半月刊为最佳，朴素而有风致，适切的表达出小品文的特色。

　　这是我对于《古今》的一点因缘。知堂老人在《瓜豆集》的文中，隐约之中，有将撰文比作像结瓜豆缘之意，可谓实获我心。我也希望能于文字上，使彼此在修"业"之外，再结点瓜豆缘。书云：以文会友——只是我的文会不得友，却极巴望别人能降格的来会我，那就不胜荣幸之至，虽然其为"会"也则一。

二　编辑与作者

　　《古今》的作者中，似乎以比较成熟的作者为多，除了区区自己之外。——关于刊物之刊载"老作家"稿子一点，仿佛一向被当作"物议沸腾"的对象。我以为这可分两点来谈，即原则与现象。在原则上，编者向成熟的作者征稿，是不错的。因为他们毕竟较为老练深刻而有力，艺术手腕能保持水准以上。但由于应付生计，或自以为俨然是个"名作家"了，往往就有一种敷衍马虎，摇笔即来不假思索的现象，似天才而实为懒惰，可以写得更好一点而偏不写！"反正是特约的，不由编者不登！"这恰恰和未成名的作者相反：他们唯恐编者不肯登，所以写时也特别卖力认真，把文章确能当作文章来写。但因限于本身的修养欠缺，和文字的接触疏稀，所以虽肯努力而终不能达到一般的水准——虽然这些努力决不会白化，经过"时间"的培育，终能结出结实的果来。然以现状而论，编者之心有余而力不足，亦正是难怪之理。

因此而就有"偶像崇拜"之类的嘲讽。

我也因此希望某些成名作者写稿时能更严肃一点，更认真一点！如果困于生计，那不妨爽直的要求增高酬金，"君子爱财"，以文字而谋稻粱，本是天经地义的事。但如果所寄去的却是一大堆潦草塞责，连自己也不知所云的东西，则编者的失望为何如？读者的失望为何如？而糟蹋数百元一令的洁白的纸张又为何如？人家以最大的诚意，热忱来瞩目你的大作，而你却出之以敷衍，以"应酬"的态度，如果"反求诸己"，先生！你心中所感到的又是怎样？又是怎样？而且在事实上，编者，读者，出版者的得失倒还在其次，最大的损失却是——这些"名作家"自己！在留给别人的坏印象之后，人家索性干脆的不来请教你。

但在"新作家"中间，有时却因一二佳作的被人赏识，或者在自己人的刊物上拿出一点笔墨以后，居然也心高气傲起来，犯着同样的敷衍懒惰的毛病，甚至不惜以抄袭而急于成名的，却是更加的无药可救，连仅存的一些基础就此断送了。其次，尚有令人觉得奇怪的，自己口口声声的攻骂别人的"偶像崇拜"，拉拢名家，但一等到自己荣任大编辑时候，心中却已摇摇地浮起"偶像"或"名家"的影子来了，对于未成名的作品，比别人还要吝于顾盼！然则世上"事出离奇"的事情，宁有甚于此者？

"己所不欲"，最好当然是"勿施于人"。自己为了出版家的生意眼，不能不向"偶像"之类拉些稿子，别人何尝不有同样的需要？我到现在还服膺沈从文先生在《废邮存底》中所说的话："编辑有编辑的势利，想支持一个刊物必然的势利。"世上的事情决不能看作怎样的简单，只有挨到自己挑上担子时，才觉得别人的吃力吧？

我以为编者和作者之间，彼此应该有一种尊重、了解。这尊重不同于迁就和客气，而了解也原非原谅和通融。作者了解编者某些事实上的困难，而编者则尊重作者"心血的结晶"。我尤其欢喜将稿送到熟朋友编辑的刊物上，这倒并非希望可以包庇、标榜。而是为了倘逢编辑有删改的必要时，我还可和他们商量斟酌。编者的文章固然不逊于作者，可是编者的意见，却未必合乎作者。其实，倘使有必要的删改时，至少可以把删改的词句，更接近我的原意。例如我和本刊的黎庵兄，他的改动固然有使我折服的地方，而且还能超过原作。但如果我不同意的地方，我就可跟他面红赤筋的争执着，假定换了陌生的编者，便无法办到了。我记起从前有一篇文稿，被一个编辑在末一节中，整段的用编者自己的意见，写在别一张纸上，再贴上我的原稿——简直超出了改修的范围以外的光景，到现在还觉得不舒服！而这位编辑删改的"理由"，却又是这样的"没有理由"。编者之于来稿，偶然的改动几个字，或者真能"点铁成金"；但如整个的意见，有和编者枘凿的地方，我想：那还不如痛快的退给人家。从此以后，凡是投稿陌生一点的编者的稿，我总要加上两句"拙稿倘欲删改，请先通知一下"的话。这并非说绝对不能改，不过表示一种保留而已，因为我已经受够教训了。

听说从前有一位先生的编刊物，逢到要改动来稿的字句时，即便一字之微，也必先征求作者，或谦逊地于事后向作者致歉。这位先生在文坛上是前辈，于修辞学是专家，尚且这样的谨慎、诚恳，令人感到前辈的风范与气度，究不可及！

我在前面说过，我并非主张我的文字绝对无可改动，世上既没有"完人"，想必也没有"完文"。然而编者也不能一登宝座，便非把别人的作品，化上自己的装去不足以显其威灵。最折衷、最理想的办法，应该是倘属必要，先向别人征求一下意见。这种办法固然有其困难与麻烦，但我想，一本刊物中未必每篇都有"化装"的必要。其次，也应该改得令人拜服，至少比原来的好。例如我在《古今》上所登的作品，除了《关于风土人情》中，因"特殊关系"而略去一段外，其他的一二字句的进出，我是相当同意的。

三　对于《古今》的感想

嚼了这样的一串舌，回头来又看了一看自己的话，真觉得愈来愈拉扯了，用流行的譬喻来说，就是"跑野马"，将题目跑出八千里外。现在要想勒住缰绳，衔辔疾走的逃回来，却兀自的不能停蹄。我有一种偏见，以为文章应该从细小处浅近处着手，正如黎庵兄主张不妨来考据一下纽子的起源（见十六期《编后记》）。而一经着手以后，却可以古今中外，信手拈来；于海阔天空中使其"放诸四海而皆准"，显出放荡、驰骋的姿态。

说到《古今》整个的作风，大约是放荡、谨严兼收并蓄的，但却也有一定的范围。这是小品文刊物的理想的水准，在独特的性格下时有晦明，纵横与升沉的表情，而不流于杂乱泛滥。正如乡间的小溪，于一脉清流中，浮游着沙石，鱼虾，水草和小孩们掷来的瓦砾，微风起处，频作涟漪，却不损其清澈平静，使走过的人，立在桥上踟蹰久之。或者坐在一傍，游目云天，听着跟溪流一同飘来的牧笛之声，让情绪上得到片刻的苏息，然后回得家来致力自己的"道"。

这样的说起来，岂非有点彩声起自后台之嫌吗？但是我也并不怎样的在"捧"！《古今》固然是周公编的，在"我的朋友"之列，不过彼此的交谊，比之于陌生者，也只多了一份岁月上的积累罢了。而且即使这样，那末，这种自私心理仿佛也是人情之常：看见朋友拿起刀箭真的唱起来了，无论站在台下或台内的人，也难免要加上一份亲切，一觉到好的地方，似乎也不必因为是朋友所唱，硬紧的忍住彩声。这种不自然的矫情，正和无诚意的，不问青天或黑夜的瞎恭维一般的乏味。像上面所说的"文章必须放荡"云者，我的偏爱便在这里，盖"放荡"的文章，有时正可看到作者至性的表现，比较的少于做作。

把《古今》在初期和后期比起来，也显然是进步多了。较诸过去《论语》和《人间世》的开头精彩，后来没精打彩的退步来，更为难得。只是现在还有一个缺陷，便是虽已改了半月刊，但篇幅仍觉不够，令人一览无余。我也曾经跟主持者说起，而其所以不能增加的理由，不外乎两点：一，纸价、印价等太贵，而售价则只有三元，批出去只收七折。现在每张纸要卖到一元半钱，而古今每期恰要一张纸，二元一角钱作什么好？二，生怕来稿不够，有碍质的纯正。但后面的一点，在眼前是不成问题的，因为每期的稿子，已经足够从容应付了。那么，最困难的便是前者，而《古今》又没有公开的出版机关——我想，我们可以这样说吧？关于纸价的问题，可是说来话长，受其累者也不止一家二家。在响亮的"统制物价"声中，而有纸老虎的奔突搏逐，不能不说是一个奇迹！我们———一切从事文化工作而有切身之痛者，竭诚的希望当局能将这些纸老虎一针戳穿。《水浒演义》记武二哥打死景阳岗的大虫，博得人人拍掌叫快，我不知道打击这些人为的"大虫"，是不是比武都头要困难或者容易？汉高祖对萧何（？）说："卑之，无甚高论！"我以为现在有许多的事情都可作如是观；能够做，可以做的事情应该拿出亟起直追的精神来，赶快做去！而只能壮壮声势的大言壮语，非事实所做得到的不必做，至少限度，慢一点做！做人固应大处着想，作事却不妨小处着手。何况，纸张的涨和减，也正是一件大大的事情。"工欲善其事，必先利其器"，这是不能再老的老话，不能再旧的旧调，然而纸张之与文化，却便是工之与器。在不"利"的条件之下，我们如何能希望它的"善"，于是也就更谈不上"真"和"美"了。然而我们的呼吁和呐喊，却敌不过纸老虎的一转身、一抖擞，"帝力之大正如吾力之微"，我们因此也永远的被别人讥为奢谈梦想！

然而"话说回来"，《古今》虽然仅只薄薄三十二页，五万余字，但却有一个痛快的特点：有的时候，却能大气旁礴的将万余长文一篇刊完（固然也有分作几期刊载的作品），例如谢刚主先生的《三吴回忆录》及其他长文。这在一般的编辑先生，是不愿采取的。他们所欢迎的乃是五花八门，"雅俗共赏"之作，可以招徕顾客，吸引多量的读者。四万字的篇幅，题目倒有二十个以上。这种心理在出版家更其普遍。就是日报的副刊上，老板们也希望在豆腐干似的天地中，题目却能多多益善，不时的关照编辑："短一点的！""短一点的！"自然，倘能有短小精悍的作品，未当不足以使刊物增光，但因此而削足适履的限制作者的文思，却令人异常闷损不快。我想，与其鸡零狗碎的揉作一团，何如使读者觉到一气呵成。事实上，一本刊物犹如作者一篇文章，决没有篇篇都能合乎理想，也决没有句句都能出语惊人。只要有一半的篇幅，能使读者感到击节叹赏，刊物就有了生气。一篇作品亦然，所谓至理名言又岂能多得？"君子多乎哉？不多也"。但倘能时有可人的字句，这作品已足光艳逼人了——虽然作者的主观的努力总应该期望统篇完美、和谐，如何使之刮垢磨光，骨肉停匀，像诗人那样的，要有"吟妥一个字，撚断几茎须"的忠于艺术的情热。但反过来说，即令诗圣如杜工部，他虽然想做到"语不惊人死不休"的地步，可是像"诸葛大名垂宇宙"的拙直的句子，居然也出诸他之手，又将何说？然而当我们读到"三顾频烦天下计，两朝开济老臣心"的句子，就不由得不起至高的崇敬来了。换一种说法，我们有时也可能有超过他的句子，然而毕竟少，就只能片言只语，偶一为之，一入篇章便失却均匀的措置。小孩子把百家姓抄毕，一定有一两个字比我们还写的好，但要连篇累牍的写得跟我们一样整洁，除非是神童！杜少陵也有低于我们的所在，譬如为心绪、灵感、时间和环境的限制，但他在大体上却高出于我们万万，所以也终于能屹然地称其为"诗圣"。君不见乎知堂老人的文章？在后期作品中，每篇倒有大半局是抄书、引文，然而偶然的加以自己的清言细语，就觉得他笔下的古书，都栩栩然活跃楮上了。

野马跑得愈来愈远了，我连忙勒住缰绳用目一望，乌乎，盖已靠近八千字有弱矣。秀才人情从来如纸半张，《古今》出了一周年，我们当然的要送点薄礼，而我又是那样的不着边际，逸出本题远哉遥遥；然则只有像刘家阿季那样的，在空白的红封筒上，写上四字："贺钱万贯。"好在那样多的贵宾中间，想必决不计较区区的一份也。（作揖介）

三十二年二月上旬

（原载《文抄》，北平新民印书馆，一九四四年版）

《文史》琐忆

沧陷时期的出版物中，《古今》是较有特色的一份期刊。不料出了二十余期后，忽然宣告休刊了，我觉得很可惜；但休刊的原因，到现在还不明白，连解散费都是苏青给我出主意的。

《古今》的社址离我家较近，只要走过两条马路就到。我于每天下午，到社中审稿或校样，所以也可算是《古今》的半个编辑，不过版权页上没有我的姓名。

休刊后，就要我编《文史》，但出了一期，《文史》却又要休刊了，原因我仍然不明白，所以《文史》第一期是有文载道名字的。撰稿人和内容大致和《古今》大同小异，有的还是《古今》存稿，只是另辟了"文史随感"一栏，其中有个"撞庵"的，便是我的化名，意思取自谚语的"做一日和尚撞一日钟"，这可能来自民间，也反映了旧时有些小市民的人生观。周作人于《杨大瓢日记》中末署十药草堂，则后来的十堂原是省称。在新文学作家中，笔名和室名之多，恐无过于周氏兄弟了。

《文史》出了一期停刊后，在一次集会上，《新中国报》的鲁风问我："你是不是还想把《文史》继续办下去？"我听了正中下怀，便点点头说："当然还想办下去。"因为办杂志有办杂志的乐趣，也可以乐与人交。他说："你去问问《古今》的负责人，他们要什么条件？"我问明后，告诉鲁风："没有什么条件，只要把积欠印刷公司的费用付清就是了。"我把这话回答了鲁风，印刷费随即付清，我也重做编辑，我要求只管编辑、征稿事务，发行、校对等一概不管。编稿审稿都在家里，发稿时到大陆商场一间办公室里去一次，但要求发一张记者证，因为那时的日本人随时要封锁，有记者证就好一些。

他们都答应了，我一面利用《古今》积稿。一面向外组稿，并转载郭沫若先生的《甲申三百年祭》。我对袁殊系的一些内幕或人士，有些半信半疑，例如恽逸群，我到《新中国报》去，每见他伏案而书，他写的文章，还有"大东亚战争"一类的话，我一望而知是奉命进入的，那本《蒋党真相》大概是恽公写的。但又奇怪，我想得到的，袁殊难道想不到？

我和袁殊，抗战前就认识的，我到过他的浦东大楼办报室，抗战开始，他也到过我旧时的空屋中编报。沦陷后，他就住在桥东的今上海大厦中，我去看他，见面时的第一句话，就是"我的头是挂在肩上的"。接下来说："我想办一个上海文化人协会。"我笑着说："这不容易办到，人家不会参加。"总之，我对袁殊的落水是半信半疑的。后来开会时，总有一个日本人坐在一旁，眼睛半开半闭，默不作声，像打瞌睡一样。袁殊则大谈苏北的新四军如何如何，倒有希望，还说前几天我们就保出几个青年到苏北去，又说重庆那样的抗战，杀我头也不相信会胜利的。这话好像是说给日本人听的，可是日本人不是最恨共产党么？真像在做戏一样。

接下来再谈《文史》编辑的事。

袁殊的寓所时常调换，而且很精致。有一次，他要我到他家里去（地名已忘）。揿门铃时，必有一个年轻人将大门的小洞移开看明，然后问我姓名，我回答后，他将手里的小簿子一对后，便问："你是金性尧?"我说是的，就让我进入客厅，到楼上去叫袁殊下来。解放后，我与袁殊在北海公园喝茶时，这位同志也跟在旁边。

有一次，他要我把上海文化人的近况写一点给他，并说信封上要写明"亲启"字样。我听了一怔：这不是要我开黑名单么？我说："我知道的你也知道。"他说："你管你随便写一点。"后来，我就把张爱玲和苏青都在写小说、但张比苏写得好，谭正璧的生活很穷困，陶亢德精通外语，也是企业人才等等尽人皆知的废话塞给他，信封上倒也写了"亲启"二字。

可是最奇怪的是这一次：他和我谈话时，说是要把《文史》与罗君强（伪市府秘书长、副市长）发生关系，《文史》的背景是上海文史社，编辑费也可加一些，但这个名字我却从未听说过。

过了几天，罗君强在今淮海中路的寓所里果然请我吃饭，袁殊自然也参加，但罗君强只大谈为官之道，交友之道，记得最清楚的是这一句："做人不要做'半吊子'。"但绝口不谈《文史》事，他的湖南腔我也听不大清楚，我当然也不便问。我的原来想法是：把《文史》继续办下去，经费由《新中国报》负担，我只管稿子的出纳，与政治（如情报工作之类）并无关系；想不到这个短命的期刊，却会弄得这样复杂，何况罗、袁本人并没谈什么《文史》，我愈加感到诧异。

一九四四年夏天，日本的败局已定，在某一天清晨，日本沪南宪兵队的军曹甲斐，从里弄的矮墙上爬了下来，然后打开前门，将亡妻武桂芳捕去。我先去找亡友亢德，他也没有办法，只是郑重叮嘱："对日本人，铜钿千万用不得，知道么？"我很感激他的盛谊。

我离开后，又至《新中国报》去找鲁风，因为袁殊在苏州。我将经过说了一说，鲁风竭力安慰我："这种事，我们见得多了，你放心，我们一定给你想办法。"他想找李思浩去保释。

吃过中饭，我到旧贝当路沪南宪兵队去问甲斐，问他为什么要捉武桂芳？他在纸上写了似通非通的五个字："延安责任者。"我要求见见面，他不答应。这时是下午，我还在《新中国报》，得到家里的电话，说是已经出来了，却是经过一番灌冷水、抽皮条的摧折之后，所以，她在解放后的上海延安中路上，第一次看见太阳旗，就是一肚皮气，连展览会都不进去。

这时日本败局已定，所以到处抓人，不久，我也向鲁风辞去《文史》编辑之职，但文章还是在写。

《文史》创刊于民国三十三年十一月，停刊于三十四年七月（也就是一九四五年七月），前后共三期。想不到这三本短命的刊物，却有如此复杂的内幕。

去年我托南京的友人，买了一本《袁殊文集》，文集中还收了发表于《古今》上的《拙政园记》，文集附录中写他晚年心理状态已经失控，时而独自喧叫，这种传奇式的人士，会得到这种病变，也是可以理解的，但谈沦陷时期的地下人物，却不可不谈袁殊，不知他现在处境如何？（原注：据《万象》读者张增泰先生见告，袁殊同志已于一九八七年十一月死于北京。）

经过"文革"，我的《文史》之类的期刊，自然不会存在，我目前根据的，是北京赵龙江先生从拍卖行里以高价所得的三册复印本，否则，这篇文章便写不成了。他也是北京的藏书家，不惜代价，搜罗旧刊；今天又收到他的贺年片，我也借此祝望他在新的一年里，收到更多的难得的书刊。还有一点，看来要办好期刊，史料性掌故性的文章要占重心地位，这从郑逸梅先生文章之受欢迎，就不难理解。

（原载《闲关录》，上海古籍出版社，二〇〇四年版）

忆三家村

　　人当空静下来的时候，最容易坠入沉思和回忆之中。急景凋年，风月凄清。在这时候，觉得乡间的廊檐屋角之下，和家人曝着温朗的朝阳，或抬头望望瓦上啁啾的黄雀，以至一个人静静的把身心浸润在记忆之中，皆自有一种万物静观的从容意趣。这说来好像有些暮气，但在眼前的寂寞昏黄客馆中，虽不至如张陶庵那样的把回忆看作劫火猛烈，烧之不失，但举目云天，遥思往事，大概也难免有一缕难言的凄酸和悲凉，来自我们的心吧！——至于回忆之中，自也以儿时的游钓哀乐，最易令人中心藏之。所谓马齿虽长而童心犹在，可见原不限于区区一人。

　　凡是一向生长在偏僻一点的乡下的，多数要经过几年《幼学琼林》、《大》、《中》、《论》、《孟》之类的"薰陶"。教师也多数有一点功名的，大约自举人至于秀才。举人以上因为总可弄到一官半职，所以也不会来过这种冷板凳生涯了——这就是所谓私塾。用新一点的话来说，正是智识分子的没落的一途，但这并没有辱没三家村老师们的意思，我们可以老老实实的捧出"大成至圣先师"孔夫子来，他非惟是没落的贵族，而且还是文献无征的亡国之后。他老先生栖栖遑遑奔走一生，到头还是以冷板凳终其余年。《传》云鲁昭公二十四年孟僖子命其子南宫敬叔及孟懿子师事孔子，时孔子才逾而立。然这也并无严格的授受形式。迨自周返鲁，一直至晚岁隐居，才扩大而有所谓三千弟子。《论语》中说："自行束脩以上，吾未尝无诲也。"古代的束脩乃是师生初觌面时的礼物，其品类也不出绢帛酒肉。于此可见孔夫子大概是有教无类，连大盗和鄙夫都诲之不倦，不像有些冬烘那样的尖酸迂仄。《论语》中时记载孔门雍容宽博的气象，如《公冶长》篇云：

颜渊季路侍，子曰：盍各言尔志？子路曰：愿车马衣轻裘，与朋友共，敝之而无憾。颜渊曰：愿无伐善，无施劳。子路曰：愿闻子之志。子曰：老者安之，朋友信之，少者怀之。

这境界亲切而有光泽，正是儒家淡泊淑静的好的一面。孔子自己的话，尤其切实素朴。综合起来，正是善与人同而已。但这却不是一些遗老或国粹狂者所能企及。他们第一就缺少那种宽博澄明的修养，但说出题目来却要比孔门师弟深高得多，其结果遂流入读书人最泛滥的路上去，连自己也约束不住，正是自然自理。——但是慢着。有嘴说旁人，无嘴说自身，像我们那样的又岂能免于这些通病呢。然则这也不待别人的反唇相讥，老实地先在此书一个喏吧。

私家的授学，恐以春秋以来为最发达。不过这与后来的私塾是迥不相同。私塾只是读书人一个糊口的小圈子，斯文一点的说法就是"半耕半读"。不过自己大抵也有几片地，至于真的像长沮桀溺似的耕耘着，几乎是没有的。这应得把耕字看得广义一点，如诸葛先生之躬耕南阳一样。或者呢，如陆剑南诗中说的，"人生觅饭原多术，最下方为禄化耕"。把不食禄不做官的读书人，就等于在耕一般。例如我最初上学的那家私塾，就叫作耕读草堂。他们的两代都是以教书为业，我是拜后一代的为师，而却在"太先生"的手下念完《论语》，对过课。父子两人，一年中也有轮流教读的时节。其措施和教授之法，两人也相差不远。我入学的时节约摸民国十年左右，这时欧战刚刚告终，中国的经营洋货事业者都沾着一点利润，所以我的祖父便主张只要稍微识点字，即应进入商界；觉得读书或做官，都是希望少而意义毫无。又因为这家私塾在当地较为正派，且距寒家也只一箭之遥，故就于七岁那一年，正式进去拜老师了。上学那天穿着祖母制的红色绣花的书生袍——像旧戏里小生穿的那样，向塾中的书桌前三叩首。桌上香烟缭绕，气象十分庄严肃穆，俨然有至圣先师高高在上。叩毕，即向老师行礼，然后与各同学作长揖，并分糖茶一盏。于是老师先在课本上朱笔写一富字，一面随即写一贵字。课本是"人手足刀尺"的商务版的小学教科书，待至一年半载后，方始读《论语》《大学》与《中庸》，普通总须读全书三遍。惟与"生书"并教，名曰"温读"。但读的都是白文。先生也很少有讲说的，这真叫做"白纸黑字"，儿时尤其感到茫然莫解。倒是《幼学琼林》还有点兴趣，因为中间有许多故事与典故，而先生也略加解释。我记得《幼学》中有"新剥鸡头肉，明皇爱贵妃之乳"的话，少时读了也不懂什么，待到年事渐长，再看注解，倒确有点轻涉遐想。这时自己虽已不读，然却

定海金家大屋（摄于二十世纪九十年代）

教年少的一位同学，将这话去问老师，他自然也只好含含糊糊的说过了事。读至三四年后，才读起《古文观止》和策论来。一星期中各选一二篇。策论是从什么"全国国文成绩汇览"一种教材上抄读的，仿佛是一家国学学校高材生的文卷，也有岳武穆、关壮缪的人物评论，也有秋夜泛月记的游记。我们先抄了下来，再立在老师的案前听他摇头摆尾的讲解，有时候老师就以赞美和责备的口吻对我们说："你们看人家是做的多么的好！"然而说来仿佛不大忠厚，我们老师出的作文题目也是暗中从这上面抄来的，等到我们把卷缴上给他改时，只须将原书上的词句一字不少地抄进去。所以我们的文稿终是被删得厉害，而且绝少得好评的。这部"国文成绩汇览"虽然是铅印本，但不知他是怎样买来？我们也想买，然而终于买不着。这倒真是人间的秘本了。后来学做诗了——那是我自己要求的，而且塾中就只我一人。我那时很受一位爱西昆体像发疯的朋友的启导，居然也掉弄那些软玉温香的文句，但不幸老师所出的诗题，却是什么飞艇，荷花，西瓜，蜡烛之类的呆板而枯燥，自然也一样的被涂删得只字不存。我记得《西瓜》的一首末句中，被改为"火攻落地即开花"。据他说，战场中有一种叫开花炮的，发射时颇像西瓜坠地云。而我也渐渐的悟到了要想从三家村中学诗，恐怕永远不会有成的。大约我老师的授受的"道统"是：字临馆阁，诗尚赋得，文崇策论。依然三位一体的受命于八股系统，只是这时已没有"临轩取士"的机会了，岂不惜哉。

　　起先的几年，我们塾中是无所谓星期日的——除节日外。后来才始看起学校的样来。这对于我们，真不啻是跫然的足音。在学生时代，对于放假的好感，诚有如鲁迅先生第一篇小说《怀旧》中所写的一样，巴不得"秃先生"明天生病，如果家有婚丧，那更"雀跃三百"了。现在我想起来，凡是"先生"，望之总有些"秃"然。例如敝老师之大好头颅，就仿佛有童山濯濯之致。一到了每天午后，他就枕在藤椅上，呼呼地睡了过去。于是这就临着我们——这些不幸的小人物唯一的课外活动之良机。因为课室的后面就是菜圃和草地，如再穿过竹篱，那就是一碧无际的水田和云天，同学们就趁机捉蟋蟀，捉蝌蚪，放野火，跳高栏等的游戏。至于我，却看起宰予的坏样，跟老师一同去"梦见周公"，享受"手抛倦书午梦长"之趣。

等到老师的晚年，大概也因苍苍者或化而为白矣之故，精力逐渐衰竭，管束学生也较松弛，非元凶即不重打：甚至像我这样的胡乱背书也不注意。我是怎样的背书呢？直到现在还觉得言之恶然：把今天所要背一章的首尾两句记熟，等到背时托各同学高声朗诵，使一室为之鼎沸，这样我的书声就反而淹没隐糊了，我便随心所欲的胡诌了事。——这样的作弊，一直维持到我的离塾。等到在另一的私塾中，用的是另一的花样：因为老师的背后放着一条搁几，等到背书时只须同学将同一书本放在几上，就可万无一失的背了出来。尚逢着默书呢，虽然原书已给老师收去，但只要把桌面挖一个小洞，向抽屉里偷窥早已安放的"副本"，自也一样的奏效。不过后两者却较普遍，恐怕自老师们至于现在"丘九"，都是如法炮制。所以我这段话也没有什么"教猱升木"之嫌吧？

我现在虽懊悔着少不努力，对于经和道两俱蒙然。但如斯蒂文生所说，"儿时的过去未必怎么可惜，因为长大了有好处，譬如不必再上学校了，即使另外须得工作，也是一样的苦工，但总之无须天天再怕被责罚，就是极大的便宜"云云，实在不胜同感之至。至今偶一念及老师的威严，与夏楚或栗凿之痛，不禁尚有余畏。说到旧时塾中所用的体罚，真可谓蛮性的遗留。如栗凿或手心，几是家常便饭，然弄得不凑巧，即与脑神经有损。栗凿是以食指钩成弧形，使其有弹性作用，托的一声向学生脑角击去，发出清脆的声音，据说有"振动迟钝的脑筋，发生速力"之妙。此外，也有跪红灯笼或猫狗，必须跪得不许破疲或啼叫，否则就难免于责打，这真不亚于酷吏的虐政。不过这只得诸传说，民国以来殆已废除，如知堂老人所说，"传闻曾祖辈中有人，因学生背书不熟，以其耳夹门缝中，推门使阖，又一叔辈用竹枝鞭学生出血，取擦牙盐涂其上"，这不禁要为现代士子捏一把汗，神经衰弱的即闻之也毛骨悚然，如读蒲松龄的《聊斋》。人类大抵都有一点变态，中国因为走得慢一点，而各方面又多缺陷与漏洞，故自王公大人以至老师之类，皆有一种奇怪而神秘的念头想时刻发动，一有机会就要任性外泄。眼前虽然已进步得多，但会考不及格而自杀发狂者，仍然实繁有徒，则亦执木铎者所当深思熟筹的一个问题也。

中国有一句老话，叫作"棒头出孝子"，与西洋的"省了棍子，坏了孩子"之说恰相吻合。这不但是寻常百姓，尊荣若皇太子，也免不了经过棍棒的"锤炼"。如英国亨利第四的儿子就被保姆责打，而且还记在账上：

一六〇三年十月九日，八时醒，很不听话，初次挨打。（附注，太子生于一六〇一年九月二十七日。）

一六〇四年三月四日，十一时想吃饭。饭拿来时，命搬出，又叫拿来。麻烦，被痛打。

从这两件事情看来，亨利太子似乎并没有什么大过失，何至于被打得这般起劲，大约因为亨利第四特地命令之故，保姆遂也不能不等因奉此了。至于中国的家庭教育所造成的结果，往往非奴才一般的驯服，即流氓一般的专横，跳不出"溺"与"虐"的两极端，安得化之以中庸平实之道呢？

关于私塾之记于其他文字中的，记忆中有鲁迅先生小说的《怀旧》，散文的《从百草园到三味书屋》，以及知堂老人的《我学国文的经验》，还有芦焚先生在《看人集》中亦有《同窗》一文。对于乡间私塾的情形，可以部分的看到一点。所云三味书屋，正是实在的名称，如知堂所云"到了十一岁时往三味书屋附读，那才是正式读书的起头"。又说他第三个的塾师"名字可以不说，他是以杀尽革命党为职志的，言行暴戾的人，光复的那年，他在街上走，听得人家奔走叫喊'革命党进城了！'立刻脚软了，再也站不起来，经街坊抬他回去"，大约便是《怀旧》中的"秃先生"——这篇小说刊于最初《小说月报》，署名周逴，为恽铁憔先生所大加赞赏，写塾师的状貌和学生的心理"维妙维肖"，而出以一贯的讽刺冷隽的笔调。后被转载于《希望》半月刊，才引起大家的注意，其《从百草园到三味书屋》，尤有卓然风土之胜，所述与吾乡的私塾正复相同。

我在私塾中约摸过十一年的光景，前后凡两家。前者是老师的家，后者却是别人的祠堂。此刻回想起来，无论文字意义，都忘记干净，真如俗语所说的"还给先生"了。现在如果需要懂点所谓"国学"，就须重新用起功来。至于其他的什么外国语文，格物致知之学，以至世故人情方面，更加的谈不到了。后来到了上海，曾经以笔名撰一稿于乡间的报上发表，那是攻击私塾的，据说颇引起当地父老的不怿，说是我的"忘本"。在未离故乡前，也曾听说私塾将被取缔，但第一步是向当地教育局登记。然而我的那位老师却非常倔强，其理由是这些学生都是由他们的家长自动来就学的，他并没有强迫的意思。事实上，乡间的士绅之类，对于学校的跳跳蹦蹦，甚至于男女同学的风气（其实私塾也是男女并收的），在顽固的眼中看来，真不啻同一枚钉！反而觉得私塾的温文尔雅是一种美德。我们且别小觑那些三家村，它的背后正有着根深蒂固的旧传统，而中国人又永远是主张一动不如一静的。此外，由学校之未能普及，师资之贫乏，学校本身之窳败，也是不能取私塾而代之的最大原因。

我想，以十余年授受之谊说来，我是应该感谢几位老师们的。然而，以我所受于他们的痛苦和流弊而论，恕我直率的说，却是从心底送出我的憎恶。

十二月廿九日夜，雨窗。

（原载《风土小记》，太平书局，一九四四年版）

我与书

一

这个题目蕴伏在我心头虽已很久，并且想把它写一个相当详备。但现在能于短期内完成者，则不得不推本刊江枫兄的美意，故而在提笔之先，让我衷诚的预谢一声。

大约是两个月之前，我们在一家茶室里啜茗，等到茶点时间已过，我们出得门来，迎面正是一派残秋的苍茫暮色，想着闲散无聊，于是就偕江枫兄到三马路一带的旧书铺里去巡回一番。其间有两家是我走动最勤，往还最久，而买卖又都是用记账形式的。当时匆促的浏览须臾，就买定了几种旧书。而江枫兄即以有关书市的题材相勖，并许以刊《杂志》。其书名为：（一）民国二十九年北平女子师范学院图书出版委员会编辑的女师大学术季刊，自一卷一期至二卷二期，共六册。（二）郑德坤沈维钧合著，《中国明器》一册。哈佛燕京社廿二年一月出版，燕京学报专号之"一"。原价旧钞一元，今竟昂达八十元。我所以花了这样高价买下的原因，只是想把《燕京学报》"专号"络续买齐之故。犹忆二年前于中国书店买专号之"十"，顾廷龙著《吴愙斋先生年谱》（一册），原价六元，二十四年三月出版。那时南北币制已起距离，书店便照着旧价而用联钞来算，而且还要再加值几成，那就要四十余元。经过辗转的折让，才以三十元左右的价钱买进。但篇幅较《中国明器》要多出一倍，所以倘在眼前，就非百金以上不可。其实，这书在书店中本已置诸尘封的故纸堆里，不过你要买它时即须花费高价了。但是我虽然这样不惜工夫金钱的搜求，而去"齐备"的目的依然犹远，即在目前的北京，恐也不容易"求全"吧。（三）蒙古奉宽仲严编录，《适园丛刻》第三种《清理红本记》四册。内容皆属明清之间内乱外患的材料，为清代内阁库存中图书简策之类，即世所称为"红本"者。鼎革后凡稍破旧者买以八千麻袋市之坊间，造还魂纸。编者奉氏于庚辛之际获睹丛残，笔录若干，并由东瀛桥川子雍之怂恿，取付梨枣，以铅印排之云。（四）光绪辛卯科曾孟朴、翁顺孙（字幼渊，号寅臣）、翁炯孙（字又申，号樵孙）等江南乡试朱卷几种。我买这些旧卷，一半固等于玩骨董似的趣味之推动，一半也可窥到清代科举的一脔：其中除了中考者的姓氏、字号、籍贯、述著之外，对于其直系（旁系）尊亲的履历，也无不有详细之纪录，自始迁祖父母至于兄弟姊妹及妻子，也一并采及，不啻看了他们的家谱。也可见得过去中国宗法制之重视。其次，还有肄业师、受业师、年伯等的姓氏经历，最末则记举子的诗文。尤其值得玩味的，便是曾孟朴氏这一卷。而这时我又适在读他的《孽海花》小说，似乎益加多了一重亲切。卷中记曾氏之履历云：

曾朴谐名朴华，字孟朴，号铭炯，行一。光绪辛亥正月二十二日吉时生。江苏苏州府附生民籍。著有补续汉书艺文志并考证十卷。

至后所载"年伯"、"夫子"等之有声望者，如年伯李莼客夫子慈铭（履历略），内母舅年伯吴窬斋夫子大澂，潘郑庵夫子谥文勤，太年伯俞荫甫太夫子樾，年伯黄玄同夫子以周。

看了这些简约的记录，如果再和《孽海花》中的人物掌故参阅，虽是余生也晚，也仿佛使人重回到晚清的闱墨场中，与须发皤然的诸老揖让进退，真是所谓发思古之幽情了。然而同时可又有点骸骨迷恋之嫌，值得大小清流的冲冠一怒矣。

但是真的，连我本人也要自问一声：为什么要这么繁琐的记上这一大套呢？曰：不过是借此说明我买书的标准，却是那样的漫无准则罢了。而这影响到我的"学问"方面——姑且允许我潜袭一下这个词眼吧——自然也就是那样的杂而无当，数月前接友人 K 君从远方来函，即以我的驳杂为可惜，不过要想纠正过来却又并不容易。实在还是由于我的根柢太浅，而少时在塾中所读的，也已像俗语说的一榻括子"还给先生"。现在仿佛高小或初中的学生，什么皆须重新做起，所谓从普遍到深入，此刻惟有在一般的常识、见闻方面，多多少少的加点进去，方才谈得到高深。然而要打算烧起红蜡烛重新拜个把先生，再来面壁几年的事，目前似已无此"好整以暇"的可能了；虽然在上海滩上，拜"先生"倒是十分时髦而荣幸，但这又是另一方面的"学问"了。至于此刻也惟有多买点书，空闲时多翻几页，只图遮眼而已。

二

这里且先说一下我买书的经过。

世上的事情之变化发展，大抵皆有点因缘。说是因缘，或者觉得近乎神秘或离奇，那末，换一个词眼，就是所谓机会吧。

寒家先世微贱，而又素来重商，重商的对面自然是轻学了。所以在七岁的时候，便由祖父祖母之命，送到东邻的Ｙ氏私塾中上学。读的书不待说都属于训蒙的范围以内，渐渐地待到茶饭加多，眼界加宽之后，看书的标准，除了塾中必修之外，自修的材料也和大多数人一样的从小说笔记入手。照例，除了特别开明的老师之外，他们对于学生的阅读小说，必定是在严禁之列。譬如《水浒》、《红楼》，及《西厢记》、《彭公案》，在他们眼中望出来，就是海淫海盗有伤名教之作。但我的那位老师，对于这些——至少对于我却是非常放任的。然则是不是我老师的出类拔萃的识力通脱呢？这倒又并不。我在这里，说出来或者不大忠厚，然而却不能不遗憾地说：这还是我老师不负责的结果。因为不负责，故而显得松弛与懈怠。这就是说，他对我的看小说固是不干涉，就是对我"必修读物"的经史，和每星期的写作，也真像学店那样的仅止于卖买而已。老实说，从目前推断起来，像我们的这位老师，恐怕连《水浒》、《红楼梦》都未必过目呢！但在那时，我是非常的感谢这位老师的。因为在正课上不努力既可不受老师责备，那就索性舍正路而弗由，专看小说等"闲书"了。

但我这时的阅读程度，像被吾家圣叹推为"才子书"的《西厢》、《水浒》、《三国演义》等，还有点不够格，勉强的只看了一部《三国演义》，这一半是得力于平时父老们谈关公、张飞时神飞色舞的宣传，一半则靠平剧的渲染，还有，据说小说中人物每个都是我们的死去祖先之故，而除去《三国》之外，最初读的却是《彭公案》、《施公案》等，因为内容都涉及武侠，且富于"高潮"，有几回好似目前之侦探小说，到了紧要关头，会得忽然的"欲知后事如何，且听下回分解"起来，一回紧接一回，使读者全神贯注，醺然欲醉，神往于窦寨主的豪爽风度、连环套的山光水色。"风高放火夜，月黑杀人天"，真令人回荡不已。

其次，是我们的故乡，原是屹立海中的一个孤岛。交通虽有轮船的维持，但文化教育却不甚发达，自然遑论文学活动了。正式的书店，尤其阙如，有之，只是附设于卖纸张文具的店铺里。书呢，木板不用说了，就是铅印的也不容易看到，有之，只是一种石印的最薄劣的有光纸本。而印刷之窳陋、校对的疏略，在现在看来简直之作呕。至于字体的奇小，也可谓自有字体以来最年幼的一辈了。所以行与行之间每每不易分别，须待重看一遍。而且内容也只限几种清人的公案小说，如《水浒》、《红楼》以至元曲等，即难得找到。这种有光纸本，也分两三种，上乘的终算还有书店及地址，而店名往往有一个"记"字，下乘的则什么都没有。然而插图，即"绣像"，倒是每种都有几页，但不管怎样，这些书跟我少年时的关系，却常常成为我记忆中最流连，也可说最温暖的一角。记得同学中有一位 w 君，年长于我们数岁，书也聚得较多，动辄以此向我们炫耀，而且因为书上没有书店地址，即使我们想买，也徒呼踏破铁鞋而已。这时我们也到了"解事"的年龄，而这些小说中又时有猥亵的描写，甚至多是赤裸裸的挑拨煽惑。恕我记忆的不确，其中有一部好像是叫做《说唐演义》

吧？描写武则天的荒淫以及樊梨花的妖媚的确令人为之
"心旌摇摇"。然而他们描写的手腕——且不说艺术——
可又恶劣到极点，在海淫之外实在并无什么特色。查周
寿昌《思益堂日札》卷七"读曲杂说第十三"云：

> 笠翁《凤求凰》内，有小引字字双极市井秽亵之
> 语，不堪入目。若《西厢》之《酬简》一折，《牡丹亭》
> 之《惊梦》一折，何尝无狎语，《长生殿》之《窥浴》
> 折内尤极荡冶，然止觉其隽艳，不似笠翁之恶秽欲呕
> 也。须知此事亦须读破万卷，始能下笔有神，雅郑之
> 分，关乎根柢如此。

猥亵之搬入于文学，并非绝对的不容许。但作者艺
术与趣味的高下，却是决定作品厚薄与醇陋的重要因
素。这里可以分作两途：其一是原始的，虽然粗野却不
损其壮健与明媚，所谓俗不伤雅者是。二是经艺术的选
择，理性的节制，虽然冶丽却保持其风趣与色泽。而最
可憎的则是"恶趣"。它把原来壮健明媚的加上人为的
雕琢文饰，想刻意自附于"风雅"，但由于表现手法的
不高明，结果是一面努力想发泄情欲，一面倒又苦苦为
纲常名教撑腰，于是就流为"市井秽亵之语"，在"乡
园"与"庙堂"之间只见其两无着落而已，而也正是目
前色情文学的先锋。

三

话又说得远了，把它拉得近一点。

我并非想仿效道学先生的口吻，为三纲六艺说教，
但猥亵的读物和阅者的年龄，无论如何是需要一段距
离。幸而我们那时所看到的不过是书中的片断。接着，

让我跳开一程来说，我们又从公案演义跳到了较新一点的鸳鸯蝴蝶派的圈子里面了，我并把不肖生以来的武侠小说也包括在里面。因为其基本的精神，不管旖旎温柔的鸳也蝶也，或离奇惝恍的刀也剑也，原是出于一元的。

且不问鸳蝴派在市民文学上的功罪如何，但它对十年前的少年青年的影响，却是不可忽视的广大与严重。要是对目前一些文化人考察一下他过去爱读的文字是那几种，我想，这鸳鸯蝴蝶的回旋飞舞，恐也是他们"自己的园地"之分明一席吧。在前几年，不是有因读武侠小说而入魔，决意上武当投师，以期为国用命的青年吗？直到目前，这残余的一部分势力，还是死灰般的蔓延于某些读者的心胸。

我记不起最初读的是那一种那一本，但印象最深，感动最力的当无过于李涵秋，而以《好青年》和《魅镜》为代表。其次则为顾明道的《哀鹉记》。在读《好青年》时候，甚至还流过不少"感动的泪"。同时，又分一部分的时间于武侠小说，其大半或是公案小说的趣味之沿袭，而最喜爱的为杨尘因的《江湖廿四》侠，厚厚的约摸廿册。有题款，有绘图，还有作者两位朋友仿金圣叹、毛宗岗的"批"与"评"，而内容讲的又是明末清初的事，颇有种族革命的意味。过了半年，又重新的读了一遍，还到处逢人说项，推荐此书之优越。这里可以顺便带及的，居然有过前述的上武当投师类似的行动，以见我们感奋之深。

这时我已从这家Y氏书塾换到C氏书塾了。改换的原因是为了老师袒护一位女同学而起。其实呢，责任还在我自己：不该出言不逊地辱骂这位女同学。不过这已成陈迹的事，不提也罢。要提的是我进入C氏私塾以后，因塾制较 Y 氏的"维新"，有英文，有笔算，有课外作业，所以起初果然觉得很有趣味，而在年轻时的读书，唯一的爱憎的标准也仅此趣味的浓浅而已。就是相处的同学，个性也较为显明，不像 Y 氏塾中的暮气沉沉，一无棱角。其间有几个是当地的著姓子弟，所以胆力气魄，也较为勇往豪迈。大家又正大读其各种武侠小说，经过日积月渐的薰陶，居然想摹起书中侠士的行为来，一心要替地方"除暴安良"了。而正式的"议事"则是某月某日在公园内一角梅亭里面。

亭名雪交，是明末大学士张肯堂所手筑，旋即在此殉国，我们因他是前代的忠烈，所以特地拣在那里。据吾乡县志云：

雪交亭　在镇鳌山麓明大学士张肯堂尽节处。按《鲒绮亭集》张公肯堂以丙戌入翁洲，黄斌卿馆公于参将故署。王入翁洲，公虚所居邸以为王宫，别筑雪交亭于邸中，夹以一梅一梨，开花则两头相接，尝曰此吾止水也。辛卯城陷，公投缳亭下。……

张公临绝题雪交亭诗：
虚名廿载著人间，晚节空劳学圃闲。
漫赋归来惭靖节，聊存正气读文山。
君恩未报徒忧瘁，臣道无亏在克艰。
寄语千秋青史笔，衣冠二字莫轻删。

观此，可见这亭在历史上也颇占壮烈的一笔了。

但那时我们未必有这种历史的了解，仅据父老口中的传闻，而以此作为我们盟誓的发祥地，该是非常适合的。我们先以就地的一些土劣为下手对象，如其发展顺利，就自县而省，自省而全国了。我们读过几章《左传》，知道盟誓必须先歃血，古人用的是牲血，我们却连鸟血都不可得。用鱼血呢，却又见得不伦不类，最后还是用各人指上的鲜血，虽然未尝不感到疼痛，但好在所流有限，再加这股莫名的稚气的冲动，就拿一把切水果的刀一面掉着头颅不顾，努力的一击，血果然滴滴而下了。事前有一位同学还说："古书里面不是时时有孝女孝妇割股以疗亲疾的吗？她们不过是女人，不过为了一人一家的得失，尚如此毅然做去，我们如连这点血都吝啬，日后还有什么大作为吗？"

议论既定，果然如响斯应，翕然"捐指"。然而难题就又来了。我们都是乳臭方干的孩子，既无钱又无势，而对方的土劣却是巨口赤练的地头蛇，我们凭什么跟他们拚？明固然不是路，就是暗，也没有一个会得真的飞檐走壁，"探囊取物"！不料，在座的另一位 C 君，好像早就看破我们症结似的，正在大家踌躇构思之际，倒抢着的说：他有一位亲戚 K 君是海上大力士王某某的入室弟子，虽不能飞檐走壁，但要是普通的短墙矮垣，却仅须一耸肩，一侧身即能"破户而入"。好在乡间的房屋并不特别高，只要拜他做师傅就可达到我们的夙愿。而且他还有一身绝技，那便是百发百中的袖珍钢箭，一触仇人咽喉，即"死无葬身之地"。当时在座的诸位"准侠士"莫不闻而勇向胆边生，巴不得能早日一显身手。到了第二天，我们去看这位 K 先生，愿意在他下面做一个马前卒（当时他和我们年龄只相差五六岁），他起先自然故意自命不凡的拒绝这个请求，经我们再三的苦求，并以"除暴安良"的大帽子戴出来，总算半可半否地答应下来，接着先给我们看看施行这绝技之用的钢箭。大家自然又表示着不胜的惊喜，有一位想去动手触它，K 先生却以恫吓的口吻大声道："唷！唷！……

这能动得的吗？当心里面的机关呀！"

我夹在许多人里面，一面也跟着大家而惊喜交并，一面却好仔细的看一个究竟，似乎依稀的看出所谓机关者便是极简单的弹簧，而箭镞也已钝得发锈。心想，以这样的东西去"除暴"终不免有点怀疑，不要真的和义和团一样闹笑料吧？不过那时因大家都深信不疑，"奉之如神明"，也不便随便的说了。何况我也多少有几分信仰呢！

拜了师傅之后，该是授受这些法术了。但不知怎的却始终未曾实行，我又不敢问他，向那位介绍的同学探询呢，则尤不胜含糊之至。有一次，我们跟着 K 先生漫步，大约是晚上八九点钟光景，一盆皎然的满月斜挂高空，西北角上秋星灼灼，银河盈盈，路过孔庙的低低围墙时，我即要求 K 先生略施小技给弟子们欣赏一下，他却以"孔庙是很庄严的地方，岂可任意跳跃"作理由又将我拒绝了。

这样的过了半个月，我由信任而怀疑，由怀疑而冷淡，这些"除暴安良"的准侠士也便先后的洗手星散，还是读他——

"子曰，学而时习之，不亦说乎……"
"永和九年，岁在癸丑，暮春之初……"
"不偏之谓中，不易之谓庸……"
"……"

直到现在，我还弄不明白这一幕戏的背景：K 先生的动机是正经呢，还是游戏？是为名呢，还是为利？

以上的这段细碎的记叙，似乎和我的主题渺不相关。但我每想到过去所读的书，便要想到武侠小说，然后记忆中又浮起这幕喜剧来。现在就算当喜剧中的一支插曲看好了。同时，以我本身亲自经历的行动，来说明鸳鸯蝴蝶派中武侠小说之力量，对当时年轻人的心理又是怎样的深切！现在想想，幸亏这位 K 先生的伎俩仅止于此，如果真有些许的锻炼而又有传授我们之可能，那结果也许不会这般平淡了。

四

少年时的读书，多数是十分性急，真像囫囵吞枣一般，而且见异思迁，恨不得多长几只眼睛。同时，就我个人而论，看书的兴趣虽异常浓厚，但是书本子却贫乏得可怜。当地既没有良好的图书馆，就是到书店去买，也多是旧出的东西，最多不过几部章回小说，而向朋友借读，我素来又有一种坏脾气：既不肯将自己的借出，也不愿向别人的借进。至于家里的旧藏，祖父的一代不必说是一无所有，而在父亲手中所购置的，又皆属于扫叶山房石印本的四史、《文选》、《阅微草堂》、《水经注》、《庄子》之类道貌岸然之作，统共不过二三十种光景。可以当"闲书"看的，好像有一部许啸天的《清宫十三朝演义》，蒲柳仙的《聊斋志异》（石印绣像），铅印的《列国演义》，襟霞阁的《中国恶讼师》等不满十种，然而有光纸印的"第一奇书"《金瓶梅》倒有一部。在这几种中，除了《清宫演义》之外，都是用文言所写，去我的了解尚远。其他，还有几十本民初商务版的《大母指》、《无猫国》、《小人国》等童话，那又有点过于浅薄了。最后，自然只有出于购买之一法。其手续可分两种：一种是托当地书店代购，一种是托上海一家颜料店 C 会计代购，这后者说来特别话长，我且先说前面的一种。

为了寒家向来"轻学"的缘故，对于子弟的学问教育，也素以略解之无为已足，对于课外的"闲书"更不用说是不重视了。而家庭间的出纳，又都是操于母亲之手，那末我们自也不能向她苛求以雪亮的银圆来多买白纸黑字了，何况她根本是一个勤俭的人，凡是日常生活以外的耗费都在爱惜之列。这样，向当地书铺去代购的路是极狭窄的了，因为书铺一等书到就要付清垫款及寄费，而给我平素的零用钱又极有限，盖乡间本无消费之必要。至于书价：跟目前比起来固有隔世之感，然就那时币值论，也不无可观。尤其是有本有源、"情节曲折"的鸳蝴小说武侠小说，都是动辄一二百万言，分作几册装订，每部定价至少在三五元以上，决非我所能问鼎。但无论如何，母亲比起父亲来，却要开明与慷慨得多了，其中大部分的书，毕竟还是经过她的允许，帮我瞒着父亲而买下的。虽然我在她面前所花的心思、口舌甚至涕泪，也着实不鲜！在买书之前，往往躺在床上，两眼望着天花板，费去我多少的踌躇，有时便弄得一夜无眠。例如我买书时逢有平装精装之分，就只得买平装的了。从这也可悟到普及本的意义实在不可轻忽。到了第二天，看见母亲，心里想说而口里却犹嗫嚅不发，终于为了良书难得，放着胆吞吞吐吐地说了出来，或者故意编排一点这书的好处，于是母亲也答之以半责备、半宽容的口吻，盖以慈母而兼严父者——

"你书都还没有买来，怎晓得这书的好？"

有时则是——

"已经这样多了，多买有什么用？……万一给你父亲晓得，又要连我骂进在内！"

在表面上，她虽然并未同意我之所求，在内心却已许可了。到了后来，倒差不多成为惯例。

我从前读胡适之氏《四十自述》中记述他母亲的一部分，为之感奋良深。此外如"鸣机夜课"一类记事，尤恍惚在灯影机声中与世之贤母亲相对，益为之景羡无已。对于我自己的母亲，身为人子自未便有所文饰，但今年夏历十月廿二日（国历十一月十九）适逢她五秩诞辰，除亲友少有馈投外，自不敢有所铺扬，至如寿序一类笼统而空泛的藻颂，在目前更加无谓之甚，所以今特附此小文之中，略书其一肢半节，窃愿世之方家，倘不以鄙言为陋，是亦不妨由肢节而见其整体焉。

其次是要接述这前举而未详的向上海直接购书一点。

在这孤僻小县中，有时要购买物品的确不大方便，所以只好向上海托 C 会计购取，但购取的都限于父亲所需要，在我还是无从寄托的。然而人愈在无办法中愈是会想办法出来，原来我父亲写信给 C 君时多数在夜间，等到第二天我一早醒来，还看见这信尚未付邮，于是"心生一计"，将信拆开，把父亲所开的物品单里面，添上几部书进去，并将书店地址注明，或加以"又启者，今拟再购某某某一部，某某一部……"的字样。要是遇到父亲也在带石印古书，就更好了。至于由上海带物品到乡间，却并不经过邮局而是托诸轮船茶房，而每艘轮船都有定期，每船又都有固定的茶房，因此，信寄出后，便可计算如果不是这个星期几与几，就是下个星期几与几了。在这几天之内，我就特别注意动静，一听到门外电铃响了，就走出去迎视。好在茶房带来时必在上午八九点，父亲犹高卧未起，将要看的书取出后依然不动声色的包扎妥贴；而上海方面我们本存有一笔款子应付零星之用，一时决不会给父亲拆穿。这样如法炮制的行之多日，果然受惠不浅，后来兴趣转到买杂志时，还紧紧记得施蛰存编《现代》的第二卷，也是由此定阅的。不料真如成语说的"若要人不知，除非己莫为"吧，有一天书籍寄来时，父亲忽然会得早起床了，好！我的"精神糇粮给养线"，也从此给他截断，而且还大大的被斥责一顿，后由母亲出来代我大声"抗辩"，父亲倒反而无声无臭了。

就在这番"偷买"过程中，倒使我聚了许多的小说，长了许多的见闻。因我这时候没有机会则已，有了我就索性的较平日买得特别多。是的，我也未尝不料到有"穿"之一日！

为了买书而被父亲的斥骂，我是早已甘心于他的冷酷和咆哮。但我总以为斥责一过，万事勾消，事实上父亲确是这样的一种"阵头鼓"性格。料不到这次却不同了，这里还有可以补充的。

从我"偷买"小说的办法实行以后，我便贪心不足起来，索性以自己名义向C先生试一下，结果倒居然有效力，每次都照数的将书带下。然自这次斥责以后，父亲一面又致书C先生，将我的"给养"来源从此停止。但我自己却依然蒙在鼓里丝毫不明，而后来所以省悟者则是这样：

那时我方浸淫于文虎之戏，每值春秋佳日，辄与朋友数人张灯征射。旋在M姓亲戚许看见上海出版的《文虎》半月刊数种，为故国医吴莲洲君主编，不知在那一期上，登着文虎社征求社友的启事，入社的手续仿佛只须志同道合就够，会费是每月三元吧？再看一看已入社的姓氏，差不多皆属礼拜六派的健手，吴君还允许我入社。"三代以下未尝不好名"，我在这里也不必为自己的过去掩饰：看到这些济济多士，我想这不是"名列清班"的好机会吗？况而手续金钱皆极简便。当时我即一面写信给吴君请他于下期起将我的姓名列入，并愿以作品经常供给（对于这一点，我自信尚有把握，因为历年来已积贮了不少材料。暇当记此经过及文虎源流）。至于每月会费，也当照章托上海友人转达云云。他回信亦表同意。一面即托这店中的学徒 S 君，嘱其向 C 君处每月领币三元解入文虎社。不料自从这二封信发后，文虎社始终未见"贱名"的刊出，也曾致书吴君而迄未回答。直等到 S 君于半月后寄来一信，我才恍然大悟，大意说，"近由号中经理通知，凡此后向号代购书物，非经家长通知，恕不遵命"云，这不待说是针对我从前的旧案而发了。自此以后，我在平时购读的书，自又须花另一番心计了。而对于我的这种曲折的隐衷，甚至一直在眼前，恐非他人所能相信。所以，说到一般买书者历年出入梓林之得失，金钱似乎还在其次（并非不重要），主要是心血、时间和精神之消磨，真有如鱼饮水冷暖自知之慨，不独区区一人为然也。这以后的事，此刻因篇幅已多，暂且告一段落吧。

最后，愿上苍默佑，祝母亲康健而慈祥——不，希望她能克服小病小难而长享遐龄，使我们永远像童年时的依依于她恺和的膝下，在一灯荧然的榻前茗畔，一面看她为我们而层针密缕的缝制棉衣，一面则听她细诉先世的升降，个人的哀乐，沧桑的变革，然后又口讲指划的为我们演述一支最动人的故事，而让我们在这春水似的境界中蓬蓬卧去，在睡意朦胧中迎接梦里的慈母之心！

五

写文章的人大都有一个甘苦的经验，就是一篇文章开头之难。自从摊开纸，研好墨，执定笔，拟妥题以后，即有一部《二十四史》不知从何说起之苦。仿佛一望无垠的海阔天空之下，你驾着一叶小舟，就浩浩荡荡的不知面向何方。这时就看你如何控制，如何运行。待到于茫茫的海天中认定方向，驶起帆篷以后，这时才得到所谓乘风破浪之快。于是顺流而下，扣舷而歌，汩汩淼淼的劈着白浪而奋进。

我的这篇文章亦然。虽然是《我与书》的下篇，但因为是分两次写定，等于另外出一个题目。而且顾名思义又极广泛。它可以写成《我与买书》。但写成《我与读书》、《我与著书》亦无不可。因此我在动手写下篇时，已经三易其稿了。这里就只好"触类旁通"似的，说到那里是那里，却又似扁舟漫游，回头看看经过的水程，也多少可以看出这已逝的流波，不无一点惊喜。然而恐怕又难免于"拉扯"了。

自从我与书本成了朝夕相对的良朋以后，眼看着书簏中一点一滴的多起来，而求知的欲望也逐渐加深，倘加形容，则"贪婪"两字似乎正可拿来一用，不过稍稍觉得滥一点。然而我的涉猎的对象，也一样是失之于滥。固然，开卷有益之说未尝无其意义，但有时也觉得近乎空洞。尤其是在各种的学说、思潮、流派风起云涌的今天，旧的、新的、西洋的、固有的，甚至还有所谓未来派与颓废派，真是异说纷纭，而复各树一帜，不亚于战国时代。那末，这就不能不有一个选择。虽然尽可"至大而无所不容"，仿佛各方面都值得同情接受，但同时总得有一个中心，一个最接近自己兴味思想的中心，然后才"万变不离其宗"，才不至被圣人詈为见异思迁。盖知虽然无涯，而生究竟有涯，以有涯的生而周旋于无涯的知，就必须拣一个最贴近我们欲"知"、爱"知"的标准，否则，支离驳杂，到头来依然白首无成，岂非太挥霍太虚无了吗？古人说，一物不知儒者之耻，这当作一种勖勉和警惕或求知的督责自无不可,但从事实看来,孔子还须问道于骑青牛的老子呢!

因此,所谓开卷有益之说,对于根本不看书的人,那末,正如让他随便的向书簏中抽几本书,不论经史小说,总算在他空虚的脑子中跑了一趟别人的马,多少得到一点什么。此外,则便像陶侃运甓一样,对于真正的勤勉的人,如果真去效法起来,说不定还是一种损失。吾乡晋人之徒劳无功者,曰:"你还不如去把炭洗白的好!"正是同样的意思。

但这里又须"话说回来"的,像我这样道地的"一物不知"而又年事正浅的人(包括学问道德人情世故),则"开卷"云云也不可或缺。从前遇见 C 老师,我颇以自己驳杂为恨,他就教我趁此机会在各方面都打一点基础,到了中年矜平躁释以后,再来慢慢的选定一种专门之学,用其所长,也是办法之一。他这话是一腔好意,我很感激,但在我也只能算作惭愧的"解嘲"。因为以我如此草率、疏忽、急躁的人,恐怕永远不会有什么"专门"可说的了。

"书到用时方恨少,事非经过不知难",这真是人生沉痛而剀切之谈。最分明的便是我自己。例如在现在,我往往面对着报纸的战事消息而茫然。国外的不必说,就是国内,听着别人津津地谈起某地的战事如何如何,在我虽然听的趣味十分浓,但一触到地理,总觉雾里看花,朦胧一片。而且他们一面说时,一面还将地图摊在桌上,用手指一点,红笔一圈,报纸一对,也许还找些历史上的著名战役以相印证,于是苍苍北固,莽莽南徐,与古今来的英雄豪杰,都仿佛在斗室内神飞色舞,滚滚而来!可是我呢,除了听得有味之外,自己却无法参加其中,有时还不免闹出笑料。就是一个人仔细地拿着地图"按图索骥",也只有一知半解程度。而这"一"和"半"，还是我后来硬着头皮破费几夜的工夫，潜心默索而得。

除了地理之外，如算学、化学、体育等等尤其"百分之百"的外行。而这些学问，比之地理，还要更硬，更死！任你怎样"天才"，没有一点基础，就连这"一"和"半"都无法领悟。而大多数的人，在学校里就正为了这些而弄得头昏脑胀，"涕泗滂沱"，可怜会考中因此而不及格的，在过去，甚至"嗵"的一声跳向浦江者也时有所闻。然则如此说来，我倒还是幸福的了。

自然，这些究是极端的惨事。事实上，像我这样仅仅挑得几个西瓜大字儿的人，在平时已经有点多余，在目前更觉累赘了。文化人的命运早已拆穿了，言路也日渐逼狭起来。每到实用的时候，我只有恨少时为什么不将上述的几种学问好好的用功一番呢！

写到这里，并非我的"怨天尤人"，实在应该怪私塾的流弊太多。再加上时代的条件，家庭的环境，和风气的固陋，使我一开始就是走进那家阴沉的、肃寂的"KD书屋"——让我再补充过来。

在那里，我们受够了老师的威灵显赫的神色，我们一天到晚的为栗凿、手心的恐怖，使小小的心灵永远的紧张着，威胁着，后来总算换到了另一家，得以稍稍的解放一点，自由一点。又因为年龄比较大了，对于人事，也了解得比较通达。教材方面，《古文观止》和《春秋左传》（那些老师恐怕还不知道《春秋》尚有《穀梁传》、《公羊传》吧）、《孟子》等是必修外，总算多了一部《诸子文粹》（商务铅印本），使我们知道四部中的"子"是怎样一种东西。另外，是《唐诗三百首》。关于这，读者如果有兴趣，还是请看刊在《古今》第十六期上《忆三家村》一文吧。这里姑且不再重复，只谈那时所读"课外读物"。

六

在"KD 书屋"中，我们根本不知道世上有什么"新文化"。五四运动则连影子都没有见过。但使我依稀记得的，是"五卅"惨案发生后，所引起的热烈空气，在这里，我甘心承受我的拉扯。对于愿意听取的读者，我将诉说一个简略的故事，一位悲壮的先行者。

"五卅"的浪花掀开以后，在我们的偏僻孤岛中，也一样受到它涌汹的冲激，正如浪花中的一串泡沫。于是年青的学生们立即燃起不可遏制的怒焰，开始奔走呼号，为民族的苦难甘受一切牺牲。还记得有一天刚巧下着滂沱的大雨，自午至暮，不曾稍稍的晴朗片刻。学生中有一位"一子双祧"的 A 君，正患着第二期的肺结核，吐起痰来总带着几缕血丝，在一双深凹的眼睛下面，又托着两瓣瘦而突出的颧骨。然而热情却使他征服了病魔的缠绕，为的是更大的目标在紧紧的磁吸他，因而整天不辞一切的向小城民众苦口演说。这一天他带着几位同学在 S 桥的一角，逆着倾盆的雨势高声奋号，而我家的后门正巧面对这条小河。听到这喧杂的人声，我们都跟着母亲奔出来探望，后门开时一天淋漓的风雨也就扑面而来。这位 A 君一看见我们，似乎更其兴奋的向我们控诉南京路上的血案，英国巡捕怎样的残忍恣横，中国的兵舰枪炮不能和他们拼，可是"我们有四万万个人"！

这时的我们年龄还小，尤其处在闭关自守的私塾中，根本不懂得什么。然而他那种近乎"卖命"的英勇行动，也使小小的灵魂受到了波动。而"帝国主义"一类的词眼，也还是从那时开始对面、认识，虽然它的涵义却很模糊。而且还跟一位比较"前进"的同学起过争执。

但因此而感动最深的,却是母亲。

对于她——或者说,所有她似的女性,什么民族、国家、劳工等的大题目倒是丝毫不生作用,然而对那位患肺结核学生冒着大雨的宣传奔走,使她立在小河的彼岸,却直觉地感到一种温暖,一线光明,恰如梅雨那样的在心田中获到了润泽。

她回头看一看我,却还是那样的矮小!

到了后来,她看见雨势依然这样的猛烈,不禁下意识地扩大了母性的爱,温和地劝着 A 君早点回家去:

"先生!我们知道你的意思了,你还是早点回去吧,也许你的老太太还等着你吃晚饭呢!"

惭愧我艺术手腕的贫弱,我无从把这些人类的爱与憎的错综百态都摄入我的笔底。而直到现在,我母亲还时常提起这个悲剧似的"场面"。诚然,在历次的革命运动中,这些不过是最微小的一个泡沫。然而对于她们,如果属于笔上写的,嘴里讲的,不管我们花了怎样大的力气,都要打一个极大的折扣。惟有她们所亲身经历闻见的,这才生动而具体,成为她们记忆中最深厚的一笔。"五卅"运动在宣传上也确乎有过种种热闹形式,然而小城中一位青年的切实鲜明行动,就使一位足迹难得"出户"的旧女性,在灵魂中扎下深刻的根!

现在,"五卅"的血早已干了,而这位 A 君呢,也跟着肺结核而一同埋在地下。

辛亥革命我还在"前世"做着老人,五四运动我正在吸奶,"五卅"与北伐等可说还是"乳臭未干"。瞻望将来,回顾过去,真感到非常神秘,非常悲凉。但无论如何,在每一次的革命运动中,像 A 君那样的志士仁人毕竟还是前仆后继的纷纷崛起。想到了这些,就像我这种悲观而无聊的人，也不免引起无言的战栗。记得曹禺先生蜕变的临末，有这样一句话：

"中国，你是应该强的！"

这句极简单的话使我至今不曾忘却。但我又想，这也必须使中国真真的经过一番"蜕变"吧。

七

我似乎不应该扯得这样的远，可是它潜伏在我心中的也已很久了。

而更不幸的是接下去所谈的，依然不越个人的回忆天地，这真有点"江山好改，本性难移"了。

我是什么时候跟新文化觌面的呢？这里得让我略为从容的"回忆"一下。哦，有了！大约是改进 C 氏学塾之后吧。

少年时的热情比较易于冲动，而且往往一唱百和。这时大家都在读新文化书。有一次，跟同学谈起"新文艺"与"古文艺"（姑且对照一下拟一个名词）的优劣，内中有一位 S 君立即对新文化大为赞赏。我问他的好处何在，他似乎不胜轻蔑的样子，"璞哧"的笑了一笑，而这一笑，也真所谓愈见其高深莫测了。经我再三要求，他才说，新文化的句子都是有含蓄的。譬如有这样的句子：

"眼睛生在头顶！"

你知道它包涵什么意思？——告诉你吧，就是"目空一切"。

还有：

"暴风雨中的小动物呵！你们应该怎样冲出去？"

这"暴风雨"是代表"时世的不太平"，而"小动物"就是指我们青年人。综合起来，即不太平时世中的青年人必须"继续努力"。

这在现在听来，或者要以其所笑还诸其人了。可是在那时，至少以我而论，等于为我开了"崇拜"新文化之门。所以，我应该顺便谢谢这位先生的。

于是，此后我买书的目标，又另外的转移了一个。而我们对于新文艺和古文艺的界限是这样的：凡是加新式标点，对白用括号，行数分开来写的就全是新文艺。那时当地的一家书局（附在纸札文具店中）恰巧有了几本世界书局的红皮丛书。是一种小型的带些轻松意味的散文。著者有徐卓呆、张慧剑、陈霭籙诸位。我曾经将它买了一套。那时我们以为这就是新文艺著作了，和郭沫若、张资平等都是一样的性质。而周氏弟兄的名字还不曾听见过。

读这些书，使我首先奇讶的，便是这"的"、"底"、"地"三字是怎样用法。为什么时而这个，时而那个。问了一问S君，他便所答非所问的说："古文中的乎、哉、欤是怎样用的？我看你还是将旧的弄通透，再来看这些新的吧。"我料不到会受到这样的奚落。人非尧舜，总不免有点机心：他一方面唯恐我不晓得他的优胜，故意在我跟前卖弄一下，但一方面又唯恐戏法完全拆穿，将他的优胜淹没。我知道所谓文艺这东西，十分之七八还有待个人的自修。但一样的自修里面，倘有人指点疑窦，提纲挈领，就比较捷达一点，经济一点。否则，就只好暗中摸索，看许多不必看的书，用许多不必用的功。而我就是这样的一个人。因为多问要被奚落轻视，自然只好假装了解的了。不过，在这些同学里面，即如S先生，如果真要做我的导师起来，那恐怕还是五十步之与百步，单看他前述对新文艺的见解就可见一斑了。

其次，使我弄不明白的，是新式标点。当时城里有一位"才子"式的人物，他便是最痛恨新式标点的。他甚至以它的发明者是"始作俑者，其无后乎"。才子应该是通脱潇洒，雅俗不拘的，但在这件事情上却实在见出他之顽固，但对我却大有作用。我以为他的话的确不错，骂倒立异的人们。没有标点，司马迁的《史记》，孔门的《论语》，不是一样有人读得很起劲吗？

但目前回想起来，实在显得我们之浅薄与无聊。《史记》、《论语》等古书，正惟其没有新式——甚至连旧式标点都没有，才随处使后儒聚证考据而不已，费耗许多精力时间，直到今天还不曾完全还出古书的真面目。我因而想，人们对于自己所不懂的事情，最好的办法当无过于痛骂。一骂，不但自己的浅薄遮住，而且反觉得你的"见仁见智"。但这又何必待我提示呢？几年来的文坛不就早已充溢这种风气了吗？

八

时光真是毫不留情的迅疾。我虽然受着轻蔑，受着奚落，甚至在同学们谈着郭沫若、张资平等时，一看见我进来，便会投我以冷然的异样的一瞥。而同时我自己也真是制造笑料的好手，我竟会把放在 S 先生桌上的《浮士德》读成《德士浮》，因为那书在封面是斜写的，而我又是根据历来的习惯，于是一堂哄然的笑声接着而起。但渐渐到了后来，我也终于略从漆黑之中摸出一个方向。而且还有一点，是我可以向他们炫耀的，就是我藏书的丰富。这使他们有时不能不迁就我一点。例如在那边有一所民众教育馆，馆里是原来有藏书室的。但因经费过缺，所以除了一部《万有文库》之外，新文艺的少得很，少到不满十册。那馆中的主任王先生便常常向我借书看，后来借的人愈来愈多了，连中学教员等都川流不息的往来，而我也逐渐从鸳鸯蝴蝶中转向过来。

但最苦的那时在乡间既无书可买，有时得到"偷买"

的机会，一时间也想不出适当的书名。有时，还是从书后面附载的广告上所看到，例如直到现在连翻都未翻的《富兰克林自传》（商务）、《甘地自传》（华通）、《希腊三哲》（世界）之类，当时即因急不择暇之故而买下的。有一次母亲到上海来，我要她带点书，她答应了，我想多开几种，但想不出，她又不知道出版界的情形，就不免错过了大好机会。后来我因读老舍先生的《赵子曰》而入迷，我就叫她转托书店的职员，将老舍的全部著作都买来。所以到今天，我读得最多的小说，还是老舍先生的。我们在笔下写的不过几千字，而事实上，从李涵秋、顾明道跳到老舍、郭沫若，其间经过的思想、心理和趣味，真不知走了多少复杂崎岖的历程。此外，则张资平先生的《苔莉》、《素描种种》、《最后的幸福》等也读了不少。而且由此而对两性关系也有了"进一步"的领略。不过张先生的小说，除了技巧上稍稍洋化一点之外，讲到选择题材和作者对艺术及人生的观念，我将不客气地说，比鸳蝴小说恐也强不了多少。而有几处性的"素描"，即在我不谈道学的人，也感到过于"辉煌耀眼"了。

这样的过了一年多，我由友人 W 君之介，我认识一位 L 先生。

关于他们两位，对我这一时期的影响非常的大。因此，我应该略费笔墨附述一下。

W 君是我们的世交，而在气味及性格上都和我相投，所以走动也勤起来。尤其因他正在学软玉温香的西昆体，我的根基虽不及他，但对温、李，却是一向喜爱的。"身无彩凤双飞翼，心有灵犀一点通"，真是宛转凄凉，不能自已，连做梦也为之飘飘然。这位 W 君年少气盛，有一次为了闹恋爱所引起的口角，竟至拿着菜刀劈人。可笑我的胆量向来小得很，生怕事情真的闹大，竟瑟瑟的跪在地下向他叩头，要求"息事宁人"。其实这事跟我毫不相干，有的人说不定还要火上加油，然则也久矣乎，被别人看作没出息的了。然而他对 L 先生，却是很折服，而且言听计从的。不错，L 先生确乎有令人折服的所在。论学问，旧的、新的、异国的都来一点。而音乐、国画、书法、数学、化学，也多少可以"不让人"。但欠缺的是精深，而填补他欠缺的是用功！他的英语相当好，此外则还在偏僻小县中自习法文、日文，并以蔡元培先生三十多岁学德文例相勉。他的家境由小康近于中落，自己在小学校教书，而在暑假里还到上海暨南大学补习数学、国学。他并没有文凭或其他功利的观念，不过一种求知的欲望之推动罢了。这样聪明而兼好学的人，我一生实在并不多观。聪明不稀罕，但聪明的人往往自负，有时还要歪到什么"才子"堆里去，以致结果大抵变成半缸醋。

我由 W 君之介，其间几乎每晚上踏着清凉的月色，沿了小河绕着曲巷到他宿舍（他对人生非常从容乐观，唯一的缺陷是性的问题。因为他是从小结婚，所以难得到家中去），向其作种种的请益，他似乎有问必答。后来，在征求母亲同意之后，索性请他过来，每天午后教授两小时英文与国文。英文是屠格涅夫著、丰子恺译注的《初恋》，国文是随时拣最适宜的材料。其中有一本是《庾子山集》、《曹子建集》、《庄子集解》等。这时，我才始由自己的兴味去接触"文学遗产"，并不是从前在 KD 书塾和 C 氏私塾时，如做学店的卖买一般。

同时，L 先生又介绍我不少的新文艺书。我曾要求他开一个目录，他提起笔来，第一本便是鲁迅先生的《呐喊》，而且还特地注出，里面一篇《阿 Q 正传》值得细心一读。第二本是叶绍钧先生的《倪焕之》，第三本

是冰心女士的《冰心散文集》，第四本是巴金先生的
《灭亡》，从此我才知道世上还有阿 Q 和倪焕之和杜大
心。书带到时，拆开封皮，看到封面那些图案与设计，
自觉得另外有一番风光，而在书箧中拿出来，又有一股
说不出的书的香味。尤其是巴金先生的《灭亡》，读罢
令人起着恐惧之感，跟他深黑底子猩红字划的封面，倒
成为一种强烈而又和谐的色调。

接着，我又向当地一张地方报投起稿来。这时正巧
《论语》出版，于是我又倾向起幽默来了。而在字里行
间，也装着疯疯颠颠的佯狂之态。其实，《论语》在最
初的时候，对于时政的黑暗，社会的丑恶，的确收其谲
谏之效，不过后来效颦日多，对幽默遂失去原来纯正的
意义，弄得横也幽默，竖也幽默，致与《笑林广记》等
争一日之长了。

我到现在还不忘记，第一次将自己的署名装上铅字
时，这心头的未之有过的奇异之感，真可以弄得人寝食
不安。拿在手里，会得翻来覆去的看上四五遍。我不知
道比诸前代考试中举听到报名时的心理是否一样？目前
虽无从测验，但我想是不会怎样大不同的。

到了第二天，这副刊的编辑，也等于报纸的编辑枉
驾到我家里（而且还有一篇答论的文章），和我闲谈得
很投机，从此我也成为"特约作者"之一了。我眼前承
几份刊物、报纸的编辑，时时采及葑菲，发表了还有稿
费可领，但论到热情，论到兴趣，论到刊出后夸耀得意
之状，却皆不及当时远甚。这大约西洋人所谓胜利的悲
哀，一切成功俱不及想象之好。而一半则为了从兴味的
到职业的，成分就要大大减少。正如票友变成戏子，就
无此兴高采烈了。

在这中间，我一面投稿，一面饥馑似的看着书报，

虽然未必本本都好，但除了我看不懂的之外，大致都有一种力量在吸引我。我本来缺少恒心，桌上床上，摊好了许多书，却并不一气呵成的每本整章读完。后来我觉得这是最不合算的办法，无论时间、精力、功课都是一种挥霍，因此，我在读之前必将它仔细选择，既读之后却不应半途而废。至今总算养成了习惯。而自投稿一二年后，我居然又看到一本好书，那是胡适之先生的《四十自述》。在第六一页上有几句话很使我感动。他说：

（上略）我渐渐明白，世间最可厌恶的事莫如一张生气的脸，世间最下流的事莫如把生气的脸摆给旁人看。这比打骂还难受。

"这比打骂还难受！"真说着每个人心的深处。然而事实上，"生气的脸"却无时无地不可碰到，只要他或她比我们有钱、有势、有地位、有权威。我自问虽然还未克喜怒不形于色，但要我故意摆起面孔给人家看一点威严——那样自得其乐的事总望"有则改之"。而从这一点上，也可以举一反三的看出书与人的帮助、启迪，是很分明的了。只是"富不爱看穷不暇，世间惟有读书难"，倒也是古今伤心人沉痛之说。

以上是住在乡间大部分的生活，而又不越我与书（读书买书著书）的范围。但第六节所说或有点不符。这以后的及在上海的事，因限于篇幅，而且多说也太嫌唠叨，就暂时略去吧。

十二月十九日夜，四鼓。

（原载《一盏录》，山西古籍出版社，一九九八年版）

斗室微吟

一

气寒西北何人剑，声满东南几处箫。

——龚定庵诗

施蛰存先生曾经写过一篇《绕室旅行记》，收在开明版的《灯下集》中，是讲他书斋内的庋藏设备等情形。读了很引起我的兴趣。最近又读了纪果庵先生在《杂志》六月号《书房漫步》一文，取材也近于这一类，不过多侧重书籍的收罗浏览的事，总之皆不外所谓"以自我为中心，以闲适为笔调"，虽有些人对之掉头而去，如纪先生末后所云，"对不起又写了这样于人于己两无谓的文章"，但对于我似的读者，却不免要"引为同调"。适值《艺文》杂志尤先生频频索稿，一时想不到得体的题材，就拉施、纪二氏之文作一个顺手的引子，胡乱的谈一些我自己书室方面的杂事。题目本来想定为《书房的一角》，后来总觉得迹近剽窃。还有老舍先生好

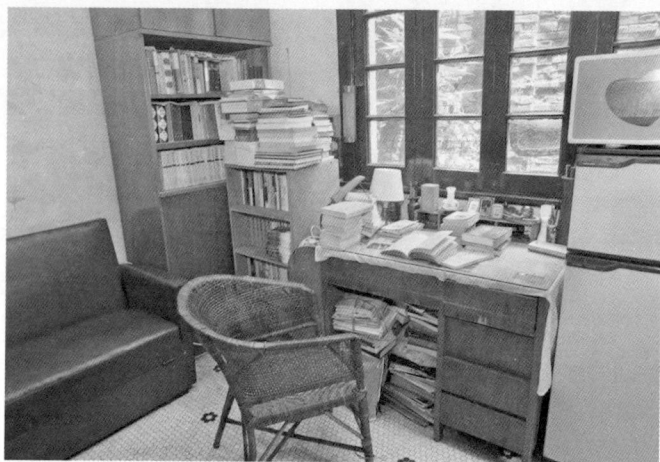

金性尧先生书桌

像有过《且说屋里》的题目，我也感到很别致而同样的不敢袭用，那末，还是笼统地题上这四个字吧。渔阳山人诗云，"姑妄言之姑听之，豆棚瓜架雨如丝。"近来正当炎夏，雨后昏黄，得少佳趣，挥汗写此，也只希望顾客视作消夏的材料而已。

我是一个极其惰性的人，要写的文，要复的信，要看的书——统而言，则是要做的事，往往得过且过，苟且拖延，因此对于"住"的一项也是这样。七八年前跟着一家大小来到上海，那时原并不想长住下来，所以始而寄寓旅馆，继而赁居戚家，终于为了"故乡"未必较"客地"为理想，才正式在沪东租了一幢房子。后来为了战事，一而再的迁移他处，只是始终不出"租界"一步，虽未可说是深尝乱离之苦，也总难免奔走之劳了。这样一直至八一三以后，方始从旧法租界搬到现在的所在。——这就是说，假使不是为了故乡的阢陧不安，和沪战的关系，至少在我，决不愿离开斗室一步的。有所旅行，也仅限几小时舟车之劳。记得从前和且同兄至杭州时，说起北火车站应该怎样走法，他就表示非常的惊讶，以为怎么连对这些都如此隔膜。因为我从乡间来到海上，都是乘风破浪而来，所以那一次的游杭还是第一回乘坐火车——这些皆说明了我之为我，实在懒惰因循而又孤陋；而时光荏苒，居留现在的这条 P 里倒又快近十年了。

上海素有"寸金地"之称。区区承袭余荫，总算寝卧而外，还有一间比较宽敞的书室，起初题名"屠嚼斋"，这不但由于我是一个肉食者，而且我觉得生于斯世，对于一切还是抱着这样态度的为妙。旋于前年除夕读王仲则"一星如月看多时"之诗，乃又改为星屋。这本是读书的人玩玩的事，不值得看的如何严重，不过既然有了这样一种惯尚，也未能免俗罢了。至如我们希望有一间书室，虽不必奢求，却也愿意有可以流连可以摩挲的一个意匠与物质的综合。

人们对于某一件的事物，在最先占有的时候，自然感到非常欣慰。但等到日子一久，这就分出两样感情来：一种是"弃旧恋新"式的憎嫌，一种却反过来是留恋和爱护。我之于书室亦然。有时或贪心不足的嫌它光线不充足，设备太陈旧，然而到了临末，还是被后一种的感情所战胜；未来的且不说，单说自过去到现在，它究竟陪伴我经过这么一段岁月，消磨我大半部的生命，尤其写作的人，对于室内的一灯，一椅，一桌，一几……都不是普通的主客关系，而自有一种特殊的感触，可以看作家人骨肉之亲。郑西谛先生在其所藏《善本戏曲目录》的跋文中说：

余性喜聚书，二十年来，节衣缩食所得尽耗于斯。于宋元以来歌词戏曲小说，搜求尤力，间亦得秘册。唯一书之获，往往历尽苦辛，有得而复失，失而复于他时他地得之者，有失而终不可得者，有始以为终不可得而忽一旦得之者，有初仅获一二残帙，于数月数年后始得全书者，盖往往有可喜之奇遇焉。人声静寂，一灯荧荧，据案披卷，每书几皆若能倾诉其被收藏之故事。尝读黄荛圃藏书题跋，记于其得书之艰，好书之切，深有同感。

这所说的虽是藏书方面，但却为我们织绘了一个意境——一个集甘苦与哀乐之最和谐美妙的意境，径通着一切爱书的人，写作的人在"人声静寂，一灯荧荧"中冷暖自知之心！没有这种经验的人，原不必强作解人，但也希望不要动辄以"有闲"，以"没落"等词眼詈人耳。

书斋不一定要怎样典雅堂皇，只求其朴素与恬静。暴发户建造住宅，书斋也是他们的装潢之一。于是东一架红木大橱，西一架紫檀屏风，横一副对联，直一块匾额，将它黑魆魆的塞得一无徘徊余地。至于执笔卖文的人，纵有小小的一间，也未必有此闲暇与财力，可以将书室弄得八面威风，然而说不定乱头粗服胜过了浓妆艳抹，有其自然与错落的长处。因为一则刻意营求，弄得不好反而贻画虎之讥。一则行所无事，虽然凌乱马虎一点，同样能引人入胜。说到底，这还是系于主人公的胸襟气识。暴发户有钱买一部百衲本《二十四史》，看来不过白底黑字的"死书"，但万一什么地方发现了赵瓯北，顾亭林，王夫之等手校手批的《三国志》或《五代史》，这是假定的说法，那怕是极平庸的本子，其价值就不可同日而语了。听说章太炎先生生前，是合卧室与书室而为一的，四周堆满用功过了的书本，困到深夜里忽然想到什么问题时，就会一个人起床检觅。我这一次游苏，事后深悔不曾前去参观，然而我们闭目冥思，这该是何等博大深厚的一种境界！前人诗所谓书如青山乱叠，更令人感到意味深长；虽则"整齐"也合乎美的观念，但乱也好，治也好，总之不要让书籍一年到头静悄悄的躺在红木橱中。有凌乱才始有整齐。就我自己而论：因为文章中时时要引用古今人的语句，所以一篇既罢，案上便堆满了大群的书，等到第二三天又一卷一卷的将他们收拾起来，返回原处，这也是文章完成后一点微小的快意。有时在握笔中间，忽然想到某一句古书，只好急急巴巴的从《深文周内》中翻了出来，也许果然寻着了，那真像他乡之遇故知，也许记忆错误，始终找不到，而我又是懒于做札记的人，这时懊丧怅惘之状诚非拙笔所可言传，但再过一刻，也许"有了！""有了！"发现在某一本书里。从前看见某一篇笔记说，自己要想找的句子，忽然会于无意间被清风吹开书叶，呈现眼前，这又是意外的"殊遇"了。可是一想到清风不识字，何事乱翻书的那桩文祸，又不禁毛骨森然，跟上述的这段记载恰成为"惨舒"之两极端。而这些思潮之起迭，甘苦之交流，得失之流奇，都非一朝一夕所能体验的。我们读前人记述藏书，读书，买书等的文章，偶与自己的遭遇感慨不谋而合时，依我看，倒不是手舞足蹈的拍案称快，而是一种微妙的无言的会心。说句笑话，狭隘一点的人或要妒忌。因为要说的话都被他之前的人说尽了。所以金圣叹以人人心中所有笔底所无为好作品者，正是古今艺术品最高的标准。然而唱经堂之作此语，尤是人人所有而又所无者也。

二

谈到书室，自然要联想到藏书，而这些庋，也决非如前段所说像暴发户之为华饰一般，却是经过自己的心血，时间，劳力所换来的，纵使是普通的版籍，也蕴伏着主人的曲折艰辛的故事。这里又记起了郑西谛先生在《中国版画史》序中一段话，最能表达一切爱书的人之感慨和遭际：

（上略）盖余于此书（指版画史——道注），亦既殚精疲神二十余载矣。其间艰苦困阨之情，焦虑萦心之态，殆非尽人所能告语。凡兹所收图籍，类多得之维艰。或节衣缩食，或更典售他书以得之。有已得之，竟

以无力而复失去，有获一见，而力不能收，竟听其他
售。一书之得失，每至形之梦寐，数年不能去怀。袁兔
公剑啸阁刊《隋史》遗文，附图近百幅，甚精好。平贾
持以求售，适值囊空如洗，却之。后为北大图书馆所
得，今乃陷于故都矣！明刊《禅真逸史》，附图八十幅，
尝一见于邃雅斋。以价昂未及收，而转瞬踌躇间，已失
去，不可复得。……（中举例甚多，今略——道注）又
每于诸肆残书堆中，搜掘终日。室暗如夜，鼠粪虫渍，
遍于书上，检竟而出两手，竟尘浣而如染墨。辛勤一
日，或竟一无所得，或亦得一帙半册之残本。偶一发见
一二奇书，便大喜欢狂。大类于荒山野谷中寻掘古希王
之陵墓。又尝于残书之背，揭下万历版《西游记》图二
幅，建安余氏版《西汉志传》一幅，万历版《修真图》
一幅，便大觉快意。凡此一页半副之征，余亦收之，集
此千数百种书岂易事乎。往往斥半月粮，具大决心，始
获得一二种。岂富商大贾，纨袴子弟辈之以书饰壁壮观
者所能知其甘苦，殆如猩猩血，娄娄滴滴而出。何一非
呕心镂肺之所得耶？……茕茕一身，处于天荆地棘之
中，乃复丛书于室，独肩此史官所阙之业，亦可伤已。

　　这部《版画史》（共六辑每辑四帙）的问世，的确
为中国艺苑空前的创举；而编著的人，恐怕也只有具着
数十年如一日的热情与雄心的郑先生，才能够完成这个
任务。至于这篇序文，洋洋几万言，雄迈的婉曲，尤可
称出色当行。——我虽然在从前跟郑先生略有往还，但
这几句话，自信凡有识力的人必能同意，而非一己的阿
私。同时我又特别感到这里面所描述的收藏图书的情
形，没有一句不令人同情太息，没有一句不是爱书买书
的人的经验之谈，真是"人同此心心同此理"，至多，

有程度上的分别而已。随手举我自己为例：清初的诗人，吴梅村（伟业）也可算是雄睨一代的大家了，我自从少时读了他《圆圆曲》以后，就一直留心着他的诗文与生平，最初在某书店买了一部木刻的较为平庸的集子，总觉得尚不能满足。后来知道董氏诵芬书室刻的《梅村家藏稿》称为此中的白眉，遂刻意向坊间求购。年前果然获见一部，但一问价值，却贵得可以，而囊中一时又无余力，以致踌躇未决。待过了几天持款前往时却为捷足者所得了。这样到了今年的端午节，又在来薰阁申庄见到四部丛刊的零本，无意中又瞥见了影印诵芬室的梅村家藏稿，共八册，标价四百元，顿觉喜出望外，虽不及董氏的原刻，但退而求其次也就不错了。记得商务的《四部丛刊书录》上曾云：

康熙中顾湄周缙编刊《梅村集》四十卷，四库据以著录，后来新严吴诸家诗注与顾师轼所辑年谱，皆据此集，未睹他本。宣统初，武进董氏得旧钞吴氏藏稿六十卷，一至八为诗前集，九至二十二为诗后集，仍各自分体，殿以诗余，二十三至五十九为文集，终以诗话。以较旧刻多诗七十三首，诗余五首，文六十一首及诗话，其刻本有稿本无者，诗文各八首，稿本溢出诸篇，皆世所未见。其他标题字句，亦视刻本为详。董氏厘为五十八卷，旧刻所增诗文录补于后，附以年谱，得此旧刻可废矣。

因有这些的优点，所以凡爱读吴诗的终想得到一部。我既交臂失去董刻，现在对影印的自不肯放过了。不过那天因罄所有的都解了书店节账，而跟来薰阁又是素昧平生，一时遂无法携回，其间困于琐事又拖延了四五天，至上月底去决心访书时，也跟前次那部原刻一样的为别人先得，而商务的零本中，不待说早已罄了。

我举此例，固然不是什么宋椠明抄，但也见区区一书之得失，真像冥冥中自有一种因缘存在，而离合之间，洵可谓"形之梦寐，数年不能去怀"者。尤其是我辈笔耕的人，平素挑灯泼墨，搜肠运腕之所得，尚不足抵偿几帙较为精善的本子，每值斗室微吟，高楼神游之际，更有"肠一日而九回"之感。至是在物价如虎添翼的年头，更非跟书店有特殊情谊的，连记账都不可能了。何况做了账还是要一五一十的付清呢。（自然能够这样已经叨光不少，所以对允许我做账的几家书店，很感谢其好意。）因此我屡次踏进三马路（广西路）一带几家书店之门，看见好的或心爱的图书而限力所不逮时，只能默诵几遍"虽不得肉聊且快意"的成句，也便是我前述的题名"屠嚼斋"的一个因素。

谈到藏书，我又记得龚定庵有一首赠人的七绝，"曾游五岳东道主，拥书百城南面王，万人丛中一握手，使我衣袖三年香"，——我很喜欢这首诗。作者的魄力与才调，对方的风仪和学养，都可以从此中推见他的瑰奇豪放，使今日之我，犹为之遐想与神往。你看"曾游五岳"与"拥书百城"，又是何等倜傥雄伟的一副气概！然而也惟有定公的这杆奔恣的笔才能挟五岳而拥书城，使其文其人互成一绝。后复读李易安《金石录》后序，尤觉得斤斤于书室的装置构筑，而不以自己的学问与涵养为陪衬，那正成为卖柑者这中之"金玉其外，败絮其中"的末流而已。反之，只要你学问与涵养恢宏潇洒，则不管是一角危楼或半椽陋室，置身其间，自有一种艺术的气氛——一种不可捉摸或言传的神秘的意蕴，可以傲睨公卿，雄视百代，而使室内的败壁颓垣，残籍破轴跟主人的声音笑貌，一言一动不但皆毫无寒伧之气，而且反显得十分和谐而贴切。换言之，单是物质的装置构造，是任何人都可做得的事，只要你有此财力。惟有这种艺术气氛的酿成，却不是反掌可办。相反的，蛰居在这种环境中的十九倒是九月衣裳未剪裁的穷书生，给大风吹去茅屋的穷而后工的大诗人，环堵萧然的高士……按下不表，且先看一看易安的原文吧：

> 余性偶强记，每饭罢坐归来堂，烹茶指堆积书史，言某事在某书某卷第几页第几行，以中否角胜负，为饮茶先后。中即举杯大笑，至茶倾覆怀中，反不得饮而起，甘心老是乡矣。故虽言忧患穷困，而志不屈。……收藏既富，于是几案罗列，枕席枕藉，意会心某，日往神授，乐在声色狗马之上。

读书到了这等地步，"故虽言患忧穷困，而志不屈"了。收藏到了这等地步，故能不为形式的良窳所拘，也自有内在的丰富的收获，而不必添箧笥，雇书记，营华屋。——必须这样，才能超越一切的去追求读书的快乐，也必须摒除声色犬马之好而转注于某页某行的角量上面，才能从博大精深之中愈体味到无穷的兴味。同时也见得，这样的人方值得读这样的书，而这样的书正需要这样的人去读，方不至于辱没沦落。

"红袖添香夜读书"，似乎一向被人所羡慕的文士的一种造化。古往今来，凡在书籍的摩挲流连之外，还有两性间的推敲沉吟之趣的，那确是人生的最理想的享受了，而这又是可遇不可求的，恕我说句迂腐的话，昔人所谓乐而不淫云者，正好借过来作它的标准。可惜"女子无才便是德"之语，断送了世间一部分女性的生趣，故而翻开文学史，也难得有赵明诚李易安那样的伉俪。而且我又以为易安之难得，不仅仅在于陪伴赵氏作"添香"的资料，而是其本身的学问也足与须眉抗手，徒是小有聪明的供奔走，勤洒扫的"小红"之流，纵然如何"善解人意"，也终觉得隔膜的很。以版本为譬，则一究是原刻，一至多是翻版影印罢了。而逢所谓质疑辨难，或"中否角胜负"等事，就要大大减色了。——然而在封建礼法的束缚之下，即使有后者那样的人材，也有幸与不幸之分，其不幸者则摧残中伤无所不至，此陆放翁所以有《钗头凤》之吟，而沈三白之与芸娘的结局，又从茹苦含辛而至于凄凉抑塞，郁郁以没。这样说起来，"女子无才便是德"倒又不为无故了。

三

大家知道法国曾有过"文艺沙龙"，也是供一般文士们作游宴聚谈之所的。从前曾孟朴氏就向傅彦长邵洵美等建议过（见他的《病夫日记》）。但我觉得这又太堂皇富丽了，跟中国的传统不相合，况且其间还须有一位女性，则更近乎绅士淑女们的玩意了。曾氏日记中也记及傅彦长先生的语："这事只怕是法国的特长，他国模仿不来，尤其是我们的中国。客厅的主角，总要女性，而且要有魔力的女性：我们现在可以说一个也没有；即使有，照目下我们的环境习尚，也没有人肯来。"这几句话不为无见。后虽然想到王映霞和陆小曼两位女士，而终还是不大合适，至今依然是个画饼，那么也就可以不提。最后还是向我们自己的里面去找几个例吧，第一想到的该是刘禹锡的陋室。《古文观止》卷七中有刘氏之《陋室铭》，中有云："苔痕上阶绿，草色入帘青。谈笑有鸿儒，往来无白丁。可以调素琴，阅金经，无丝竹之乱耳，无案牍之劳形。"——刘氏的立意是在"德"不在"陋"，也正是我所谓重内容不重形式。这本来可以说得通的，但他着末"南阳诸葛庐，西蜀子云亭，孔子云，何陋之有?"云云，却又难免有点缠夹，总感到方巾气太重，望之还有一种岸然的架子。这样披沙检金的结果，似不能不令我举出唱经堂主人来了。他的《古本〈水浒传〉序》六七年前曾加细读，至今在记忆中仍然印象分明，中所说的宾主往还之间，那种放浪形骸畅言无忌的气象，皆使隔代的人犹为缅想与羡慕。尤其是他的背景，他的情调，完全以萧疏清适的山林空气，田园风味为主，更与中国的读书人传统的志愿相合。这里姑且择要抄上一段来看：

快意之事莫若友，快友之快莫若谈，其谁曰不然。然亦何曾多得，有时风寒，有时泥雨，有时卧病，有时不值，如是等时，真住牢狱矣。舍下薄田不多，多种秫米，身不能饮，吾友来饮也。舍下门临大河，嘉树有荫，为吾友行立蹲坐处也。舍下执炊爨，理盘槅者，仅老婢四人，其余凡蓄童子大小十有余人，便于驰走迎送传接简帖也。舍下童婢稍闲，便课其缚帚织席，缚帚所以扫地，织席供吾友坐也。吾友毕来当得十有六人，然而毕来之日为少，非甚风雨而尽不来之日亦少。大率日以六七人来为常矣。吾友来，亦不使饮酒，欲饮则饮，欲止先止，各随其心不以酒为乐，以谈为乐也。吾友谈不及朝廷，非但安分，亦以路遥传闻为多，传闻之言无实，无实即唐丧津唾矣。亦不及人过失者，天下之人本无过失，不应吾诋诬之也。所发之言不求惊人，人亦不惊，未尝不欲人解，而人卒亦不能解者，事在性情之际，世人多忙，未曾尝闻也。吾友既皆萧淡通适之士，其所发明，四方可过，然每日言毕即休，无人记录，有时亦思集成一书，用赠后人，而至今阙如此，名心既尽，其心多懒，一，微言求乐，著书心苦，二，身死之后，无能读人，三，今年所作，明年必悔，四也。是《水浒传》则吾友散后灯下戏墨为多，风雨甚无人来之时半之。然而经营于心，久而成习，不必伸纸执笔，然后发挥，盖薄莫篱落之下，五更卧被之中，垂首撚带，绨目觑物之际，皆有所遇矣。（上下略去）

这里所说的较诸西洋文艺客厅的情调，依我看来，恐怕要有意思得多。但也难得唱经堂的这枝洒脱而蕴藉的笔，才这样娓娓道来低徊有致，我辈草草劳人，中年伏案构思，与蠹鱼为伍，其间也未尝不想有这样一个脱略形迹之所在，使彼此相视而笑，莫逆于心，没有什么阶级的隔阂，尊卑的鸿沟，"欲饮则饮，欲止则止"，全随各人的自由。装置不求精雅，建筑毋须工巧，而主要还看彼此气味之相投，胸襟之相得，至于嗜好，议论，成见之类，不必舍己从人，强其所难，定公所谓"不拘一格降人才"，正是绝好标准。能够这样，则彼此的心地自然宽厚，气魄自然宏大，且不至妨碍各人固有的特色。只是今日之下，救死救穷惟恐不暇，恐也未必有一股劲味耳。所以思来想去，有时也只好寄神往于旧迹，"发思古之幽情"，虽然可笑却也大可怜悯吧。

因此复想起了《浮生六记》中的萧爽楼，即二卷《闲情记趣》中沈氏伉俪所寄居之处；主人鲁半舫（璋）字春山，善书画金石。楼共五椽，东向，沈氏居其三，晦明风雨，可以远眺。庭中木犀一株，清香撩人，有廊有厢，地极幽穆。而平素来往者，如杨昌绪，袁沛，王岩等又皆工花卉翎毛，爱楼之幽雅，故携画具而来。三白则从之学画写篆刻印，芸则拔钗沽酒，应对宾客。楼有四忌，"谈官宦升迁，公廨时事，八股时文，看牌掷色，有犯必罚酒五斤；有四取，慷慨豪爽，风流蕴藉，落拓不羁，澄静缄默"。而其特色也是"地无纤尘，且无拘束，不嫌放纵"，与贯华堂的笔下有后先辉映之妙。语云，物以类聚，从这两则记事中正可看到一点消息，而全谢山之不喜欢金圣叹，也就毋怪其然了。

近年来故交寥落，沪居又嫌局促，诚不胜寂寞萧然之慨。试看小小一间斗室，要摆上桌椅七八事，书架十余座，披霞娜一具，而书架之上又堆满了成捆的旧杂志，更同"盘马湾弓"似的，在精神与心理上日见其蜷缩扭曲了。时或降落求其一得之胜，也只有永夜孤灯的片刻半晌。尝读东坡居士《答毛维瞻书》之"岁行尽矣，风雨凄然，纸窗竹屋，灯火清荧，时于此间，得少佳趣"，觉得意象之中仿佛有此萧淡的一境，而特别的引起我对于灯的好感，所以在我的枕畔，桌上和室内，故意的多安置几座。我觉得有了这通明的一盏，或荧然的一颗，不论是在初寒盛暑，高楼斗室，能使人的意志随着辐射的光辉而集中起来。所以每当我的文思陷是散漫发弛，无力收拾之际，往往移转目力向着绿色的灯罩游眸半刻，一面又在四厢悄然中加以思索，说不定别有一番明徹的境界在我眼前涌越而出。这话并不曾说的唯心，或者措辞不十分妥适，但意思却是有心理学和美学的根据。

有人把先知先觉者的言行操守，比作引路的明灯，到今天虽然显得滥熟一点，原意却是十分贴切。现在正是漆黑的午夜，防空警报刚才解除，市声又开始活动了。于是我从外面返回书室，撚开灯火，果然觉得满室通明，这通明光辉又映照了我四边的书架——里面正蕴寄着不少先知先觉者的言论思想和事迹；他们犹如灯一样的永远指引着我，启发着我。使我温暖，使我清醒。我于是有了两种的灯：一是在外表上照临我的，一是在内心上引领我的。我在他们之间获得无穷的寄托与希望，而益加的对这间斗室有敝帚之珍了。

卅三年七月六日夜，灯下。

（原载《艺文杂志》，一九四四年版）

堕甑录

谈图书掌故的书本今已不少，最早的不知是否始于唐弢的《晦庵书话》，但专谈期刊的却不多，原因自然还是由于期刊容易散失，十六开本的又不便鉴藏，书摊面积有限，难于存身，故收罗成套，大非易事。这里且就我所知的略述几种，也真是沧海之一粟。

从前商务印书馆曾出版过《期刊日报史》，著者似是外国人，这中间不知有无涉及中国期刊的史料，《宇宙风》(？)上曾有批评，对此书颇为不满。至于专门记述中国杂志消长的专著，如戈公振的《中国报学史》那样，限于孤陋，尚未闻见。1935年生活书店出版的《全国总书目》，就未见列载，而在新闻学方面，单是新闻史即占四种。中国的杂志和报纸成长的年岁，也没有差得过远。照曹聚仁《文笔散策》中《清末报章文学的起来和它的时代背景》一文所说（按，此文多取材于戈著《报学史》），则杂志在清末已经流行，其地位之重要，又为洋务派施政的重要媒介。后来虽有过几种刊物，大都掌握于传教士之手。据曹公文中所记：中国的定期刊物，以马六甲出版的一八一五年（嘉庆二十年）的《察世俗每月统计传》为最早，也是宣传耶稣教义的。宣传教义与文化启蒙上的利害功过，其中自有相生相克的关系。

这时期出版的一些期刊，所谓报纸与刊物之间并没有后来那样严格的界限。因为这时日出一张的日报还不曾创办，如最早的《申报》，每月只十五期（原作"每本"），每一叶为一章，一月为一号，相当于目前杂志的形式，所以曹公虽题作"清末报章文学"而以当时期刊作引证者，即因这缘故。阿英有《辛亥革命书征》一文，刊于开明书店的《学林》上，其中的刊物，也有小说、论著。清末的《申报》，我曾收藏过几份，有有光纸的，有土黄纸的，约占书架的一格，价钱极便宜，我是出于好玩。现在《申报》虽重印，我拥有的却是"原版书"。早年收杂书，中年成杂家，晚年便在杂志上写混文章。

这里使我们明了的是，中国之有定期刊物，比同治十一年（一八七二年）创立的《申报》还早五十九年。

据阿英在《海市集》的《西门买书记》所记，书店老板很有门槛，交手几次后，阿英也有买书的门槛了，并且教过我，这就是要买冷门书，如初版的《新青年》之类，须得先和主人搞好关系，成为他的熟面孔。搜罗的重心放在邑庙西门一带，以及后来的旧极司非尔路、旧辣斐德路等，汉口路一带的旧书店就不是搜罗的要津。

在阿英的赵家桥家里，时常可看到书店主人的踪迹，他的一些晚清珍本小说，与绝版的文学刊物的获得，其中便包含着友谊。有一时期，书商某君失业，便耽在英公家里，由他供给膳食与零用，某君便替他修理散蚀的图书。有一次，我到他那里，恰巧看见了装订好的残本《玉妃媚史》，我硬借着回家阅览，文笔远不如《金瓶梅》，而流黄则相等，他在《小说闲谈》中曾有文记叙收藏经过。

五四至抗战前夕，究竟有过多少种文艺作品和刊物？对于前者，还有生活的《全国总书目》略可依傍，虽然缺失的还是很多。这是平心先生的劳绩，人们永远不会忘却他，更不必说与他相识的人，然而他却如此悲惨地了却一生。对于后者，中国新文学大系中有阿英编的《史料·索引》，后附"杂志总目"和"主要杂志详目"，收至一九二七年为止，文学一门，约二百八十种光景。

我个人收藏过的期刊，一度约有一百六十种，其中文学之外，还有历史方面。后因日军进租界而销毁的占十之一二。在此之前，即"孤岛"时期，因我父亲害怕，我曾把家藏的日报全部焚毁（当时尚无废品站），包括全套的《救亡日报》等，亡妻曾将此事写成散文，投到《文汇报》的《世纪风》，柯灵将题目改为《火葬》，改得我们口服心服，亦见柯灵早年的慧心和当时副刊编辑的水平。作家本无种，柯灵在文学上并不是三考出身。这以后，我就不再收藏报纸，报纸的收藏又比期刊麻烦，占的面积大，要使它们有安身之处大非易事，三五种日报积了两三个月后，就长得如七尺之躯的壮汉了。

这里只能举几个刊物来说。首先是生活版的《文学》，王统照接编后，也多少表现出他的个性。他曾说过：办一份杂志，必须使这刊物停办后，仍能引起读者阅读、查考的兴趣，并使刊物的格调为后来者所仿效。有的人还这样说：一个刊物如能在登峰造极时候停刊，超过它停刊的损失而有余。这话便近乎走偏锋了。

《文学》的历史地位，自有定评，不必多说，至今私人收藏的想必也不少。但抗战发生后，由傅东华收回自编的三十二开的战时版，今天倒是不多了。篇幅短少，只容纳八九篇文字。每期封面的用纸不同，且没有图案。记得复刊词中有这样几句话：希望复刊后的《文学》能保持人家要热我偏要冷，人家要高张我偏要沉默的特点。这与傅老的性格可能有关。

这一类含有历史色彩的版本，我必百计取得，如同时的《光明》、《烽火》，也出过战时版，存在的日期较《文学》为长。《文学》的封面还用道林纸，《光明》就是报纸，目录刊在封面上。编辑处就在环龙路沈起予家里，我送稿去时，谈的话很少，但我总觉得那时候的编者与作者，容易倾盖如故，莫逆于心。

《宇宙风》也与《逸经》、《西风》联合发行战时特刊。我不知道私人藏书中，有这种战时版的杂志有几个。后来，《宇》、《西》两风又告复刊而《逸经》却小别成千古了。今天爱谈掌故的人常常想起《逸经》（听说解放后曾经重印?)、《青鹤》，我更想起"老长毛"谢兴尧兄。还听宋远说，谢公准备为《读书》写稿。后来果然看到谢兄"堪隐谈梦"的专栏文字。

生活的《中华公论》是当时有号召力的学术性刊物，故有郭沫若、郑振铎的考古辨史的文章。由于时当军兴，所以当时刊物的寿命都不长，《中华公论》刚出第二期就听到沪北炮声响了。

战后的上海，有一本学术刊物《离骚》，出了一期即停刊。署名的编者是刘西渭，实际由阿英主持，事后戏呼之为海内孤本。杂志中还有出二期即停刊的，如萧军等编的《热风》，黄硕编的《报告》，徐訏、宾符合编的《读物》，更有趣的，连目录都已登过报纸，却终于不见片纸的。

我收藏的杂志中，有两种是时常怀念的，一是《燕京学报》，创刊于一九二七年，年出二期，初仅一百六七十面，后渐增厚。我陆续得之于中国书店，但第一第二两册终无法配致。有一回，我托书店设法，却被掌柜反问道："我出你一百块一本，你有书么？"当时米价尚一千元，可见此书的身价（此据一九四四年旧文，今天如何折合已不清楚）。我自叹这两期永无相见之日了。不想到了次年，在一冷摊中，居然瞥见了第一第二第三期，大喜过望，一问价钱，倒要每本二十元，我问主人是否可剔去第三期，他回答说："先生也不在乎二十块钱。"最后以五十元得之，将第三期送给相熟的一家书店。这样，从第一期至二十六期才始完全。但后来听朋友说，二十六期以后的还有几本，却终未觅得。四四年时，因与北平的英愈庸通信，谈到此事，他便将二十七、二十八、二十九三期割爱邮赠，英先生所藏也是全份的。事前曾去函阻止，还是邮寄至沪。

一是《语丝》合订本，也是在冷摊淘来，价尚公道，原因是合订本第一册已缺。后来想到英公屡有复本的杂志或图书见赠，或许还能配添，当夜就跑到赵家桥托他赶快找寻，第二天果然派人送来第一册合订本，我便在封面上用毛笔写了题记。还有一回，我的一本鲁迅《中国小说史略》忽然在电车中遗失了，英公知道后，又送了复本，上加题记，大意是：性尧兄缺此书，家藏适有复本，乃赠之，若英。他有时也用张若英、张凤吾之名编书，通电话时，常自称"我是凤吾"。现在《燕京学报》已经重印，《语丝》似也值得印，这是谈五四新文学掌故者不可不读的史料。我曾首尾通读，其中周作人用许多笔名写的文章，皆未收进《谈虎集》中。顺便提一下，五四健将钱玄同的作品，包括他在《古史辨》里写的疑古文章，我一直等待着能出结集。几十年来，不知是否辑录出版过？

上述的《燕京学报》和《语丝》入我书架，我称之为凤求凰，但也有始终求之不得，日夜相思的。如战前中央研究院历史语言研究所集刊，原来每本（组）四份，尚少最早的几份，战前本的封面为灰面纸，战后本为黄面纸，得之甚易，故一本不缺。又如《燕京学报》号外，由一人写一题，也很有学术价值，要寻求之凰也不少。

此外，尚有介乎杂志与书籍之间的丛刊、丛书。文学方面的有亚东的《我们的六月》、《我们的七月》，商务的《星海》，大江书铺的《文艺研究》（此书于解放后送给了唐弢）。这类书，大都具有同人性，也较杂志容易保存。《星海》与《我们的六月》，就一直在商务与亚东的书架上出售，我都是距出版好多年后随便买到的。

丛刊、丛书在"孤岛"时期出得特别多，主要由于政治原因，因当时发行杂志必须向租界的工部局警务处登记，有的丛刊则择某一期中某一篇作品为书名，旁注某某丛刊之一，便可以用书的形式印行，有的仍用固定名称。前后所出的有《公论丛书》、《杂文丛刊》、《文艺界》、《朝华丛刊》、《文学集林》、《学林》，等等。其中以《文学集林》最享名，今天仍值得一读。这类书虽逃避了登记的手续，仍难逃查禁，而经登记许可的倒反而稳当些。还有一点，期刊都有固定的名称，无论周刊、半月刊，版权页上注明每月何日出版，到时候读者就可在报摊上买到，或由报摊按期送来，丛刊则每期换名目，对读者推销时就缺少稳定性。解放后出版的文史性丛刊很多，《学林漫录》是较有特色的一种，可惜后来停刊了。

我本来想把家藏的全部杂志，仿从前中华图书学会所编的《文学论文索引》，编一本索引，中列作品和作者之名，虽然数量要少得多，但供个人或小范围的翻检，或尚有用处，周楞伽兄还答应帮我忙，但一二人还是难以胜任，只能算是愿望而已。

附记：

此文据旧作《期刊过眼录》改写，距今已有半个世纪，所记或有错误及层次凌乱之处。其中所有期刊及新旧图书，六八年时，半日之内，四大皆空。覆巢之下，连人的生命也可于一夜之间窒息，遑论无生命的图书。东坡《宝绘堂记》云："见可喜者，虽时复蓄之，然为人取去，亦不复惜也。譬之烟云之过眼，百鸟之感耳，岂不欣然接之，去而不复念也。"写旧作时，尚未见长公此记，"烟云"云云，后竟成为语谶，但我没有东坡的旷达，丧失的性质亦各不相同。又忆后汉孟敏荷甑堕地，不顾而去，郭太见而问其意，对曰："甑已破矣，视之何益？"其事颇为人传诵，似亦略可借此解嘲，今又重写此文，反觉矫情。生命中有许多大恋所存，未能忘情的密结，只有死而后已。但孟敏隽语，还是可以玩味，不妨看作他人酒杯。

(原载《一盏录》，山西古籍出版社，一九九八年版)

新文艺书话

　　上海的书店，约可分作三类：一是商务中华开明等几家新书业，以出版印行为重，大抵集中在四马路一带。对于古书，则在事变以前也很有印行，不过用的是排印和景印的方法。例如中华的"四部备要"，商务的"四部丛刊"，百衲本"二十四史"，开明的"二十五史"及"师石山房丛书"，世界的"国学丛刊"等。只有北新光明及已停之生活几家，却多注重于新文艺书。

　　提到商务，不消说无论是过去及现在，都是执全国出版业之牛耳，曾以"日出一书"相号召（事实上还不止此数），还有如星期标准书的选辑，对于文化界的确尽力不少。可惜因战局之推移，到了现在却显着"门前冷落车马稀"的景象，这是我每次跑一趟"文化街"，向商务开明等巡礼之后，即非常为中国的文化界可惜的。自然，以目前的纸价来说，也是使一般出版家"棘手"的一个主因。

　　然而在最近，商务似乎又打起它的劲儿，在重印百衲本"二十四史"了。而且售价虽达十万元之巨（以我辈小百姓的眼光看来），销路却意外的好，转瞬间居然又告再版。可见虽然是历劫之余，但真正有价值的书籍，还是有它的知音。（自然，这中间也有一部分的暴发新贵之流，只将它摆布在辉煌的客厅里，作附庸风雅的供具的。）何况按照原来的价格（民国廿四年计全书五百五十元）也不过二百倍有弱呢！这里不妨将所谓百衲本的内容，略作一下说明：

在民国五年的时候，商务也曾印过一次二十四史，但这是以武英殿版为根据。后来商务鉴于武英殿版已为世人习见，不甚名贵，所以到了民国十五年又采各种最精贵珍秘的宋元版子印行，故而叫作"百衲"。（内惟《明史》仍据殿版，盖其年代较近也。）主持者为清太史张菊生（元济）先生，并由他细心的校勘征访。其中增出全叶者凡数见，其阙文讹字足以补正者尤多。原定分四期出版，旋于二期后，即遭"一·二八"沪变，导致影存底版，悉付一炬，故只得将原定期限，展缓至廿四年岁底续出。——这便是印行经过的大略。我虽然没有将百衲本通读过，但从它的样本上所作比较殿本表叶看来，所谓百衲本确比殿本要优胜得多，尤其是补正阙文讹字之处，对于研究史学的人裨益更大。当此世局扰荡之秋，能够多流通几部好史，自不失"嘉惠士林"的美举。我还进一步的希望商务能将"四部丛刊"也加以重印，至少，是选几种有价值的来重印一下。而它之所以比一般的翻印更有意义者，不消说是为了"影印"之故，如中华的"四部备要"及其聚珍版"二十四史"，便不及它多了。影印的好处则有几点：一是因此可以看到原版的真面目，而售价可以减低；对于爱好版本，而又无力藏庋者，尤其功德无量。二是排印难免有错漏，如古代医书等一字之微即出入甚大。影印则除了原来的错漏之外，就可免除排印时之失。三是借此可增益读者版本的学识与兴趣。其他自还不止这几点，然而它之所以胜于排印者即此已甚显见了。至于版本的价值，我们如果纯粹当作一种装潢或摩挲来讲，固然近乎无聊，但在某种意义上，则版子的精良或悠久与否，与治学者的关系实不能藐视。即如清代修"四库全书"时的有几种书，就被当时一般捧袍角的臣工们删改甚力，如有涉种族观念的史实，而与原本相较就差得很厉害了。又如商务的"四部丛刊"的底本，大部分也是力求完善，颇费采访的苦心，有些还是在过去引起文祸的禁书，像庄廷铙的《明史钞略》之类。

不过像这样有计划的阐扬国粹的出版机关，恐怕在从前也只此一家，而商务一般书定价所以较为昂贵的缘因，大约也不外乎其平日开支之大。此外所辑印的，如开明的"六十种曲"，或上海杂志公司的"珍本丛书"，不是零碎就是投机。至于中华世界所出又极稀少，恐怕一部分的收入还靠赖文具仪器。而中华所出的书，有些还多少在追踪商务的，如上"述四部丛刊"之与"四部备要"，《辞源》之与《辞海》等。

其次是新文艺书方面，当然也以商务为多，并且后者还拥有一部分新文艺界的劲旅。我们现在谈到五四以来的新文学活动，就必然会想起文学研究会，而文学研究会的单行本，大部分就是商务所印，这因为商务曾经出过《小说月报》之故，而《小说月报》则相当于文学研究会的一个集合刊物，作品也以会员为多，像有些著名的作家，其"发祥地"正是《小说月报》，可惜因沪战而停刊了。

记得徐调孚先生曾经写过一篇文字，是记述《小说月报》最后一期被毁的内容。后来《东方》杂志复刊，文艺栏即系徐先生所编辑，但可以容纳的作品似乎不多。至于《小说月报》的创刊号，民国十年一月十日发行，适巧笔者手边有了一册，姑且略作索引于下。

这所谓《小说月报》的创刊号，其实已在第十二卷的开头，只可算是革新第一号，因在这之前，还有过恽铁樵（树钰）所编的十一卷；而这样旧和新的递变，恰巧也代表了中国文艺运动的一个分水岭。如改革宣言中所说："《小说月报》行世已来，已十一年矣，今当第十二年之始，谋更新而扩充之，将于译述西洋名家小说而外，兼介绍世界文学界潮流之趋向，讨论中国文学革进之方法；旧有门类，略有改变。"下面又揭橥了六项主张，大意是研究文学哲理介绍文学流派，与迻译西欧名著使读者得见某派面目之一斑，（如写实主义之介绍，批评主义之提倡。）与提倡表见国民性之文艺，与中国旧文学之研究讨论（惟平常诗赋等项放弃之）等。其作品之门类约为：（一）论评、（二）研究、（三）译丛、（四）创作、（五）特载、（六）杂载，（我以为将来如有人编选"新文艺史料"一类合集时，此种改革宣言也可酌选在内，因从这里，也可看到一时的文学空气。）今就革新号的目次以观，都可说是精纯严肃之作，像：论评之有周作人的《圣书与中国文学》，编者沈雁冰之《文学与人的关系及中国古来对于文学者身份的误认》。沈文中所说，"我们中华的国民文学为什么至今未确立，我们中华的文学为什么不能发达的和西洋诸国一样？这也不待深思而立刻可以回答的。这都因我们一向不知道文学和人的关系，一向不明白文学者在一国文化中的地位，所以弄的如此呵！"——这几句话，直到今天，还令读者觉得感慨无穷的。其次，创作共收七篇，有冰心女士的《笑》，叶绍钧的《母》，许地山的《命令鸟》，瞿世英的《荷瓣》，王统照的《沉思》等。在今天，差不多都可目为文坛的老将了。为了篇幅计，无法将他们作一提要。复次，译丛中则有俄郭克里之《疯人日记》，日加藤武雄之《乡愁》，俄托尔斯泰之《熊猎》，安得列夫《邻令爱》的剧本等八篇。（当时大约刘半农还没有创造出"她"字吧，所以凡属女性的第三者，都是用的"伊"字。）此外，则为世界文学者的简史，书板介绍，海外文坛消息及文艺丛谈等。最后是"附录"，那就是文学研究会的宣言，简章及会员名单了。

据宣言所说，文学研究会的目的有三：一是联络感情打破"文人相轻"的风气；二是增进智识；并"希望渐渐造成一个公共的图书馆研究室及出版部，助成个人及国民文学的进步"。三是建立著作工会的基础当作"著作同业的联合的基本，谋文学工作的发达与巩固"。下面胪列了十二位的发起人，倒是确能打破畛域之见而聚于一堂的，而且可以给今天的文化工作者做参考。

像这样的一个有地位有力量的定期刊物，不但目前无从说起，就是过去，恐怕也是屈指可计的，尤其是它所出的几个西欧文学者的专号，对于世界名著之介绍评判尽力极大。不幸因了战事而终止中断。从此以后，商务关于文艺性的期刊，也就不曾有过，总算在七七事变那一年，由朱光潜主编《文学》杂志，厚约二百页，廿五开本，作者多数是所谓京派，朱光潜自己也是在北平编就再送到上海的。其中比较特别的，是按照《小说月报》办法，对作者作品的酬给分作两种：一是由作者在文末注明"留"字的，即算作者对这篇文字有保留出版之权，否则即认为书店所有，而后者的稿酬即厚于前者。这一点，比之一般刊物上所写的"本刊作品一经发表印行权即归本刊所有"（大意），甚至不征作者同意而擅自选辑发行的，要算是尊重点了。可惜出了第四期后，也因战事而停刊。至于《文学》杂志的风格，因为是京派之故，所以也较为稳健坚实，对于那时的各种口号标语式的文学，不但不刊，而且多少含点淡漠或反感。像炯之（闻系沈从文）先生继《大公报》文艺副刊的"作家间需要反差不多运动"后的"再谈反差不多运动"一文，即在那里刊载，而编者在创刊辞中也谈到这些问题。说得平心点，在当时五花八门的刊物书报中，这样的杂志，确实比较有点重量，直到现在还有翻阅的价值。

自从这些刊物停刊，又值战局西移之后，商务采取的方针愈显得稳重而消沉了。

回头再说到"一·二八"之前的一点新书业动态。因这以后的简直无足叙述，又因商务的规模历史俱较广远，所以说的也较多。至于文艺方面，像中华世界的资本，地位虽不能说少，而所印行的却依然不多，文艺性的期刊更其没有，只有新中华上附带刊些小说散文及翻译，大约"新中华文艺丛书"多是那里采选下来。记得中华一共有四种文史丛书，除上举的一种，次为"新文艺丛书"，闻为诗人徐志摩所编，大概以新月派文人为多，有沈从文的《石子船》等。次为"世界文学全集"，封面，纸张及印刷，设计，皆较其他三种为佳，内容都属译作，如佐藤春夫田园之《忧郁》，贾克·伦敦《理性之呼唤》等。次为"现代文学丛刊"，这套和第一套的装帧都各成一系，作品兼及翻译。而最后一版的《域外小说集》（按最初为译者在日本私费所印，绝版后则似由群益续出）即在其中，书前有署名周作人所作序文而实为鲁翁所作者。又有郭沫若许为"中国左拉之期待"的李劼人所作《死水微澜》等小说。换言之，凡是中华后来所出的文艺译著，恐都归入到现代文学丛刊中去了。

我在从前有一个愿望，即准备将五四以来一切新文艺书搜罗齐备。因为这较之收藏珍本秘籍，较为省事省钱，又无须怎样鉴别力。但到现在为止，所收罗的还有限得很，因为在时间和财力不能使你有大作为之前，只好先就绝版的设法购进，现在所发售的，只消能力一充就举手可得。而这中间，有些绝版书连名目都觉得很晦僻了。因此，比较有系统而又易于查考的，似乎要算各书店所出的文艺丛书。我在历年来虽偶然购到全的几套，但残缺的还不少，且有几种本来打算出下去而因事变停刊的，有几种如"新中国文艺丛书"等因书店停业，到现在就很难配齐，其中虽经作者移给别的书局复版的，而纸张装束已不一律了。故而我以为文化生活社的办法就比较好些：它将每辑分一固定的内容，如每辑小说几册，散文几册，诗歌几册，……而将译与作分开（译的另外出译文丛刊），每辑定作十二册。出完一辑，再出二辑，并就风格内容篇幅之相近而汇辑之（现似已出至七辑并详后），就不至驳杂而无条理了，故于此复略谈一下新文艺的丛书。

现在且就过目的说来：商务除文学研究会的已详上述外，还有一种小型而兼收译文的，也是上注着研究会的"创作丛刊"字样，然装帧俱一律，不如旧出之各别。有郭源新的《桂公塘》，曹葆华的《诗与科学》（译文），巴金的《没落》，……等，分一二两辑。绿面银字，形式既朴素雅净，内容却也结实多采。至于纯粹收西洋及日本文艺的，则为"世界文学名著"，以小说及戏剧为重。如巴尔扎克萧伯纳罗曼·罗兰等。现出的约有四五十种左右。次则中华可以不必重说。世界却很少，只有一种三十开

(?) 的用道林纸印，有茅盾的《神话杂论》，谢六逸的《水沫集》等，虽然不曾注明"丛书"一类词眼，但因装订一律之故所以附带说及，盖凡称到丛书的最显然特色即是装订之统一。（偶也有例外）然内容既凌杂，年代也很远了。可以举出的，倒是二十八年郑（振铎）王（任叔）孔（另境）诸氏主编的"大时代文艺丛书"，也是世界所出。一共十二册，译文占三分之一，有戏剧小说散文等，但封面设计太庸俗，眼前恐惧已绝版了；今天继起的则有孔另境编的"戏剧丛刊"。

讲到"戏剧丛刊"，也许为了剧本容易销之故，几年前就很多见了。单就记忆所及，如上海杂志公司开办时有过凌鹤的《黑地狱》的那一套。还有是一般书店阿英的《春风秋雨》及国民书店的夏衍的《上海屋檐下》等几种，因为总目忘了，只得择其中的某一册来作代表。然而好像都没有出全过，甚至连原著也渺不可寻的。再后来有"光明戏剧丛书"，主持者舒諲。他另外辑选的西洋剧本大部分即从我处借去材料（由王编之文学中选撮）。他自己的一本即一度演出的《精忠报国》（一名《风波亭》），写的是南宋的和战史事，在"编后记"里很有说明，我想，也许他令尊疢斋主人给他的教迪很大吧。同时，光明还出过戴平凡主编的"文艺丛书"，有巴人的《皮包和烟斗》及林淡秋、适夷等等译作。（廿九年分）等。

和世界同样用"大时代"名义的也有一套丛书，不过一个是书店本身的名称。有端木蕻良、萧红、适夷等译作，但封面却每本不同。也是在廿九年分，当时每本约售二元，似也没有出全。

以上的三四种，年代皆较为接近。再推得远一点，则有北新的"文艺新刊"，好像最先是赵景深先生自己的论文集，最后是知堂老人的《秉烛谈》，内容可说瑕疵互见，然没有译文的屡入，也是一个办法。其中最使我满意的，要算是曹聚仁的《文画》。不但分量是厚厚二三百页，内容和作风，也集泼剌、渊博、简炼之特长，——是一部最能反映动乱而紧张的现实的杂文集。另外还有二册书较为更难得的，即郭沫若的《归去来》与沫若近著。这是郭先生返国后的两种散文结集，内容所收也极广泛，只是现在已很难买到了。

出丛书原非不容易，主要的还得看其中的内容是否精和纯。"精"是指它的性质，"纯"是指它的门类，而这还看主持者的能力如何，像文化生活社的几套丛书，那就因了主持者自身在文坛上很有贡献的人。反之，就我所看到的，有些徒拥虚名凌杂将就的也很多。还有，像从前天马书店所出的作家自选集（如鲁迅、茅盾、郁达夫等），——由作者自己亲手来选，倒也是一个适当的办法。但既然称作"丛书"，门类自然要丛杂并蓄，惟有"开明文学新刊"那样的，只分作小说与散文两种，又因为散文的分量占得比小说多，所以不如称之为"散文丛刊"。也许由于我对散文有特别的好感之故，因而对于这套"文学新刊"也非常喜欢，常常作我写作的修养。而这些散文里面，又包含了随笔，游记，杂文等。它的广告中说："本丛刊集国内名作家的文学新著而成，……笔调轻灵，文字雅丽，印刷装制，均极精致，定价低廉，尤便读者选购。"——那倒不是完全"生意眼"的说法，而确实是做到上述的几个特点。

"开明文学新刊"还有一特点，即封面一律印着作家的墨迹，使人相映对照，如读插图之趣。不料因其中有某作家散文的"前记"中，略有涉及另一作家某先生之故，而书店则将"前记"印作封面，而引起了某先生之特别不快，认为是一种故意的行为，这种意外的误会，也许非制版时所能逆料吧。但后来由于锌版的高涨，印工凡新出的及重板的书籍，便成为很朴素的白底黑字——只写着书的名称，而这字迹大约还是出于作者之手。总之，凡是略略对于书法——尤其是作家的书法感到一点兴味的人，对于这样的封面，多少有点爱悦。我的将它买全，一半即在于此。

不知道夏丏尊先生另外还有散文集否？除了译文以外。就我所看到的夏先生的著述，觉得《平屋杂文》实在是一册好书，虽则以我的年龄而论，似乎与这本书的"旨趣"有点距离。而它便是收入在"开明文学新刊"的散文中值得一读的书，为的它使你读后，还引起无限的低徊与咀嚼，如怯弱者，长闲，知识阶级的运命，……套用一句习见的词眼，真可说一声"隽永有味"，无怪曹聚仁先生在《文画》中之赞赏了。（后来丁丁先生为其《作家季刊》征文，我就以此书的读后感塞责）。此外，"文学新刊"中所收散文如丰子恺的《缘缘堂随笔》、《再笔》，叶绍钧的《未厌居习作》，都是在恬淡，朴质之中而体悟到尘世的人情味的，再益以夏先生的作品，则无论作风，题材及人生观艺术观，都有一种共通的倾向，也可以叫作"三位一体"的散文家。要说到历来文艺丛刊那几种比较结实的话，那我愿意以开明文学新刊相推荐。

前面说过，凡是称作丛刊的，不但在装帧设计上要统一或和谐，而且还得漂亮大方，摆在一起，自然的令人生出一种美术感——谈到这一点，似又不能不推良友的"文学丛书"和"小型文库"。（这大约是模仿西洋的几种"文库"），而以今天的成本算来，那真近乎"豪华"了。即如它的封面以外的护书的纸张，锌板及印工，就是一笔浩大的工程。记得半年前路过四马路的一家旧书摊，见有此书全套，索价六千元，为之挢舌，在半年后的此刻六千元自又当罢论了。然而我们要是给它计算一下成本的话，以原价九角计，共三十八册，也还不到二百倍，而眼前单是白报纸已达一万倍以上！何况是"米色道林"！

这套"文学丛书"大多数是创作（小说与散文），只有鲁迅的《竖琴和一天的工作》，是译苏联的小说。至战前止，共出三十八册，听说本来还想出下去的。后来良友改成复兴公司，这些书也"复兴"再出时（拣易销的先出），而纸张及封面装帧都非昔比了，至于新的作品，却只添了一册沈从文的《记丁玲》续集，而形式也与前集两样。听说这册续集本来是因当时的环境关系被抽去的一部分，后来时局好转，又经作者整理后单行出版（与正集同题为"文学丛书"之十），可惜内中还有许多"违碍"的"×××"，但在读者已经是很大的收获了，尤其是沈氏的作品。

但我的购全这套丛书，一半倒并非在书店所得，倘使不嫌我的"残忍"的话，那还可说是出于炮火所赐。原来在八一三沪战中，良友因设在北四川路之故，因而被一般"雅贼"偷运至租界，在地摊上公开发售。当时每本银币二角，如化一元即可购得六本，又如《苏联版画集》只售六角，精装"文学大系"也售五六角，我本来缺少很多，在这个机会中却被我配得大部分，而家里归我的每月五元零用也尽罄于此了。——同时，我觉得这样的价钱，实在太便宜了，所以另外买了几本版画集赠送朋友。后来世界书局的虹口存书又遭到同样命运而被偷卖，但因其中文艺书很少，故也没有什么便宜货可拆。当时朋友 B 兄对我说，如果为自私着想，希望这样的机会能多碰到几次。自然，这非但自私，同样是觉得"残忍"的，不过对于爱书者，那样的心理恐怕大家都有一点，正如"渴不饮盗泉水"之人的难得一样。

可是我们到底还是尽所需的零星的买几本，另外居然引起一二聪明的书商眼红，将它们来大量的收罗居奇了，因为他看到这些书一入书店就可卖正式市价。接着，良友方面也登报声明此种偷卖之不合法，并劝告同业不要效尤，而这时已十去其九了。

此外，要叙述到事变前关于新出版方面的出版之活跃，还有两家也是值得一提的：一是文化生活社，前面已经说过，它虽说是出版界中的后起，但其网罗作者之弘多，从业方针之严肃，和选择作品之谨细，在文坛的地位即非等闲可比。而且它所出的书，都是力求低廉而事先经过系统的抉择，所以每出一书都可归入在某种丛刊里面，尤其是巴金主编的"文学丛刊"，更觉朴实而谨严，差不多都销在二板以上，而曹禺的戏剧作品就是归它一家发行。又如李健吾先生的著作，也以文化生活社印行的为多，后来他还想将从前商务等出的几种，都集中一处出版，这样，可以让爱读李先生著作的，跑到固定的一个地方购买，较分散的方便多了。但一半的原因，还是为了作者自己跟书店的感情气味相投之故，像文化生活社那样的就与完全牟利的书店不同，应该看作几位文学者的集会。所以在印刷装订定价等等上面，也特别显得"文学气"一点。记得战前《大公报》主办的"文学奖金"，得奖的作品，如芦焚的小说，刘西渭的评论，何其芳的散文，曹禺的戏剧，便都是收在巴金编的丛刊里面，即不难想见其内容之优秀，现在要想配到第一至第七辑全份，恐怕很不容易了。

其次要说的是生活书店，战前对于新文艺书之出版也十分起劲，平均半月内总可看到几册。丛书方面，如"文学社丛书"，有茅盾等作的作家论，黎烈文译的《邂逅草》等，大约都是从"文学"发表的作品编集起来，所以还有合集。其余两种却是小型的，一是创作文库，分精装平装两种，精装的非常精致美观。一是硬纸面的小型文库，恐怕也是以曾刊于文学的作品居多。除此以外，别的书店所出的文艺丛书。文库之类当然还有许多，如宇宙风社之"月书"等，只是因作者见闻所限及篇幅所拘，不得不作一个结束，而在结束之前，却还有两点感想，提出来希望大家注意或采择的——

自五四以来，中国新文艺方面的成绩，不管其质与量之如何贫乏，总之是在逐渐的进步与发展之中，可是至今还没有一部像模像样的"史"，而这决不是一二私人之能力所能完成。我觉得中国新文艺运动可以分作下列几个阶段：五四——五卅——九一八—— 一·二八——七七——也许，这也是一般人的意见，不过目前要想着手"史"的工作，自然只能成为一个画饼而已。——然而因此，却又希望大家在目前能多多的，经常的提供一些史料，留心一些文献，这该与抄抄古书一类的"保残守阙"工作不相同的，假如我们将眼光放得远一点。我曾经有个计划：由公家设一个研究馆，专门负责整理，搜集和纪录新文艺的史料及作品。第一步，可由几个人分门别类，将五四以来的各种单行本，杂志等作一个索引，除了馆方尽量收辑之外，并向藏的人借阅。从前的《生活全国总书目》虽然也纪录了不少书目，但只限作者，出版及定价；而没有内容的索引，像四库目录那样的。况且《生活总书目》成于事变前二三年，在这过程中又有许多新出的书了。写到这里，觉得阿英先生如担任这个工作（自然不是指目前的环境），实在是最适当的一个人，而只有希望将来了。

但上面的计划究竟觉得空泛，老实说，在文化受到未有之厄运，而使有些人改行，有些人忙于干禄、投机、经商的年头，这样的计划不但是画饼，甚至还被人笑作迂和痴。不过另外还有个打算，做起来倒并不怎样踏空的——

大家知道书籍是国民的精神糇粮，然而最近因了纸价的昂贵，电力的限止，遂使已出、激涨未出的更其销灭完结，这对于真正爱好读书的人真是当头的一击，而且有些书销完之后，看样子决不再重版的了，于是就不得不跑书摊。书摊较之书店的定价固然便宜一点，但实际上还是贵得吓人，如果逢到绝版书，更是"上天讨价"，奇货可居了。然而你如果以家藏的卖给他呢，那末就"落地还价"，一无标准。根据我的经验，市价二千元的卖给他们最多只有五六百元——甚至还不到。易言之，五六百元的书他们即可卖二千元。这在旧书商方面固然是利润绝大，但在顾客未免负担太重了；何况，书籍虽说不是有关民需的"必需品"，而它的顾客却平均是所谓智识分子，经济不甚宽裕的。因此，有一天碰见了陶亢德先生，就谈起开书店的事，当时他就提出了一个原则：凡是买进卖出的书都有一定的标准，如进价一千元的只能赚十分之几的利润，这是说，别人卖给你的也应遵照市价而略减几成，——不要弄得卖买之间悬殊过甚。这话极有见地与"商业道德"，无怪陶先生要被人尊为"计划家"了。

也有人以为如果这样，这书店就不容易支持。我却觉得这还是失诸目光太浅，因为根据一般的情形，"薄利多卖"是商业的唯一法门，而旧书店所赖以收入的，其实便是中间人的利益罢了。然则卖给你与问你买的人一多，岂非自然也扩大了中间人的所得吗？例如有些人为了现在的旧书商将别人贬价得太厉害（有些较冷门的书还不肯收），就不愿卖给他们。所以你要是肯给卖者以合理的价格，必然的门庭若市，货色繁多，而出路也跟着多了。——以这"多"而补偿别人的"高"，也未见得是如何失算吧！

自然，这也决非我三言两语所能济事的。不过在目前的书贵书荒局面之下，却是值得做，能够做的一桩好事，尤其是能由陶先生那样的人来做。

（原载《文艺世纪》第二期，一九四五年二月）

似曾相识燕归来

　　每一个知识分子都爱书，每一本书都是古往今来的知识分子一个字一个字地写成的。但在十五年前，一刹那间，眼看着成捆成架的书就此鸿飞冥冥，连马恩列斯的著作，《鲁迅全集》也难幸免。古人说书有四厄，水火兵虫，这一回却是在水火兵虫之外。书去屋空，茬苒日暮，想起《左传》中记载的卫懿公好鹤的故事，不禁为之苦笑。今天雨过天青，又经过上海市图书清理小组诸同志的辛勤整理，一再落实，我的一部分藏书又陆续回到身边。物归故主，云胡不喜？"无可奈何花落去，似曾相识燕归来"，晏殊词《浣溪沙》中的两句（亦诗句），恰好可以形容我藏书的失而复得的心情。又记苏轼《送安惇秀才失解西归》诗有云："故书不厌百回读，熟读深思子自知。"在四厢寂寥，一灯荧然中，翻检着这些故书，自别有一种摩挲之趣。每一个爱藏书的人，都能说得出每一本书是怎样来的。例如良友版的全套精装的文学丛书，绝大部分就是从八一三沪战发生后，我在日升楼一带，每本银元两角，一本一本配全的。西谛先生的《劫中读书记》，所以令人感到分外亲切生动，就因为他以质朴的文笔，随手写来，却让我们窥见里面有作者自己的生活，自己的性格。解放前，我向荣宝斋买了两本很讲究的本子，并请西谛先生写了两枚"家藏图书目录"的签条。他不是书法家，我却很喜欢他那写经体式的书法。原来的打算，一本记古书，一本记五四以来文艺及学术作品。终因卒卒未果，签条却一直珍藏着。现在这两枚签条恐怕永不能重见，也没法再请他重写了。

我收藏的图书中，门类很杂，真正有版本价值的书却极少。记得第一次购进价格较高的是一部题为《李卓吾先生评点西厢记》，有图，并有黄摩西题跋。出售的书铺为汉文渊，索价银元一百元，以五十元得之。当时年轻，毫无版本知识，只是震于李卓吾的大名。一次与内行的朋友说起，说是不值得，最多值二十元，所谓李卓吾评点也是伪托，从此对题名李卓吾评点的书便深有戒心。后来又读了《梁氏饮冰室藏书目录》，书前有余绍宋序言，谈到梁氏藏书"但期切于实用，不必求其精絮"，觉得这话也有道理。又因要买的书太多，有些基本书工具书都非买不可，同时还想收罗五四以来的新文艺作品，只得舍版本而重实用，宁滥毋缺。现在听说连扫叶山房等的石印本子也很值钱，这些石印本子，我父亲也买了好多种，后来给亡友祖同看到了，便劝我换上木刻书，因为放在架上，总显得"格调低"。我听了他的话，便将它们换上木板，当时正宗的古书店不要收购这种本子，只好给予摆地摊的，有的是换书，有的是送给方东亮先生，当时他已在摆地摊。因为希望以后有希见的新文艺书留给我。但在这几次先后退还给我的古书中，有些书本来是木刻的，发还时却是石印本子。能还书已是意外，那就留着作为纪念也好。平心而论，扫叶山房等书铺，在中国出版史中，也应该有它们的地位。由于价钱低，册数薄，轻便而占地少，要想买什么书时多有现成的，对于一些寒士，倒很实惠。还有一些训蒙读物、医书、弹词、小说，也只有这种石印本最易找到。《西谛书目》中，就有石印本的《续七侠五义》、《乾隆游江南》、《彭公案》之类旧小说。解放前，《红楼梦》版本不多，锦章书局的石印有光纸的《绘图金玉缘》，也为治红学者所重视，定价且贵至六元。

在我的访书生活中，最值得纪念的有两人，一是祖同，一是阿英先生。由祖同而认识英公，并由此而成为中国书店的座上客，认识了经理郭石麒先生。既经相熟，买的书也可以不付现款，到端午、中秋、年终时再张罗付钱，而且常常没有全部付清。书因而也买得多了，一看到价钱便宜的，便拿了再说。一天不去书店，便茫茫如有所失。瞿兑之先生在《北游录话》中，记潘祖荫、翁同龢等在北京游琉璃厂书铺的故事后有云："大家无事，即以书店为公共图书馆。书店门面，虽然不宽，而内则曲折纵横，几层书架，及三五间明窗净几之屋，到处皆是，棐几湘帘，炉香茗碗，倦时可在暖炕床上小憩，吸烟谈心，恣无拘束，书店伙计和颜悦色，奉承恐后，决无慢客举动，买书固所欢迎，不买亦可，给现钱亦可，记账亦可。虽是买卖中人，而其品格风度，确是高人一等。无形中便养成许多爱读书之人，无形中也养成北京之学术气氛，所谓民到于今受其赐者，琉璃厂之书肆是矣。"（见《琉璃厂小志》）上海的几家古书店，环境布置虽不能和北京相比，但那种气氛却很相似，去了几次之后，真说得上流连忘返。他们的人手很少，服务态度却和气而周到，绝无那种拒人于千里之外的气概，用的是青眼而不是白眼。对我这样的年轻人，还指点我一些版本知识，实际上已超过买卖关系。有时晚了，便一道上青梅居去小酌。又如商务、中华、开明、生活的一些营业员，因为常去买书，便发生了良好的友谊。今天的各方面条件都比从前好得多，书店更应该创造一种近悦远来的愉快气氛，发挥更大的吸引力，一让读者无拘束地接近书本，在几小时的逗留中，可以从其中觅得读书之乐，哪怕是浅尝辄止也好。

中国书店的故事可记述的很多，经常出入流连的有各种类型的人，遗老、达官、学者、作家、富商都有，从创立到停业，都可以写成史料。祖同本是一个合适的人，不幸他已作古。读了李文藻、缪荃荪、孙殿起诸氏的琉璃厂书肆记事，更深望今日健存的书林故老，能够多写一些上海的古书店的掌故。留一编于人间，也是大好的梨枣史话。

除了中国、来青等几家大书店外，沪西、城隍庙等一些冷摊，也是访书者常去的地方。它们实际是一种旧书店，木板的好书很少，经营的品种却很广泛，因而也有些可遇而不可求的书，机会凑巧的话，就有得来全不费功夫之趣。例如鲁迅先生提到的那本尹嘉铨的《小学大全》，他是在一九三四年端午节前，在四马路一带闲逛时"无意之间买到"的。共五本，价七角。我却在城隍庙书肆中买到。尹氏父子都是道学家，此书内容既很无聊，纸墨也粗陋，藏书家或不屑一顾。孙殿起的《贩书偶记》和《续编》曾收录尹氏父子之作六种，有《小学义疏》而无《小学大全》。我就因为读了鲁迅这篇文章，一直在留意。有一次在一家书店的书架上随手翻翻，居然有此书，大为高兴，把它看成家藏图书中的"珍本"。过了几天，又去往访，看到望道先生译的日本冈泽秀夫的《苏俄文学理论》，本来不一定想买，忽见封底赫然盖着"中国国民党查禁反动书刊之章"的青莲官印，连忙买下，因为我这时正在搜集文网史的资料。其实，国民党的检查官也未必细看书中的内容，只是因为书名上有"苏俄"两字，就此触讳。不是听说连《马氏文通》也遭禁过么？中国笔祸之久长（假定从西汉杨恽被腰斩算起），文网之严密，也是世界少有的，难怪龚自珍有"避席畏闻文字狱"之叹了。

被抄的鲁迅作品中，有几本是我所念念不忘至今尚未发还的，一是初版的《野草》。一是二版的《呐喊》，其中尚有《不周山》，到第三版已删去了。这本书是黄裳先生送我的，扉页上有他题跋，只是毛边已切去。一是《中国小说史略》的毛边纸本。我原有的一本因途中遗失，英公得知后，立即将他收藏的给了我，并加上题跋，署名是"若英"。此外，我当时还想得到一部开明版黄石等译的《十日谈》，但开明已售缺，他又将收藏的一本送给我。从版本角度说，这一本却比译文出版社的《十日谈》更难得。他又告诉我一些属于新文艺作品的版本内幕，如茅盾先生的《子夜》，初版和第二版内容有不同处，但页码却未增减，当时是故意这样做的，我为此又去买了一本第二版，也是把它看作文网史的资料。现在，英公已逝世多年了，上述这些书，将来也很难有重逢之日。

在发还我的线装书中，有几部是值得一提的，一是王先谦的《东华录》。这是研究有清一代历史者必不可少的史料，我曾一再要求检还。我收藏的原是"十一朝"（有称清宫十三朝者，因崇德改元是一朝。清人在关外的正式年号，亦当从崇德朝开始），加上解放后中华书局印行的《光绪朝东华录》，于是自天命至光绪的各朝都已齐备，但还给我的只有九朝，即还缺咸丰、同治以至光绪三朝，而光绪朝资料尤为丰富，多至二百二十卷。二是孟森的《明元清系通纪》。这也是研究清人入关前和明廷交接的权威性著作，但流传不多。孟先生的书，我本来购全。此次另还了《清史讲义》（和近年出的《明清史讲义》中的清史部分略异），今只少了《三大疑案考实》一书，此书流传也不多，"三大疑案"中的"太后下嫁"一案，则为《心史丛刊》及《明清史论集刊》所未收。三是《清代文字狱档》，共九册，但有些单位的资料室收藏的只有八册。九册以后，目前整理故宫档案的机构似可接出。以上几种书，今后实可斟酌重印，《十一朝东华录》尤为需要。还有一部是《雍正朱批谕旨》，鲁迅在《买〈小学大全〉记》中，说到近来《东华录》、《雍正硃批谕旨》等"好像无人过问，其低廉为别的一切大部书所不及。倘有有心人加以收集，一一钩稽，将其中的关于驾御汉人，批评文化，利用文艺之处，分别排比，辑成一书，我想，我们不但可以看见那策略的博大和恶辣，并且还能够明白我们怎样受异族主子的驯扰，以及遗留至今的奴性由来的吧"。他这一意见，到现在还是应当考虑。

最后，还要提一提平心先生编的《生活全国总书目》。

这部书固然说不上什么稀罕，但在我开列被抄图书上却大有用处。因为抄去的那些书要失主自己回忆开列，但单凭脑子回忆如何记得清？因此只有借助于一些书目，可以由此及彼，帮我思索。古籍的书目尚不难找，五四以来的书目一时却很难找到。这部《书目》虽然收录得不十分完备，但五四以来至一九三五年的文艺作品以至学术著作，基本上都已收入（有的绝版书未收），我就可以睹书名而触发。对于研究新文学史的人，也应当备一部。对于我们失主，有些书虽尚未归还，却也有如曹植《与吴季重书》中说的，"过屠门而大嚼，虽不得肉，贵且快意"之感。

然而这又不能不想到平心先生。且不说他在史学上的成就，即使是这样一本书目，对后学也是嘉惠无穷。如果容许他健在，到目前不过七十几岁，在"四化"建设的指引下，他还可以为祖国做多少工作！

（原载《伸脚录》，辽宁教育出版社，一九九五年版）

逛商务

这里的商务指解放前商务印书馆门市部。这有什么可逛的？姑且用陶渊明两句诗来回答："此中有真意，欲辨已忘言。"

商务设在河南路与福州路之间，福州路曾有文化街之称，却也是妓院集中地区，作为公共租界统治中心的工部局、总巡捕房也在那里，今天值得我们怀念的，只有商务等那些书店了。

商务门市部和中国书店、来青阁等不同，没有珍本秘籍，但对于我们打杂惯了的人，图书的供应范围却宽泛些，例如近代学者陈寅恪、郭沫若、胡适、郑振铎等著作都有供应，中央研究院的历史语言集刊，我就陆续购全，《四部丛刊》可以零星购买，庄廷鑨的《明史钞略》案是清初文字狱中一件大案，但原书无法见到，《丛刊》的三编中便有此书，可以单独买，买到时真有喜出望外之感。还有新文艺作品、翻译的东西洋学者和作家的作品。此外，经常有廉价书供应，任你淘觅，这些并非滞销品，只因普遍开架，你翻我淘，日久便略有损毁，却无碍于阅览。今天向营业员要一本书翻翻，就得低声下气，翻了两三本后，自己便感到做亏心事似的不好再开口了。

由于商务的书架高，所以装上亮晶晶的克罗米书梯，要检取最高两格的书，便由梯子上去。梯子悬挂架上，可以移动，这当然只限于营业员使用，我因为常去，和营业员相熟，有时便让我自己爬上去。逢到门市部售缺的书，他们会答应我过两天到栈房去找。我相熟的营业员有两位，一位姓彭，解放后还在福州路重逢，握手欣然，又见故人。一位好像姓黄，镇江口音，近年来看到发还的商务名下的书，便看作秦火之余的孔壁图书，脑子里马上有这两位朋友的影子。愿他们康强无恙。还要提一提黄警顽先生。我见到时，他的头发已经花白，总是坐在商务门口的高凳上。他有一个著名的特长，不论什么人，问过尊姓大名之后，就不会忘记，以后就主动招呼，因而人称交际博士。但他给我的印象倒不在强记，而是诚恳和善与亲切，却不同于琉璃蛋式的玲珑圆滑。书需搜罗，人怀老成，叶昌炽《藏书记事诗》卷二将爱书和怜才等视，说得很有意思，也希望今天书店中能出几个人才，退而求其次，面孔上的表情何妨改变一下。

（原载《伸脚录》，辽宁教育出版社，一九九五年版）

《浮生六记》

四十年代时，曾经买到一部《雁来红丛报》，体裁相当于后来的杂志。铅印，三十二开本，共四册，封面有"丙午四月"字样，即光绪三十二年（一九〇六），其中刊有沈三白的《浮生六记》（最早刊《六记》的为申报馆丛书），第四册中所收的只到卷三的"坎坷记愁"，尚少"浪游记快"一卷，则当时所收的《雁来红丛报》也并非全璧。

丙午距现在已经九十年了，现在此书已不在我的书架上了，有没有"想法"呢？当然有。

近年来红木家具又走俏了，应运而生的商店到处都有，每次路过时，虽然瞥了两眼，还是觉得心态平的，独独对那些被抄的图书，至今仍是耿耿于怀，无法用"身外之物"一类混话能够自解。字不救饥，书非精椠，《雁来红丛报》也不过几块钱就可得到，又是无心插柳，随意得之。然而三更灯火，供我摩挲，此情仍常在追忆。一个读书人，如果连这点感情都磨平了——我无法想象会有这样旷达的人，不说了吧。这几年书话作者之多，读者之多，不就是一个很现实的旁证么？愿这些书与它的主人长寿共存。

此书起先未被重视，经俞平伯、林语堂先后评介后，才露头角。俞氏还说了几句很警辟的话：在旧时聚族而居的大家庭中，"于是婚姻等于性交，不知别有恋爱。卑污的生活便是残害美感之三因"。林氏在文学上的评论时出偏锋，他称赞陈芸是"中国文学中最可爱的女人"，把自己的感情投得太多了，几乎把她看作一位善于交际的洋场中大家闺秀，沙龙主妇，"她只是在我们朋友家中有时遇见有风韵的丽人，因其与夫伉俪情笃，令人尽绝倾慕之念。我们只觉得世上有这样的女人是一件可喜的事，只愿认她是朋友之妻，可以出入其家，可以不邀自来和她夫妇吃中饭，或者当她与丈夫促膝畅谈书画文学乳腐卤瓜之时，你打瞌睡，她可以来放一条毛毡把你的脚腿盖上。也许古今各代都有这种女人，不过在芸身上，我们似乎看见这样贤达的美德特别齐全，一生中不可多得"。这是受过五四洗礼，喝过洋墨水的林先生笔下塑造的陈芸，并不是沈三白笔下的陈芸，更不是乾隆大帝统治下的陈芸。如果陈芸果真像林先生所想象的那样，她临终时，也不会说出忏悔性的话。林先生把沈夫人包装得太时髦了。

在陈芸那个时代，她确实是一个性格鲜明，思想高超，有她自己的审美能力，并且表现出敢于摆脱世俗习气的精神的人，但她对翁姑，原是小心谨慎，唯恐得罪，如"闺房记乐"云："芸作新妇，初甚缄默，终日无怒容，与之言，微笑而已。事上以敬，处下以和，井井然未曾稍失。每见朝暾上窗，即披衣急起，如有人呼促者然。……恐堂上道新娘懒惰耳。"所以上下之间，起先是和睦的。后来却失和了，一度被沈父斥逐，居于鲁家的萧爽楼。

大家庭的弊害尽人皆知，必须步步为营，不能左顾右盼，小夫妻的恩爱未必象征幸福，往往成为遭忌之由。陈芸本人在人事的处理上，也有失当之处，细观全书自明。为三白纳妾一举更是庸人自扰，后人未必会觉得她大方宽容。沈陈结合，有其感情基础，三白又非富豪，妓女知道什么才情风雅呢？最后，憨园为有力者夺去，引起陈芸的"血疾大发"，终于病死他乡，几至难以成殓。

沈书的文字特点是清新真率，无雕琢藻饰，但在清人笔记中也非第一流。情节则伉俪情深，至死不变，始于欢乐，终于忧患，漂零异乡，悲能动人。陈芸的个性很奇特，这人如生在另一个家庭里，也可成为女侠。但此书在三十年代所以名噪一时，主要是林语堂的力量，他又将沈书译成英文，更是天下闻名，后来话剧团还曾改编演出。

下面还想说一说《六记》的后二卷问题。

此书名为《六记》，传世的只有四记，即缺《中山（指琉球）记历》与《养生记道》。林语堂还说过这样的话："我在猜想，在苏州家藏或旧书铺一定还有一本全本，倘然有这福分，或可给我们发现。"其实也是姑妄言之而已。

不想到了一九三六年，世界书局出版的"美化文学名著丛刊"中忽收有"足本"，当真凑成了《六记》，而第六记却改为不伦不类的《养生记道》。

世界本前有赵苕狂的考证文，末云："同乡王均卿（名文濡，光绪末年曾刊印《香艳丛书》）先生，他是一位笃学好古的君子……无意中忽给他在冷摊上得到了《浮生六记》的一个钞本；一翻阅其内容，竟是首尾俱全，连得这久已佚去的五六两卷，也都赫然在内。这一来，可把他喜欢煞了。"接下去却这样说："至于这个本子，究竟靠得住靠不住？是不是和沈三白的原本相同？我因为没有得到其他的证据，不敢怎样武断得！但我相信王均卿先生是一位诚实君子，至少在他这一方面，大概不致有所作伪的吧？"这明明是在承认此书来历不可靠，却又闪烁其词。杨引传的序文中说得之于冷摊，这是真冷摊，王文濡的冷摊是假冷摊。又如书末的朱剑芒的《校读后附记》，从沈三白先后游踪的矛盾上，已证明了后二记之可怀疑，却又以三白事后追记，难免有错，强为辩解，曲意护短。

《六记》在三十年代时，声价已很高，王文濡得到的若是真本，他不可能不会将收藏的经过、版本的样式写成专文的，现在却不著一字，只凭赵苕狂的三言两语，用道德上的保证来让人相信。

一九三六年江苏省立苏州图书馆年刊中，有程瞻庐补白《沈三白轶闻》，这却是一段重要资料：

《浮生六记》之著者沈三白先生（复），其行事散见于其他记籍者颇少，而《浮生六记》又轶其后二种。近虽有足本，类（？）语意不同，望而知为赝鼎。先生少年时住城南，曾居沧浪亭，曾游水仙庙，惜代远年湮，无有能知其逸事者。先生曾随册使赵文楷殿撰至琉球，绘有琉球观海图。石琢堂（韫玉）先生《晚香庐诗集》中，有题沈三白琉球观海图云："中山瀛海外，使者赋皇华。亦有乘风客，相从贯月槎。鲛宫依佛宇，龙节出天家。万里波涛壮，归来助笔花。"

程氏也是章回小说派的名家，也是苏州名士，他却直道此书为赝鼎，这就颇有识力。他说的"语意不同"，也即文风迥异，这对考察作品的真伪是很重要的依据。我们先举伪五记《中山记历》的几句话："然而尚囿方隅之见，未观域外；更历瀛溟之胜，庶广异闻。……自惭谫陋，甘贻测海之嗤；要堪传言，或胜凿空之说云尔。"三白文笔，清新自然，文如其人，这是大家公认的，上引一段，却是用骈俪，逞词藻，意在卖弄。《六记》文章，果真都是这样，决不会使俞、林诸公倾倒赏识。又如伪六记的《养生记道》中有云："同是一人，同处一样之境，甲却能战胜劣境，乙反为劣境所征服。能战胜劣境之人，视劣境所征服之人，较为快乐，所以不必歆羡他人之福，怨恨自己之命。"这不正是民国时期报纸上常见的那种浅近文言的笔调么？乾隆时代的文人怎么会有这种语言模式呢？又因俞平伯有"《养生记道》，恐亦多道家修持之妄说，虽佚似不足深怪也"云云（这原是推测的话），所以伪作中也充满道家养生的烂调，并夹杂理学家迂腐之言，究其实则为腐儒的老生常谈。

商品的伪造，目的为了获得不正当的利润，古书的伪造，并非全是为名为利，有的是忌讳，有的是炫才，有的是好奇，如杨慎的伪撰《杂事秘辛》。近人张心澂的《伪书通考》（商务出版），厚厚二册，其中即记录了历代伪书的故事。

世界本的后二记，读书界没有人相信是真的，甚至包括赵苕狂本人，这件事本已过去，也可不谈，可是最近外地一家出版社又将世界本重印，并以林语堂作序为号召，而编者也明知林氏对伪作早已有"作假功夫幼稚，决非沈复所作"的断语。最可笑的，赵苕狂文中有"发现是项佚稿者为王均卿先生"的话，那家出版社的《浮生六记》的彩色封面上，竟写作"项稿佚失百年，今被刊行面世”，这"项稿"又是什么意思呢？

前面说过，古书的伪造不一定全为名利，但这本"项稿"的印行，却只是为了牟利，如同伪劣商品的欺蒙顾客，这就是应当通过舆论界来揭举，而近年来出版界的不正之风，更是变本加厉。

三白原著，为杨引传得之于冷摊。中经续貂，学者鄙之，今又还魂，招摇过市。真风绝而大伪兴，从这一本薄薄的随笔的流传上，也可略见书林的多故了。

（原载《不殇录》，汉语大词典出版社，一九九七年版）

《孽海花》掇录

记得林纾有题西湖诗云:"我自关心南宋局,旁人只是说西湖。"对《孽海花》的鉴赏,也可以有这两种态度,两种兴趣,一是重点对准赛金花,一是在于晚清政局及人物,有如看夕阳西下时的暮景,中间固有枯藤瘦树,旧家门巷,也可瞥见野草闲花。曾氏在序文中也说:"我的确把数十年来所见所闻的零星掌故,集中在拉扯着女主人公的一条线上,表现我的想象。"此书所以较演义更能引人入胜,也因作者自己是一个"世家子弟",即使从光绪十七年中举人算起,至二十九年——三一年《孽海花》写成,就有不少故事和人物是他亲自接触的,所以同时具有史料价值。瞿兑之曾说过:"其间曾孟朴氏以《孽海花》出而与世相见,藉名妓赛金花(傅彩云)为线索,演晚清史迹。妙于描摹,尤为个中翘楚。盖师友渊源,家世雅故,习知同光京朝风气,名人性行,而藻思健笔,复能就各种资料,善于运化,用使形形色色,点染如意。所写朝士之情态及谈吐,历历如绘,生动逼真,读之使老辈风流,去人未远,斯其最难能可贵者，并时诸家，实无其俦也。"不过话又说回来，《孽海花》如果没有赛金花，这书的吸引力就没有这样强烈，这从书名上就可知道。商鸿逵在一九三四年作为《赛金花本事》序文中记刘半农对他说的话："听说有人要给她写法文的传，我们先给她写了国文的吧！你有没有兴趣？这个人在晚清史上同叶赫那拉可谓一朝一野相对立了！"末段又说："赶快写了吧！不然恐怕继《孽海花》六集六十二回的十集一百二十四回'冤海花'就要出版了。"所以，《孽海花》之与赛金花，恩怨得失，兼而有之。

据作者自序所说，胡适与钱玄同曾于《新青年》中有两封辩论此书价值的信，钱氏以为第一流小说，胡氏以为只能算第二流，理由有二：这书集合许多短篇故事而成长篇小说，和《儒林外史》、《官场现形记》是一样的格局，并无预定的结构。"又为了书中叙及烟台孽报一段，含有迷信意味，仍是老新党口吻。"曾氏对与《儒林外史》格局一样之说，曾有分辩，并以穿珠作比喻："《儒林外史》等是直穿的，拿着一根线，穿一颗算一颗，一直穿到底是一根珠练。我蟠曲回旋着穿的。时收时放，东交西错，不离中心，是一朵珠花。"这话不无道理，拿这两部小说并观，区别即很分明，所谓中心，仍然穿在赛金花身上。胡适在《海上花列传》序文中，对《海上花》胜于《儒林外史》结构的特点，其实也是这个意思。

曾氏对"老新党"云云，却有反感了："不想因此倒赚得了胡先生一个老新党的封号。大概那时胡先生高唱新文化的当儿，很兴奋地自命为新党，还没有想到后有新新党出来，自己也做了老新党。"但曾胡并未因此而交恶，胡氏在《追忆曾孟朴先生》文中，还重新提起过："我在民国六年七年之间，曾在《新青年》上和钱玄同先生通信讨论中国新旧的小说，在那些讨论里我们当然提到《孽海花》，但我曾很老实的批评《孽海花》的短处。十年后，我见着孟朴先生，他从不曾同我辩护此书，也从不曾因此减少他对我的好意。"曾氏生前，还给胡氏以六千字的自叙传的长信。

据年谱所记，曾氏为了打破那时有些学者轻视小说的偏见，曾于一九〇三至一九〇七年抱病期中，纠集同志，创立书店，专以发行小说为目的，命名《小说林》："初开时规模很小，先生自任总理，由徐念慈任编辑，出版《小说林月刊》，并征集创作小说及东西洋小说的译本，而先生的不朽杰作《孽海花》也在这时候开始着笔。经营了一年之后，果然提高了社会上欣赏小说的兴趣，于是重行集股，扩大组织，在棋盘街设发行所，收买派克路福海里吴斯千所创办的东亚印书馆为印刷所，并另于对门买屋，辟为编辑部，广罗人才，作大量小说的生产。旧型的章回小说那时候虽没有打破，可是翻译东西洋小说的风气却由先生开之。"在当时要想造成这样一种风气，并不是容易的事，曾氏努力的结果，遂使商务印书馆也因此而刊印林译小说；可惜《小说林》因资金不能流转而收歇了。

在民国十七年的《病夫日记》中，曾经有这样的记载："五月二十三日。昨天把《孽海花》第三十一回（?）的稿子，做到天亮，总算完成了。"语虽简略，犹可见其通宵写作之劳。

我不知道曾氏的诗集有没有出版过？《孽海花》第十四回，写威毅伯（李鸿章）之女写了两首《基隆》七律，实是借此讽刺庄仑樵（张佩纶）的，诗写得很工致，等于曾氏自己的诗：

基隆南望泪潜潜，闻道元戎匹马还。
一战岂容轻大计，四边从此失天关。
焚车我自宽房琯，乘障谁教使狄山。
宵旰甘泉犹望捷，群公何以慰龙颜。

痛哭陈词动圣明，长孺长揖傲公卿。
论才宰相笾中物，杀贼书生纸上兵。
宣室不妨留贾席，越台何事请终缨。
豸冠寂寞犀渠尽，功罪千秋付史评。

　　曾氏考举人时的试帖诗，批语称其"典雅精切，试帖上乘"，在小说中的即兴之作，自更得心应手了。

　　曾氏逝世于一九三五年六月二十三日，至今年恰值六十年。生前曾有中国的福楼拜之誉，闻出李青崖手，并谓兼得《红楼梦》的灵魂与《波华荔夫人》（一译包法利夫人）的躯壳，故赵景深挽联云（按，系陈子展改正）：

　　　　福楼拜曹雪芹，灵魂肉体鲁男子
　　　　洪老爷傅大姐，才子佳人孽海花

　　据阿英《晚清小说史》所记，一九一六年时，强作解人曾作《孽海花人名索引表》、《孽海花人物故事考证》八则，及《证续》十一则，惜未见到。但"文革"前的流传本本附有人名索引，也有附纪果庵《孽海花人物谈》的，可作晚清掌故读，今印行的本子也未见；曾氏的原序实很重要，一并被省略了。

　　我原来有真美善书店本和四十年代的连史纸本，还有一个版本，倒也值得一提，便是"文革"前中华书局上海编辑所重印本，曾请张毕来先生写了一篇前言，其实写得平稳而得大体，当时也不可能出语惊人。不久，前言遭到批判，是从政治上批而不是从学术上批，出版社的领导大为紧张，忙于检讨，大有山雨欲来的样子，也不知究竟错在哪里?《孽海花》就此打入了冷宫。

我的这些版本的《孽海花》，也都得不到好下场。此文据旧作改写，其中或有错误，也没法校正了。

（原载《不殇录》，汉语大词典出版社，一九九七年版）

《饮冰室藏书目录》

　　我的房间里，挂着一副梁启超的五言对联，联语为"云龙远嘘吸；天马高腾骧"，上款书和卿仁兄，不知何人，下款只写梁启超三字，未书年份。两印皆白文，一为"新会梁启超"，一为"任公四十五岁以后之作"，当是在清华研究院任教时。梁氏临碑甚多，一九一六年，致其女儿令娴书中，有"著述竟不克着手，唯学书较前益勤，日常尽二十纸"语。我本来还有一副康有为的七言联，五十年代时在古玩店随手得之，每副都不到十元，今则师去生留，已成历劫之孑遗了。

　　历史的巨流永远向前流去，盈科而后进，因而也总有一些过渡性的人物。梁氏在光绪二十六年（一九〇〇）写给他夫人李蕙仙（李端棻的堂妹）信中，劝她放足："卿已放缠足否？宜速为之，勿令人笑维新党首领之夫人尚有此恶习也。"这件事原很平常，也是应该做的，不料梁夫人还要向她父亲禀告，也即请示，此已可怪；梁氏得知后，"为之一惊，此事安可以禀堂上？卿必累我捱骂矣；即不捱骂，亦累老人生气。若未寄禀，请以后勿再提及可也"。这实在是近代史上的上等史料，（原注：承读者指出，此非指放足，而为另一回事。）也是中国独有的。夫权大于妇权，这已经是注定的了，父权又大于夫权，三寸金莲如同万古纲常，对于当时的妇女来说，真正说得上"弱女子"了。这中间，不知紧打着多少解不开的历史纽结。中国的蒙昧时代好像永远不会结束，从三皇五帝开始，一直蹒跚而来。当人们打开窗口，好容易吹来一阵清风，上帝立刻震怒了。

梁先生是一位政治活动家，从戊戌风流到民国入阁，名满天下，谤亦随之，右派看来是左派（如叶德辉等），左派看来是右派。又是一位思想家，一位博大而不精深的学者；他自己承认"我信仰的是趣味主义"。在《学问之趣味》中又说："我是个主张趣味主义的人，倘若用化学化分'梁启超'这件东西，把里头所含一种原素名叫'趣味'的抽出来，只怕所剩下仅有个零了。"对学问而有趣味，人生观也在里面了。他在1918年时（四十五岁），曾说"每日著书能成二千言以上"。他逝世后，杨度挽联云："事业本寻常，成固欣然，败亦可喜；文章久零落，人皆欲杀，我独怜才。"夏敬观挽联云："赋命历艰危，才性不为平世士；阖棺论成败，功名唯在旧书堆。"我喜欢的是夏氏的下联。梁氏最后以清华研究院导师而病逝，正如他说的"战士死于沙场，学者死于讲座"。

凡是爱藏书的人，大多也爱看书目，曹植《与吴季重书》所谓"过屠门而大嚼，虽不得肉，贵且快意"。所以《西谛书目》，我就常常翻阅。从这部《饮冰室藏书目录》上，也反映了梁氏治学上趣味之广泛。

一九二七年，中国图书大辞典编纂处致函北京（平）图书馆："敝处此二月工作，系编纂梁任公先生

《饮冰室藏书目录》。梁先生家藏书籍，宋元善本书虽少（尧按，实无有），而普通书至十余万卷之多，故编其目录，于编辑图书辞典工作上，有下列五项之帮助。（略）"一九二九年一月十九日，任公先生逝世后，其家属梁思成等遵照梁氏口头遗嘱，将生平藏书寄存该馆，共三千四百七十种，四万一千八百十九册。一九三三年，北平图书馆又将书目编排出版，按四部分列，铅印线装，共四册，另附录二卷，第二卷都是日文书。梁氏于二十四岁从马建忠学拉丁文，戊戌（一八九八）九月，因政变而遁迹日本，在《三十自述》中说："十月，与横滨商界诸同志谋设《清议报》，自此居日本东京者一年，稍能读东文，思想为之一变。"又在追述二十二岁落第后说："下第归，道上海，从坊间购得《瀛寰志略》，读之，始知有五大洲各国。"这几句老实话说得可敬又可悲，当时有维新头脑人士的眼界尚且比蚂蚁还不如，怎能责怪他岳丈李老太爷的灵魂只抵得上小鸡呢。

《目录》中日文书也有三百余种，多属社会科学方面，其中有《个人主义思潮》、《美学》、《性爱》、《梦学》、《犯罪心理学》、《新国家论》，等等。梁氏赴日，在甲午战争以后。这些著作，都是在大清朝的领土内无法看到的，自然顿使"思想为之一变"，但更直接的关系，还出于他的趣味主义；这种求知上的趣味，也就是快感上的享受。我们都应尚俭去贪，但对于购书读书，却需要加上"但书"。虽字不救饥，然而对于三更灯火，还应该有情有义，白首同归，如梁氏所谓"学者死于讲座"。

梁氏所藏之书，大部分为清及民国版本，间有少量的明刻本。在先秦诸子中，收得最多的是墨子，共九种。他对墨子，一向很推崇，在《子墨子学说》中，疾首大呼："今举中国皆杨也。……呜呼，杨学遂亡中国，杨学遂亡中国！今欲救之，厥惟墨学，唯无学别墨而学真墨。"这是因为杨学使人自私，墨子却不惜摩顶放踵以利天下。其次，也因墨子被儒家视为畜生一样的异端，他却以为异端不应辟。《目录》丛书部跋纳兰性德《渌水亭杂识》云："卷末论释老，可谓明通，其言曰：'一家人相聚，只说得一家话，自许英杰，不自知孤陋也。'可为俗儒辟异端者当头一棒。翩翩一浊世公子，有此器识，且出自满洲，岂不异哉。"我举此例，或近于郢书燕说，自以为却得附会之趣。自公车上书以来，康梁等人，已被旧党看作异端了，此跋作于民国七年戊午呕血时，心有灵犀，对异端自有特殊的感情。《目录》子部中，共六十七页，倒有四十二页是收更异端的释家类。在日文书目中，也有不少佛学书籍。

对于佛学，我是一句话也说不上，对梁氏的《大乘起信论考证》，字数不多，几次想看终于没有看成，在梁氏则颇自喜。此书最初于《东方杂志》分期刊载，张菊生先生曾复一信云："弟素不信佛，而亦能终卷，是必为有兴趣之文字。西人著述有所谓读书之钥者，此书殆可为习是学者之钥矣。"亦见菊老之善于辞令，于委婉蕴藉中而又略露王顾左右之姿。又云："千字二十元乞勿为人道及，播扬于外，人人援例要求甚难应付。"此信作于民国十一年，稿酬的数字在当时恐是空前，在今天也不知如何折算了。

在五四后的作家中，所收的有三人，即周作人的《欧洲文学史》、胡适的《尝试集》、谢冰心的《繁星》，后二种或与诗界革命有关，却仍有趣味上的因素，可是当我读到子部小说家的章回小说时，不觉怔住了。

《目录》中只有清刻本《水浒传》和《儒林外史》

二种，但我反复寻觅《红楼梦》或《石头记》或《金玉缘》，统统没有，更不必说《金瓶梅》。又如《三国演义》、《西游记》、《封神演义》，也不见于书目。他收藏了《铁云藏龟》，却不收《老残游记》。

梁氏并非有头巾气的卫道者，也并非没有文学的欣赏能力，他的日文书中就有讲美学的书，他对小说原很重视。当时亚东版的一套小说已在流行，旧红学新红学此起彼伏，与胡适又相友好，为什么对《红楼梦》如此薄情？我起先以为，像这样的说部名著，饮冰室中至少有两三部，对于讲究趣味的学者，复梦、续梦之类也会收藏的，因而对梁启超不藏《红楼梦》，就成了一个费猜之谜。

梁氏曾办过《新小说》杂志，自己还写过作品，这次重读了他的《小说与群治之关系》，才有所领会。他一开始对小说与道德、宗教、政治、风俗、学艺以至人心人格的关系十分强调，这也没有错，接下来却把中国群治腐败的根源，全推到小说头上："吾中国人状元宰相之思想何自来乎？小说也。吾中国人佳人才子之思想何自来乎？小说也。吾中国人江湖盗贼之思想何自来乎？小说也。吾中国人妖巫狐鬼之思想何自来乎？小说也。"他所以不收《红楼》、《西游》、《封神》，大概出于这样一种心理。他在《译印政治小说序》中又说："中土小说，虽列之于九流，然自《虞初》以来，佳制盖鲜。述英雄则规划《水浒》，道男女则步武《红楼》，综其大较，不出海盗海淫两端，陈陈相因，涂涂递附，故大方之家，每不屑道焉。"那末，他是以"大方之家"自居的了。以《水浒》、《红楼》为海盗海淫的媒介，原非梁氏始。他这话说于光绪二十三年（一八九七），已经迟了，也觉得是涂涂递附的老调新唱了。然而即使

《水浒》、《红楼》是诲盗诲淫，收还是应该收的。

　　读了梁氏在戊戌前后的好多论著，常常肃然起敬，感到有一股冲击振撼的力量在向传统、也在向自我"宣战"，读了上面引的这些话，却又令人茫然了。如果以审美水平来衡量，也是觉得浅薄可笑的。

　　这使我们想起了稍后于梁氏的胡适，更使我们想起与梁氏同事的王国维及其关于《红楼梦》的一些论著，到现在仍是红学上的一份宝贵遗产。西风碧树，独上高楼，观堂先生的学术境界固有高出于饮冰主人者，难怪《辛亥以来藏书纪事诗》要称为绝代佳人了。

　　《目录》中的藏书多至四万一千余册，门类广泛，诲盗的《水浒》却有一部，究竟为什么不收《红楼梦》？在我还是觉得不可理解，梁氏明明是看过的。他在《饮冰室诗话》中说："戊戌去国之际，所藏书籍及著述旧稿悉散佚。"（康有为的书则被抄没），是否也包括《红楼梦》？但以后是否因"不屑"而未曾添置？（本篇一部分资料引自《梁启超年谱长编》。）

　　（原载《不殇录》，汉语大词典出版社，一九九七年版）

吉祥寺

　　上海的寺院，著名的有静安寺、玉佛寺、法藏寺，远一点的有龙华寺；素餐馆有功德林、觉林，城隍庙的松鹤楼，六马路的一家什么馆子，但至今使我怀念的，却是僻处乍浦路的貌不惊人的吉祥寺。在素餐中，说得上一甲一名，单说色香味之全，一眼望去，便使人垂涎，但并不是跑进去就有供应的，如果要请客，必须事先和方丈讲好，约定日期，他们才能采办膳料，通知厨师。

　　方丈叫雪悟，还有一个寄住僧若瓢，老一辈的文艺界朋友，大都知道他。他能画兰，欣赏郁达夫作品，戴副眼镜，住在三层阁上，阁名天禅室，唐云、邓散木、陈灵犀（听潮）、周炼霞等，就经常出入于天禅室，唐云为我画的一幅扇面，就是在天禅室画的，时间为辛巳六月，即一九四一年，至今居然还保存着。若瓢人很坦率，也能上酒楼饮酒吃肉，他说：我如果在暗中吃，你们怎样知道我？

　　听公四十岁生日时，就在吉祥寺设宴，到的人很多，大殿上都坐满了，说是大殿，其实也只够容纳六七席。寿屏是邓散木写的，其中有"抖工偶表，江东来鲁肃之船"语，这是指听公曾客串京剧草船借箭中的鲁肃，船往曹营进发，鲁大夫浑身发抖，听公抖得特别火爆，一时传为话柄。我和桑弧的初识，也是在这次宴会上，寒暄几句之后，便谈到出版《萧萧》的事情，后来就由他和长城书局联系，我则只管编辑工作。

吉祥寺还举行过诗谜（不是灯谜），那是在楼上一间房间里，备有一顿夜饭，因为一打就要打到深夜，也分输赢。这玩艺今已成绝响，其实可以经常举行，轮流做庄，我家里就举行过，有一次打到天亮。只是参加的人，都要对旧诗有根柢有兴趣，因而"往来无白丁"，不像打麻将、玩桥牌那样，阿猫阿狗，都可成为座上客。解放前，大世界一度有打诗谜的，用香烟作筹码。怎样打法，这需要作专文说明，这里就从略了。

解放初期，我路过吉祥寺，已改作了工场，也就无法领受"树老无花僧白头"那种情趣了。

（原载《闲关录》，上海古籍出版社，二〇〇四年版）

故乡的戏文

陆放翁《小舟游近村》诗云："斜阳古柳赵家庄，负鼓盲翁正作场。身后是非谁管得，满村听说蔡中郎。"每读此诗，辄兴江村风物之思。放翁所说的殆为南渡后乡村的说书，然颇与吾乡相似——在夏天的薄暮，落日刚刚消逝于山谷，晚风轻轻的拍着原野，同时也拂去人们白天工作的疲劳，大地在夜色的清芬中呼吸着。一切显得安闲，平静，偶然有知了、蟋蟀、促织们断续地唱着曲子，想给小城点破一些寂寞。人们于晚餐之后，赤着双足在树荫旁纳凉憩息，四边燃起艾绳以驱蚊蚋，互相谈着琐碎的闲话——于是负鼓的盲翁出现了，以妻或子扶持着作引导，从他们颠沛而伛偻的影子看去，仿佛有相依为命的神情。乡间则称之为"唱新闻的"——而其实原是丐户的一种副业，以卑微的求乞的口吻，向乘凉者兜揽生意，一面用锣鼓敲着汤汤笃笃之声，听众闻声就渐渐的聚拢来了。代价多至铜元百余枚，可唱两三小时，一曲既罢，正是大家安寝的时候，听客就带着歌声蓬蓬入梦了。唱词的开场有一定的公式，多数是"天上星多月弗明，地上山多路弗平，朝中官多出奸臣，新闻出在那一村，就出在……"，以下便直接故事，其内容也不出历来才子佳人，悲欢离合的旧套。然仅有唱白而无表演，故只能作短时的消遣，而最适宜的自然还是夏夜。听众的"正义感"往往随故事起伏而洋溢眉宇，正如《东坡志林》所记，"涂巷小儿薄劣，为人所厌苦，辄与数钱，令聚听说古话。至说三国事，闻玄德败，则颦蹙有涕者；闻曹操败，则喜唱快。以是知君子小人之泽，百世不斩。"这临末的评论不免近乎迂曲，至于仅以小说、戏曲的影响，而决定民众喜怒哀乐之情，尤觉不足为训也。

　　吾乡本一浙东孤岛，人民的娱乐和消遣，固不常有。纵有也必与宗教有关，偕神道的名义，合公众的力量，或者正是村落社会的风尚。如赛会与演戏，就非靠"神"的力量来号召不可；而舞台也全设在庙中，这大概和各地情形相同。戏曲——吾乡称为戏文，倒是宋元以来的旧称——的门类有数种，规模有大小，惟正式的地方戏却极少，勉强的可以把宁波滩簧算了进去，即现在的所谓"四明文戏"，乡人则曰"花鼓戏"，然与京剧中的凤阳花鼓却又不同。大抵为牧歌或山歌的衍流，故其词多涉及性的描写，因此就带来了严禁的命运。演时多在深夜偏僻之处，以避官厅的耳目，台址用木板搭成，略加化装，但仍不脱本地风光，对白即纯用乡音，显出原始的情调，令人想到《诗经》中"桑间濮上"之情。演者虽皆为游手，不过也是兴到为之，并非像上海"名角"们倚此而为终身之业，所以也名"串客"。但它的吸引力极大，人民有从数里外赶去赏观者。此则一因禁遏愈严，结果向往之心愈切，如吾辈之读"禁书"。二由于有强烈的性感的挑拨，渲染，益发加重其诱惑性，像某一时期的蹦蹦戏。然而大胆贴切，粗犷朴拙，构成了它的特色——也正是任何地方戏的特色。尤其是还不曾经过"洋场才子"辈的手笔，故虽猥亵而却多风情。此外，别有傀儡戏，吾乡名曰"小戏文"，演者皆属堕民，因他们原职是"吹打"，故可以应付弹唱。乡民逢灾难疾病，或向神明许愿，待稍愈即演之，以示忏悔与酬祷。演时围幕作场，敲锣鼓，奏唢呐，有说白和动作，然而就只没有表情：这正是傀儡悲哀之处，啼笑一任他人也。演者两手各执一偶，由幕之下方伸弄于上，故俗名"下弄上"。傀儡的面部也绘脸谱，此则戏文无分今昔，总少不了大花脸和小丑的支撑场面，至于调兵决策，俨然将相风度，两军相遇，也有勇猛决斗。其驰驱用命，盖不亚于舞台上的武行。手法敏捷而灵活，所缺者就是中间全没心肝耳。少时看了引不起感触，今日回想未免惘然良久。傀儡戏有二种，其尚有型体较小，规模较简者，曰"独脚戏"，亦名"凳头戏"。以其盛物之箱启盖而作台，将木偶以线牵于箱下，用足踏出种种动作；而以一手敲小锣，又一手为傀儡执役持器。总之演者的四肢皆有实用，无片刻停息，然其进退周旋，较上述之"小戏文"尤为生动。演时多在闹市中心、先以锣声召观客，既毕则索钱，也有讲定代价的，富户或唤至家中，出独资闭门取乐。贫家小儿，闻锣声而怦然。但格于门禁不得一见！此情此景，在旁人至多出以怜悯的眼光，然生不幸而为贫孩子的父母，其内心的凄凉委屈，就非别人所能体验了。至其戏目，间有袭取京剧者，如演《宝莲灯》必带"出会"，以具体而微之花灯、旗牌、龙船等环绕台上。花灯中燃着小小的红蜡烛，遂觉煌辉而耀目，儿时尤特别有亲切之喜。盖"出会"不常有，睹此乃有"虽不得肉，亦且快意"之

文載道著

風土小記

太平書局

以此為蘭作，亦可覆瓿，諸子善藏諸暑志數語，星屋丁丑夏日

《风土小记》扉页

感。但这非本地常有，多为外来的游民所演唱。这些游艺在他乡本属常见，不过吾乡僻陋，难得有此耳目之娱，于人民的精神上，不无慰藉。《聊斋志异》卷十三中，曾记有口技售欺的故事。演者也来自外埠，盖类乎江湖卖解之流亚。以木板围成壁形，故云。人匿处其中，作各种人世的繁响，听者至精绝处为之咋舌忘情，仿佛置身于别有天地中。而所凭藉的只是一唇一舌。这种技艺由来已久，见于前人著作的也很多，而演者又属流动性，稍得资便转走他方。

复次是乡间的庙戏，因为稍有风土之胜，且是儿时生活中的一部分痕迹，或者还能令人有一读之趣。

吾乡《县志》（民国十二年排印本）第五册《方俗志·演剧》项下云：

民间所立之各庙会，则在各庙中演之，谓之庙戏，城区多在仲夏间，有在秋间演之者。一庙之戏，如都神殿等，往往多至十余日……全邑终岁演剧之费，当不下数万金。近年倡办戏捐，闻每岁可得千金云。演剧之时，合境老稚男女多往观之。各家各自备高椅或废板为台，以便妇女坐观。拥挤之时，往往毁台倒椅。妇女有至堕钗遗镯者，无业游民多在庙侧摊设赌具，诱人往博，抽取头钱，而商贩亦皆设摊陈列食品玩具等以逐利，喧嚷之声，常闻数里。

这是演戏时的大略。只是戏班的来源皆须仰诸甬邑，由一二人承包之，其性质约有下述数种：曰"宁波班"，实即昆腔。因仅赖笛子而无弦索，且多演"文戏"，故一般人觉得过于单调，雇演者则取其价之低廉云。曰越剧——这倒是正式的绍兴戏，与现在上海红极一时的嵊县班不同（乡间称此谓的笃班），如演"哑子开口龙虎斗"之类，最为台下激赏。唱时操二胡敲大钹，苍凉激越，有似秦腔，所以俗名"绍兴高调"。除唱法外其他与京剧同，乡人比较爱看。复次曰"台州班"，演员多来自浙西。服装极陈败褴褛，而乐器尤简陋，只以一镗锣押每句唱词之节拍。妇女和老人颇感兴趣，因其有本有末，且较文静，如演《碧玉簪》等，未有不泣下沾襟的。但它有一个特色：每当唱词告一段落而至尾声时，必由后场倡和之，名曰"随后场"。如唱"多福多寿多男子"，唱到"多男子"三字，后场必起而应声。演员的生活非常凄苦，力竭声嘶的所得只供三餐粗饭而已，如醵资七八金便能唱日夜两场了。但有的班子，也能演几出皮簧，而俗名"草台班"或"乱弹班"的原因即在此。吾乡俗谚有云，"老的豆腐嚼勿落，小的桌凳撩勿着"，盖讥其组织之参差不齐，戏路之凌杂而无定格。最后，要说的则是京剧，这必在五月间"都神殿"演时始能看到，因其会产较丰，耗费也较多——这所谓"会产"，是当地几个士绅发起，筹资而创一会集，近乎古之枌榆集社，专用作赛会和演戏，主其事者曰"柱首"，须时常轮流值职，子孙还能世袭，主要的权利是吃喝，直至中落时有出顶与他人的。著名的庙宇都有会，最多则有十余团。举行的时期虽一年一度，然须视其会产之厚薄而定节目的繁简，会产较薄的即以傀儡戏，或清唱等代戏文，而其一切费用皆赖基金的子息。演期将临，小小的乡村中平添了紧张喧闹的空气，大家扶老携幼的参加着难得的盛会，自士绅而至为手艺，这主要是因皮簧之不易多见。开始必闹头场，跳加官，间有加跳"武财神"的，戴金色面具，穿黑袍，状貌如魁星，而身段则跳跃类舞蹈，然忌于财神殿，恐有所亵渎也。一台戏演至中段，由检场者持画桌放向台前，但须用力猛击台板，锵脱一声与锣鼓合拍，仿佛文章之有顿笔，名曰"煞中台"，下即演正本戏。"正本"必全部，然剧情每枯燥沉闷，观客往往掉首而去。少时束发读书，自塾中放学归，尚可看到正本戏，但因无武工与闹剧，不感兴趣。只得就庙旁摊头吃杂食当点心。乡间肉类味较上海鲜腴，无论油炸，汤汁，蒸煨，俱别有风味。惜已十年不尝此矣。如在盛夏，便是唯一的吃冰淇淋的机会。迨及完场时由生旦二人，着蟒服向台下默揖，谓之"大团圆"。这时台下即焚纸锭，放爆竹，关庙门。于是父老扶杖回家，而儿童却犹流连不忍去。其中有许多戏，如《水淹七军》、《献池图》、《渭水河》等，在上海反而不大贴演，在乡间却为庙戏中必不可少之戏。出色的京班——乡间名曰"徽班"，有时也能演《狸猫换太子》、《济公活佛》之类，只是没有布景，戏台遥对神殿，中留广场可容百人，东西则边廊，廊之上有楼，前排设长凳可以坐观，各庙中以"都神殿"的京戏为最精彩，演期有半月之久，虽当炎夏而听客毫无倦意。其中设神像五尊，正合青、赤、白、玄、黄之数，故老相传云即五通神。又一尊则坐镇庙门，俗曰"四座"，出会时即由"四座"作先导。故除白脸外，余皆呈狰狞之貌。其双目熠熠有光，以铜丝悬之，出行时即眨转动，似乎更加显得威灵显赫。小民们远远见了就闪避过去，在尊敬的中间夹杂着畏惧。但不幸末流所至，遂仗暴力而硬叫人民"尊敬"，然而结果的反响却是纯粹的畏惧和憎恨，也正是事所必至，理有固然。其实呢，"神"的前身原是"人"，左丘明说得好，"神聪明正直而壹者也"。一个人在生前如正直而有功于地方人民，自然能得到身后的尊敬崇拜；否则，徒然的以权势来威迫麻醉，它的效果自在明鉴之中——虽然，另一方面的群众的偶像崇拜的力量，也令人可怕。但"总而言之，统而言之"，无论盲目崇拜，或强迫胁从，都非人谋之臧，最要紧的还得看为政者之"力行如何耳"。

语云："天地大戏场，戏场小天地。"古往今来，无论英雄好汉，才子佳人，大约都逃不出"戏"的命运——这样的说，或者难免显得太消极，太虚无了。然而我又想，即使是做戏，似乎也还有取舍的余地：我讨厌小丑的轻薄猥琐，但对于老生的道貌岸然，同样的缺少亲切之感。我所欢喜的还是抢班斧的黑旋风，持长矛的张三爷，可以令人放胆交手。从前看《青风寨》与《古城会》，虽不免略觉粗鲁偾事，然其赤子之心，却为之同情赞叹。只是这类戏固不常见，而人间尤其感到此种人物之稀少，遂觉满眼是小丑们的世界了。

卅二年，一月廿八日大雪后，灯下。

（原载《风土小记》，太平书局，一九四四年版）

星屋小记

现在的石库门房子，正在日渐凋零，我有幸还住着。这条弄堂房子原是抗战前夕我父亲造的，当时叫做"大房东"，故而可以"量体裁衣"，四壁皆置一色一样的书橱，客人来时，只能坐着一把藤椅对谈，连挂书画的空间都没有。上世纪三十年代、四十年代时，不少文艺界的朋友都来过。"文革"结束之后，名曰落实政策，但这两上两下的房子，忽而变成"公私合幢"的怪胎。抄家一劫，书也被掠夺不少。目前住的是前后两间，要说书斋，却又是会客、睡觉、作文而兼容之。但心平气和地说，在文化界朋友中，这样的居住条件还是少的，惟一耽心的是拆迁，"众鸟欣有托，吾亦爱吾庐"。住了七八十年的房子，怎么没有依恋之情呢，我已经八十八岁了，只希望终老于此。

自去年起，我已戒烟，也不大买书，连赠阅的一些书报也来不及看，视觉更受到牵制，零星的文章也写得很少。目前还有一部稿子，尚需完成百分之五十，估计过了夏天可以结束。天若有情，再过一年，如果精力和

金性尧在家写作（摄于二十世纪七十年代末）

视觉允许，我还准备写"人间九十年"，但这是含有极大的幻想性的。

"将军死在阵头上"，老书生也只希望长眠于书房中，与心爱的图书相终始。明年此时，天若还允许我执笔，我一定为《开卷》写纪念性的文章。

（原载《闲关录》，上海古籍出版社，二〇〇四年版）